D. Gajale

feelings
*emotional eBooks

Über die Autorin:

Cara Lay ist das Pseudonym einer deutschen Autorin. Mit ihrem Mann lebt sie zwischen Ruhrgebiet und Sauerland – sofern sie sich nicht gerade für einige Wochen an einen Ort mit Meerblick zurückzieht, um dort zu schreiben. Ihre Liebe zu Wellen und Strand sowie zu schneebedeckten Bergen im Winter fließt häufig in ihre Geschichten mit ein.

Cara Lay schreibt Romane mit viel Herz, Spannung und einer Prise Sinnlichkeit.

Cara Lay

Herzen undercover

Roman

Bitte besuchen Sie uns im Internet:
www.facebook.de/feelings.ebooks

1.

Verfluchter Dreck! Musste das ausgerechnet jetzt sein!« Eine Schimpfkanonade entlud sich ins Telefon. Wer auch immer das Ziel war, hatte morgen einen Tinnitus – so viel war sicher.

Die wenigen Mitarbeiter, die sich in den Redaktionsräumen der *Elliottville Gazette* aufhielten, versuchten, so zu tun, als bekämen sie das Gebrüll aus dem Büro des Chefs nicht mit, und bemühten sich gleichzeitig, bloß kein Wort davon zu verpassen.

Myra grinste in sich hinein. Journalisten eben. Da war Neugier oberste Berufspflicht.

Ihr Chef Barry Owens hatte sich unterdessen etwas beruhigt. Weit genug jedenfalls, um nicht mehr jedes Wort des Gesprächs nach draußen dringen zu lassen. Ein bisschen enttäuscht, weil die willkommene Ablenkung nur von kurzer Dauer gewesen war, wandte sich Myra wieder dem Artikel zu, an dem sie gerade arbeitete. Einige Kühe waren in der Nacht ausgebrochen und hatten beinahe einen Verkehrsunfall verursacht. Sie gähnte verstohlen.

»Gregson! In mein Büro!«

Myras Kopf ruckte hoch. Mr Owens hatte das Telefonat beendet und stand nun mit hochrotem Gesicht in der Tür seines Büros. Ihre Müdigkeit verflog angesichts seiner Körpersprache augenblicklich. Die hektischen Flecken und Schweißperlen auf der Stirn waren Zeichen, die jeder Mitarbeiter als Warnung zu deuten wusste.

Myra zog den Kopf ein und setzte vorsorglich eine zerknirschte Miene auf.

Sie war sich der Blicke ihrer Kollegen überaus bewusst. War Wissensdurst hier ohnehin oberstes Gebot, so interessierte es natürlich besonders, warum ausgerechnet das Nesthäkchen im Team, deren Verantwortungsbereich nicht über das lokale Bowlingturnier und ähnliche Unwichtigkeiten hinausging, jetzt mit zitternden Knien beim Chefredakteur und Inhaber der mächtigsten, weil einzigen, Zeitung im Ort vorstellig werden musste.

Myra klopfte und trat ein. »Sie wollten mich sprechen, Mr Owens?«, fragte sie überflüssigerweise, denn das hatte nun wirklich jeder im Gebäude mitbekommen.

»Nehmen Sie Platz, Gregson.« Die Stimme des Chefs klang glücklicherweise etwas freundlicher, als er auf den Stuhl vor seinem Schreibtisch wies.

Zurückhaltend lächelnd ließ sich Myra nieder und wartete still auf das, was nun kam. Sie war sich keiner Schuld bewusst, immerhin strengte sie sich an, selbst aus den langweiligsten Sachverhalten – und andere bekam sie gar nicht auf den Tisch – noch eine ordentliche Story zu machen. Als jüngste und noch dazu freie Mitarbeiterin war sie eben das hinterste Glied in der Kette.

»Habe ich das richtig in Erinnerung – Sie paddeln doch?«, eröffnete Mr Owens das Gespräch.

Myra nickte. »Ja, zumindest habe ich das, als wir noch näher am Meer lebten. Seit wir in Elliottville wohnen …«

»Ja, schon klar«, brummte der Chef. »Sie saßen schon mal in einem Seekajak, mehr muss ich nicht wissen.«

Diesmal kommentierte Myra ihr Nicken nicht. Wenn der Boss in dieser Stimmung war, machte man sich idealerweise unsichtbar.

»Howard hat gerade angerufen, er hat sich am Wochenende beim Joggen das Knie verdreht. Irgendwelche Bänder sind jetzt durch. Was macht der Trottel auch Trailrunning, wenn er zu dämlich zum Laufen ist.« Die Tonlage des Chefs hatte inzwischen Ähnlichkeit mit einem ausgehungerten Pitbull, dem jemand ein Steak wegnehmen wollte. Seine Mimik passte zum Tonfall. Myra schrumpfte unwillkürlich in ihrem Sessel, als Mr Owens seine eng stehenden, stechenden Augen auf sie richtete. »Sie fahren also morgen an Howards Stelle in die Keys.«

»Was …? Ich mache was?«, stammelte Myra. Scherzte ihr Chef,
oder hatte sie sich verhört?

Barry Owens seufzte genervt und bedachte Myra mit einem Blick, als halte er sie für besonders begriffsstutzig, ließ sich dann jedoch zu einer Erklärung herab: »Howard sollte morgen für die Gazette nach Florida fahren. Der alte Hughford hat eine Privatinsel in den Keys, angeblich ist er da gerade. Unsere Chance auf eine Knüllerstory. Auf so eine Insel gelangt man einfacher als auf ein gut gesichertes Anwesen. Eine einmalige Gelegenheit, den alten Hughford zu treffen!« Owens rieb sich vergnügt die Hände, bis er Myras Gesichtsausdruck sah. »Sie haben es immer noch nicht verstanden, Mädchen?«

Myra traute sich kaum, den Kopf zu schütteln, doch sie hatte wirklich keine Ahnung, worauf ihr Chef hinauswollte.

»Den Namen Hughford haben Sie aber schon mal gehört?« Barry Owens' Frage war rhetorischer Natur. Man konnte nicht im Lowndes County in Georgia wohnen, ohne diesen Namen zu kennen. Conrad Hughford war Multimillionär, wahrscheinlich sogar Multimilliardär, so genau kannte sich Myra mit Wirtschaftsmagnaten nicht aus. Fest stand nur, dass dieser Mann nicht am Hungertuch nagte und sein Anwesen in der Nähe von Elliottville vermutlich so groß war wie ein eigener Vorort. Nur besser gesichert, denn das gesamte Grundstück war hermetisch abgeriegelt. Der Mann lebte ausgesprochen zurückgezogen und galt als medienscheu. Insofern verstand sie die Aussagen ihres Chefs, dass man Conrad Hughford auf einer Privatinsel leichter treffen könnte als auf seinem Anwesen. Aber was hatte das mit ihr zu tun?

»Hughford wird Ende des Monats eine Pressekonferenz geben«, sprach Owens weiter. »Man munkelt, er wird etwas zur neuen Unternehmensführung sagen. Gerüchten zufolge will er kürzertreten, sich vielleicht sogar zur Ruhe setzen. Da sein einziger Sohn schon vor Jahren bei einem Unfall ums Leben kam, ist es *die* Neuigkeit des Jahres. Ach, was sage ich, des Jahrzehnts! Vorabinformationen zu Hughfords Nachfolger sind *der* Knüller. Wir wären überregional bekannt. Die Gazette würde uns landesweit aus den Händen gerissen!« Jetzt strahlte Barry Owens. Zumindest so lange, bis ihm offensichtlich wieder einfiel, dass er das Redaktionsküken auf diese Story ansetzen musste. »Vermassel das nicht, Mädchen!«, sagte er streng. »Das ist für dich eine Frage des Seins oder Nichtseins. Schaffst du es, wirst du fest angestellt. Aber falls nicht …« Er ließ die Drohung unausgesprochen in der Luft hängen. Myra hatte verstanden. Ihre Beschäftigung als freie Journalistin hing ohnehin stets am seidenen Faden. Ohne ihren zweiten Job als Bedienung im »Elliottville's first diner« würde sie nicht über die Runden kommen. Mit ihrer Schreiberei verdiente sie einfach nicht genug – weder mit ihren Artikeln für die Elliottville Gazette, noch mit ihren Liebesromanen, die ihre eigentliche Berufung waren.

»Warum schicken Sie keinen von den anderen?«, rutschte ihr heraus, als der Druck unerträglich wurde, den Owens' Drohung bei ihr auslöste.

Ihr Chef sah sie einen Augenblick mit einem ungläubigen Gesichtsausdruck an, dann lachte er dröhnend. »Ein guter Witz«, japste er nach einer Weile. »Passe ich etwa in ein Seekajak? Oder einer von den anderen?«

Myra merkte, wie sie rot anlief. Er hatte natürlich recht. Die Vorstellung, Barry Owens oder einer ihrer beiden nicht minder korpulenten Kollegen sollten sich in ein enges Kajak quetschen, war absurd. Außer Howard wäre sie als Einzige körperlich in der Lage, paddelnd eine Insel zu erreichen. Sie biss sich verlegen auf die Lippe.

»Schon gut, Mädchen«, sagte Owens gönnerhaft, bevor er ihr einen Zettel in die Hand drückte. »Hier ist die Adresse des Bungalows, den Howard schon gemietet hatte. Kostet dich keinen Dollar! Und ein Kajak gehört auch zum Haus. Du machst quasi Urlaub auf Kosten der Gazette. Wenn das kein Glück ist!«

Myra war sich in diesem Punkt nicht so sicher, aber da sie den Job brauchte, widersprach sie nicht, sondern steckte mit einem Nicken den Zettel ein.

Vierundzwanzig Stunden später schleppte sie ihre Reisetasche die drei Stufen zur Veranda ihres Bungalows hinauf.

600 Meilen und fast zehn Stunden Fahrt lagen hinter ihr. Gegen Ende hatte sie nicht einmal mehr der Anblick des türkisfarbenen Wassers aufheitern können, das immer häufiger rechts und links des Highway 1 aufleuchtete, je näher sie den Keys im Süden Floridas kam. Big Torch Key bestand nur aus geducktem Grünzeug und war damit so eintönig wie einschläfernd, und Myra hatte das Gefühl, trotz der Pausen unterwegs fielen ihr jeden Moment die Augen zu. Erleichtert hatte sie an der Rezeption die Anmeldung ausgefüllt, den Schlüssel entgegengenommen und warf ihre Tasche jetzt auf den nächstbesten Sessel.

Sie sah sich um. Der Bungalow war schlicht eingerichtet, nicht besonders groß und machte einen etwas verwohnten, aber zumindest sauberen Eindruck. Das Besondere an diesem Feriendorf war mit Sicherheit die Lage. Abseits des Touristentrubels der großen Keys, wie Key Largo, war dies hier ein Paradies für alle Ruhesuchenden. Der nächste Nachbar war weit genug entfernt, um nicht zu stören, und vor der Veranda erstreckte sich das blaugrüne Meer. Ein Anblick, der Myra in Verzückung versetzte. Sie liebte das Wasser. Bevor ihr Vater befördert worden und die Familie deshalb nach Elliottville umgezogen war, hatte sie unzählige Nachmittage in ihrem Kajak auf dem Meer verbracht. Nach ihrer Highschool- und Collegezeit hatte sich dann die Stelle bei der Gazette ergeben, und nicht zuletzt wegen ihrer Familie und Annie, ihrer besten Freundin, war sie irgendwie in Elliottville hängen geblieben. Dennoch vermisste sie ihre Zeit mit dem alten Seekajak auf dem Meer und freute sich auf den nächsten Tag, an dem sie endlich wieder mit gleichmäßigen Paddelschlägen über die Wellen gleiten konnte.

Da die Müdigkeit mit einem Mal übermächtig nach ihr griff, trug sie die Getränke und Lebensmittel vom Kofferraum ins Haus und fiel nach einem spartanischen Abendessen sofort ins Bett.

Myra hatte erwartet, früh am Morgen zu erwachen, aber als sie die Augen aufschlug, schien die Sonne bereits kräftig vom wolkenlosen Himmel. Sie blinzelte in Richtung Reisewecker und fuhr hoch. Es war neun Uhr durch. Sie benahm sich, als wäre sie im Urlaub, dabei hatte sie einen Auftrag zu erledigen. Barry Owens hatte nun wirklich keinen Zweifel daran gelassen, was ihr blühte, wenn sie diesen Job vermasselte.

Der lange Schlaf hatte gutgetan, und das Kribbeln des aufkeimenden Tatendrangs erfüllte Myras Körper. Sie sprang aus dem Bett, riss die Verandatür auf – und prallte gegen eine Wand stickiger Feuchtigkeit. Mit einem Stöhnen warf sie die Tür wieder zu und stellte sich unter die Dusche, um den ersten Schweißfilm des Tages abzuwaschen. Die Sommer in Georgia waren heiß, aber diese drückende Schwüle, die der Luft hier eine Konsistenz verlieh, als könne man sie ergreifen und auswringen – daran müsste sich Myra erst einmal gewöhnen. Gestern Abend hatte ein leichter Wind vom Wasser her die Haut angenehm umschmeichelt. Heute Morgen stand die Luft jedoch unbewegt vor der Veranda, sodass selbst Shorts und T-Shirt eine unerträglich dicke Kleidungsschicht bildeten.

Gut, dass sie hier allein war. Myra zuckte mit den Schultern, zog das T-Shirt, das ohnehin schon am Rücken klebte, über den Kopf und schmiss es achtlos über eine Stuhllehne, bevor sie aus den Shorts schlüpfte und in ihrem knappen Slip und BH durchs Haus lief. Erst im allerletzten Moment vor Verlassen des Bungalows warf sie sich ein hauchdünnes Minikleid über und ließ die Knopfleiste auf der Vorderseite so weit geöffnet, wie es die Schicklichkeit gerade noch erlaubte. In dieser Hitze war jeder Zentimeter Stoff auf dem Körper zu viel.

Sie machte sich auf die Suche nach dem Kajak, das laut Barry Owens zur Ausstattung zählte.

»Ist alles da, was du brauchst«, hatte Howard vorgestern am Telefon versichert, während sie hastig ihre Reisetasche packte. Darauf hatte sie sich verlassen. Ein Fehler – wie sich wenig später in dem klapprigen Schuppen herausstellte, der zu ihrem Bungalow gehörte.

Nachdem sie im Haus außer einem Paddel keine weitere Ausrüstung entdeckt hatte, war sie davon ausgegangen, sonstiges Zubehör im Bootsschuppen vorzufinden. Doch abgesehen von dem Kajak aus ausgeblichenem Kunststoff, das auch schon bessere Tage erlebt hatte, war der Schuppen leer. Okay, auf eine Schwimmweste würde sie gerne verzichten. Bei den Temperaturen wäre es ohnehin eine Tortur, sie zu tragen. Im Bereich der Keys war die See relativ ruhig, und sie musste nur wenige Meilen auf dem freien Wasser paddeln. Das machte ihr keine Sorgen. Ein bisschen bedenklich fand sie jedoch das Fehlen aller sonstigen Ausrüstungsgegenstände, die sie für gewöhnlich mitnahm. Myra verzog das Gesicht. Sie hatte eigentlich gehofft, den Nachmittag mit einigen Paddelschlägen auf dem Meer verbringen zu können. Sie wollte sich an das Boot und die fremden Gewässer gewöhnen, damit sie morgen früh zu Hughford Island hinauspaddeln und die Lage sondieren konnte. Stattdessen musste sie zunächst einen Mitarbeiter am Empfang nach Kajakzubehör fragen. Und die Zeit rannte – sie hatte den Vormittag vertrödelt, inzwischen war es Mittagszeit.

Sie warf die Schuppentür frustriert hinter sich zu und folgte den verschlungenen Wegen durch die Anlage bis zur Rezeption. Hier stieß sie mit ihrem Anliegen jedoch auf ratlose Gesichter.

»Also auf richtige Kanutouren sind wir nicht eingestellt«, druckste der junge Typ hinter dem Empfangstresen herum. »Eher so auf Menschen, die ein bisschen im Flachwasser in Küstennähe herumpaddeln wollen. Wer ausgedehnte Touren machen möchte, bucht besser einen geführten Ausflug bei einem der großen Anbieter. Gerade drüben auf Big Pine Key gibt es so ein Kajakcenter, wenn du möchtest, suche ich dir die Anschrift …«

»Nein danke«, unterbrach Myra rasch. Das fehlte auch noch, dass sie sich mit einem Aufpasser auf den Weg machen sollte. »Oder kann man sich da auch Ausrüstung leihen?«

»Keine Ahnung.« Der Rezeptionist zuckte mit den Schultern. »Fragt sich ohnehin, ob sich das lohnt.« Er warf einen Blick auf den Monitor. »Du bleibst doch eh nur noch vier Tage. Falls wir nicht vorher evakuieren müssen.«

»Bitte, was? Evakuieren?« Ein ungutes Gefühl stieg in Myra auf.

»Ja, hast du es denn nicht gehört? Eine Unwetterfront kommt auf uns zu. Und schlimmstenfalls biegt auch der Hurrikan falsch ab. Siehst du keine Nachrichten?«

Stumm schüttelte Myra den Kopf. Durch den Stress in den vergangenen zwei Tagen hatte sie wirklich nicht auf die Nachrichten geachtet. Ein Wirbelsturm war jetzt so ziemlich das Letzte, das sie gebrauchen konnte. Sie hatte vier Tage Zeit, Barry Owens die geforderten Informationen zu beschaffen. Vier Tage, die darüber entschieden, ob sie weiterhin darauf hoffen durfte, eines Tages vom Schreiben leben zu können, oder ob sie die kommenden Jahre Hamburger servierte, während sie davon träumte, irgendjemand würde auf ihre Liebesromane aufmerksam werden.

Der Typ an der Rezeption sah Myra abwartend an. »Wenn du wirklich noch paddeln willst, solltest du sofort aufs Wasser gehen. Für morgen ist bereits schlechtes Wetter angesagt.«

Myra bedankte sich und trottete zu ihrem Bungalow zurück. Die Worte des Rezeptionisten hallten in ihrem Kopf. Sie sollte sofort

aufs Wasser gehen, hatte er geraten, und das stimmte wohl. So viel
zum Thema, sich noch irgendwo Paddelausrüstung auszuleihen.
Die Zeit hatte sie längst nicht mehr. Allein, um wieder auf den
Overseas Highway zu gelangen, der die einzelnen Inseln miteinander verband, benötigte sie fast eine halbe Stunde.

Wenn sie ihre Chance auf Erledigung ihres Auftrags wahren
wollte, musste sie heute noch Hughford Island inspizieren. Dann
könnte sie den verregneten Tag morgen nutzen, um sich einen
Schlachtplan zurechtzulegen. Sofern alles glatt lief, würde sie vor
der Abreise bei besserem Wetter noch einmal zur Insel hinauspaddeln können, um den Plan in die Tat umzusetzen. Ja, das klang
gut. Myra blickte wieder etwas optimistischer auf die vor ihr liegende Aufgabe.

Zurück im Bungalow, war sie dankbar, zumindest an einen was-
serdichten Packsack gedacht zu haben. Schnell stopfte sie eine Flasche Wasser und ein abgepacktes Sandwich hinein, dazu kamen
noch ein Taschenmesser sowie ein Stück Wäscheleine und zum
Schluss ihr Kleid. Handy und Geldbörse wickelte sie in eine ge-
sonderte Plastiktüte, die sie mit in die jetzt prall gefüllte Tasche
zwängte. Nachdem sie sich sorgfältig mit Sonnencreme eingerie-
ben hatte, war sie startklar. Sie würde im Bikini paddeln, wozu
hatte sie sich schließlich monatelang im Fitnessstudio abgeplagt,
um in diesem Sommer eine entsprechende Figur zu haben. Außerdem war es wirklich zu heiß für jegliche Form von Bekleidung.
Sobald sie vor die Tür trat, fühlte sie sich wie in nasse Tücher gewickelt.

Mit dem Paddel in der einen Hand, dem Packsack in der anderen, ein Handtuch um den Hals gelegt und eine Sonnenbrille auf
der Nase, sah sie vermutlich nach Supertouristin aus, als sie den
kurzen Pfad zum Bootsschuppen passierte.

Die Wellen umspülten sanft gluckernd den Bootskörper, als
Myra auf das Wasser hinausglitt. Im ersten Moment war das kipp-

elige Gefühl ungewohnt, sie stopfte ihre Tasche vorsichtshalber besonders sorgfältig in den Bug und ihre Schlappen daneben, damit alles im Falle einer Kenterung möglichst sicher feststeckte.

Nach wenigen Paddelschlägen rann ihr der Schweiß bereits über das Gesicht. Die blonden Strähnen, die es trotz des straff gebundenen Zopfs irgendwie geschafft hatten, sich unter der Basecap hervorzustehlen, klebten auf den Wangen. Ungeduldig schob Myra die widerspenstigen Locken hinter das Ohr. Sie hatte sich so sehr darauf gefreut, endlich wieder in einem Kajak zu sitzen, und nun empfand sie es als reine Tortur. Am liebsten hätte sie jetzt schon aufgegeben, wenn sie an die rund sechs Meilen dachte, die noch vor ihr lagen. Aber als Barry Owens' pitbullartige Miene vor ihrem geistigen Auge aufstieg, biss sie die Zähne zusammen, tauchte die Paddelblätter in gleichmäßigem Rhythmus ins Wasser und bekam kaum mit, wie sie schließlich doch noch in den tranceähnlichen Zustand geriet, den sie beim Tourenpaddeln so liebte. Das sanfte Schaukeln der Wellen, die absolute Ruhe auf dem Wasser, dazu die monotone Bewegung – all das sorgte für eine angenehme, beinahe meditative Leere in ihrem Geist. Aus der sie abrupt aufschreckte, als eine Windböe an ihrer Basecap zerrte. Alarmiert ließ Myra ihren Blick über das Wasser wandern. Vor ihr funkelte es noch immer in einem derartig intensiven türkisfarbenen Ton, als habe ein PR-Beauftragter des örtlichen Tourismusverbands die Farben eigens anmischen lassen. Als sie den Kopf jedoch in Richtung Osten drehte, stockte ihr der Atem. Am Horizont türmten sich Wolkenberge auf, die keinen Zweifel daran ließen, dass die angekündigten Unwetter tatsächlich kamen. Allerdings hatten sich die Wetterfrösche offensichtlich im Zeitplan geirrt. Die grauen Monster am Himmel sahen nicht so aus, als wollten sie bis zum nächsten Morgen abwarten. Myra fluchte und warf einen Blick auf ihre GPS-Uhr. Ihr Eindruck hatte sie nicht getäuscht. Sie hatte den größten Teil der Strecke hinter sich gebracht, die kleinen Eilande, die sie links von sich sah, gehörten bereits zur selben Inselgruppe wie die Privatinsel von Conrad Hughford. Hughford Island lag am nördlichen Rand der Keys und nach ihren Berechnungen noch etwas mehr als eine halbe Paddelmeile entfernt. Myra warf einen bangen Blick auf die Wolken, die bedrohlich wirkten, aber nicht merklich näher kamen.

Sollte sie es wagen? Es war nicht ganz ungefährlich, dessen war sie sich bewusst. Andererseits waren die Gewässer zwischen den Keys relativ geschützt, sie hatte über weite Strecken Land in erreichbarer Nähe und könnte vermutlich auf einer der unzähligen kleinen Inseln anlegen, wenn das Unwetter zu heftig würde. Jetzt aufzugeben bedeutete, Barry Owens mit leeren Händen gegenüberzutreten zu müssen, und Myra traute ihrem bissigen Chef durchaus zu, seine Drohung in die Tat umzusetzen, wenn sie diesen Auftrag vergeigte. Also los, feuerte sie sich selbst an und hielt weiter auf die nördlichste der Inseln zu.

Der Seegang nahm zu, je weiter sie sich dem offenen Meer näherte. Hier draußen war das Wasser tiefer und nicht mehr durch den Gürtel der Keys geschützt. Das nun doch näher rückende Unwetter trug ebenfalls dazu bei, dass die Schaukelei immer ungemütlicher wurde. Myra tastete nach ihrem Packsack und zog ihn aus dem Bug. Nachdem sie ihn geöffnet hatte, trank sie etwas von dem Mineralwasser, dann fischte sie die Wäscheleine und das Taschenmesser aus dem Durcheinander. Während das kleine Boot im Takt der Wellen stärker wippte und hüpfte, knotete sie mit fliehenden Fingern die alte Wäscheleine mit einem Ende am Boot fest und mit dem anderen am Paddel. Auf alles andere konnte man verzichten, aber ohne Ersatzpaddel war sie davon abhängig, ihr Paddel nicht zu verlieren.

Eine Spritzdecke wäre jetzt auch nicht schlecht, dachte sie lakonisch, als das erste Wasser über den Süllrand ins Boot schwappte, dem gleich eine weitere Welle folgte. Mit wachsender Beunruhigung beobachtete Myra die Pfütze im Bootsinneren. In der Hektik ihres Aufbruchs hatte sie kein Schöpfgefäß eingepackt. Sie zog das Handtuch unterm Po hervor und wischte unter ihren Beinen. Noch während sie den Stoff auswrang, spritzte eine neue Welle herein, und die Wasserlache war nahezu so groß wie zuvor. So ging es nicht.

Ihr Blick glitt über den Küstenstreifen von Hughford Island. Eigentlich hatte sie die Insel umrunden wollen, um sich einen Überblick zu verschaffen und um eine geschützte Anlegemöglichkeit auszukundschaften, die es ihr erlaubte, das kleine Eiland unbemerkt zu betreten. So wie es aussah, könnte sie sich jetzt freuen, wenn sie es, ohne zu kentern, schaffte, überhaupt um die Insel herumzupaddeln. Der Plan war Myra inzwischen herzlich egal. Sie hatte die Geschwindigkeit des herannahenden Unwetters völlig falsch bewertet. Vom Ehrgeiz getrieben, hatte sie die Stimme im Hinterkopf ignoriert, die sie warnte, dass sie die spiegelglatten Gewässer der Keys womöglich unterschätzte.

Mittlerweile platschten nicht nur unentwegt Wellenkronen über den Süllrand und verwandelten das kleine Kanu allmählich in eine Badewanne, zu allem Überfluss hatte der Wind zugenommen, und soeben fielen die ersten dicken Tropfen aus den dunklen Wolken, die auch das letzte blaue Fleckchen am Himmel verdeckt hatten.

Myra schrie auf, als eine riesige Welle in ihr Gesicht schlug und die Sonnenbrille von der Nase riss. Sie hatte alle Hände voll damit zu tun, das Kajak irgendwie auf Kurs zu halten, und musste hilflos mit ansehen, wie das teure Accessoire ins Meer gespült wurde. Im dichter werdenden Regen konnte sie Hughford Island nur noch schemenhaft erkennen. Das Boot wurde zu einem Spielball der Wellen, als Myra auf das rettende Land zuhielt. Sie musste vom Wasser herunter. In der Ferne zuckten die ersten Blitze vom Himmel. Noch klang das Donnergrollen weit entfernt. Oder es wurde vom Prasseln der dicken Tropfen, die wie Trommelwirbel auf den

Kunststoff des Kajaks einschlugen, übertönt. Einerlei – sie musste
schnellstmöglich an Land.

Ihre Arme schmerzten, und die Lunge stach, als sie mit aller
Kraft die Paddelblätter durch das schäumende Wasser zog. Der
Wind trieb pausenlos Salzwasser in ihr Gesicht; die Augen brannten, während der Regen wie Nadelstiche auf ihre Haut einhieb.
Myra keuchte und fluchte im Wechsel. Sie ignorierte die krampf-
ende Rückenmuskulatur, die schmerzhaft darauf aufmerksam
machte, dass sie das schmale Kajak nicht mehr viel länger ausba-
lancieren konnte. Bereits jetzt hatte sich das Kanu schon zweimal
bedenklich zur Seite geneigt und sich erst im letzten Augenblick
wieder aufrichten lassen.

Myra drückte den Packsack mit aller Kraft in den Bug. Falls das
Boot kippte, würde das verkantete Gepäck hoffentlich nicht he-
rausgespült werden.

Mit einer Hand wischte sie sich eine Strähne aus den Augen, die
ihr die Sicht versperrte. Dieser kurze Moment der Unaufmerk-
samkeit genügte: Die nächste Welle traf das Boot von der Seite,
Myra bekam die Hand nicht mehr schnell genug ans Paddel, um
einen Stützschlag auszuführen, und einen Wimpernschlag später
fand sie sich in der tosenden See wieder. Das Paddel glitt aus der
Hand, und sie schickte Stoßgebete zum Himmel, der Knoten möge
halten. Das Stück Wäscheleine, das sie für Notfälle immer im
Packsack hatte, machte heute den Unterschied zwischen Leben
und Tod. Sie schwor sich in diesem Moment, nie wieder ohne gesichertes Paddel aufs Wasser zu gehen. Prustend erreichte Myra
das Kajak, das nun komplett vollgelaufen war. Schnell hangelte sie
sich zum Heck und drehte das Boot auf den Rücken, um den Un-
tergang zu verhindern. Wasser tretend schaffte sie es, das Wasser
so weit aus dem umgedrehten Schiffskörper fließen zu lassen, dass
das Kanu an der Oberfläche blieb.

Beim nächsten Versuch rutschte der nasse Kunststoff aus ihren

Händen. Myra konnte das Boot eben noch festhalten, bevor es die See davonriss. Mit allerletzter Kraft zog sie sich halb auf das Heck und gönnte sich eine Pause. Sie ließ den Kopf auf das Deck fallen und gab einen Augenblick ihrer Erschöpfung nach. Wie schön wäre es, einfach so liegen zu bleiben und nicht einen ihrer verspannten Muskeln mehr bewegen zu müssen. Ihr tat alles weh. Sie schloss die Augen, und viel hätte nicht gefehlt, diesem verlockenden Wunsch nachzugeben. Wenn sie nicht im nächsten Moment von einer mächtigen Welle ins Meer gerissen und unter die Oberfläche gedrückt worden wäre. Panik stieg in Myra auf, als sie die Orientierung verlor. Erst als das stechende Gefühl in der Lunge schon unerträglich wurde, durchbrach ihr Kopf das Wasser. Atmen! Sie konnte atmen. Gierig sog sie den Sauerstoff ein.

Die Freude, noch am Leben zu sein, währte jedoch nicht lange. Als Myra sich umblickte, trafen ihre Augen auf nichts als Grau. Graue Wellen, graue Wolken, ein Grauschleier in der Luft. Weit und breit deutete nicht ein einziger Hauch von Gelb auf den Verbleib ihres Kajaks hin. Verdammt! Myra drehte sich einmal um die eigene Achse, bis sie einsehen musste, dass das Boot verschwunden war.

Stattdessen registrierte sie etwas anderes. Etwas, das sie mit einer unbekannten Euphorie durchflutete. So also fühlte es sich an, dem Tod von der Schippe zu springen. Denn Myra merkte, dass die Wellen sie in Richtung Hughford Island trieben. Sie musste nur dafür sorgen, irgendwie über Wasser zu bleiben, dann wäre sie gerettet.

Myra verlor jegliches Zeitgefühl, als sie ihren Körper mit kleinen kraftsparenden Bewegungen an der Oberfläche hielt, während die Insel näher kam. Irgendwann kratzte aufgewirbelter Sand an ihren Beinen, und kurz darauf berührten ihre Füße den Meeresgrund. Strand! Sie hatte es geschafft. Sie schleppte sich aus dem Wasser, ließ sich fallen und brach in hysterisches Schluchzen aus. Das war

verdammt knapp gewesen. Aber jetzt war sie in Sicherheit. Das
dachte sie zumindest, bis sie spürte, dass sie nicht mehr allein war.
Sie hob den Kopf und blickte direkt in ein bedrohlich blitzendes
Augenpaar.

.

2.

Hastig richtete sich Myra auf. Sie war über und über mit feuchtem Sand bedeckt, ihr ehemals weißer Bikini hatte ein beigefarbenes Camouflagemuster angenommen und passte damit perfekt zum Outfit des Typen, der sie noch immer grimmig anstarrte.

Groß gewachsen war Myra ohnehin nicht, und unter diesem Blick schrumpfte sie um weitere Zentimeter. Die Augen des Mannes glitten über ihren Körper in dem knappen Bikini. Schützend verschränkte sie die Arme vor der Brust. Warum sagte der Typ nichts?

»Ich … ich bin gekentert … mein Kanu«, stammelte sie schließlich und verfluchte ihre piepsige Stimme. Warum ließ sie sich so einschüchtern? Sie tat nichts Verbotenes, sich schiffbrüchig an Land zu retten, musste doch wohl erlaubt sein. Trotz des riesigen Schildes, auf dem in unübersehbaren roten Buchstaben »Privatinsel – Betreten verboten« zu lesen war. Dass sie die Insel ohnehin unerlaubt hatte besuchen wollen, konnte der Kerl ja nicht wissen. Oder vielleicht doch? Der misstrauische Gesichtsausdruck, mit dem er sie nach wie vor musterte, ließ Myra überlegen, ob sie sich irgendwie verdächtig gemacht hatte.

Irgendwann reichte ihr das stumme Anstarren. Sie deutete mit dem Kinn in Richtung des Verbotsschildes. »Ich bin nicht absichtlich hier. Ich brauche Hilfe! Ist es unter zivilisierten Menschen nicht üblich, Gestrandeten zu helfen, anstatt sie doof anzuglotzen?«

Der Mann hob nicht einmal eine Augenbraue. Immerhin nickte er nach einem Augenblick und brummte etwas, das nach »mitkommen« klang.

Myra folgte zögernd. Der Typ war unheimlich und schien nur aus Muskeln zu bestehen. Aber hatte sie eine Wahl? Der Regen prasselte immer noch unaufhörlich nieder, während Donner über das Meer grollten. Mit zusammengebissenen Zähnen stapfte sie hinter dem Kerl her, der sich weder darum scherte, ob sie mit ihm mithalten konnte, oder dass Steine und Zweige schmerzhaft in ihre nackten Fußsohlen stachen.

Er blieb erst stehen, als sie eine kleine Hütte erreichten. Eher eine Art Schuppen, bemerkte Myra, nachdem der Typ ihr bedeutet hatte, einzutreten. Immerhin hatte das Gebäude Steinwände und ein Ziegeldach. Fenster gab es nicht, durch eine Fläche aus Glasbausteinen fiel trübes Licht in den Raum, der nur hell wurde, wenn ein Blitz über den Himmel zuckte.

»W… was … was haben Sie mit mir vor?«, krächzte Myra, als der Typ sich anschickte, sie einzuschließen.

»Das Betreten der Insel ist verboten«, entgegnete der Mann, als ob damit alles gesagt wäre.

»Verdammt!« Angst mischte sich mit Wut. »Ich habe doch gesagt, dass ich nicht absichtlich hier bin! Können Sie mich nicht einfach an Land bringen?«

»Wohl kaum, bei diesem Wetter.« Die Tür war nur noch einen Spaltbreit geöffnet.

»Hören Sie«, verlegte sich Myra aufs Betteln. »Ich bin durstig, mir ist kalt, und ich bin erschöpft. Sie können mich doch hier nicht einsperren!«

»Kann ich«, brummte er. »Das Betreten …«

»Jaja, ich weiß. … der Insel ist verboten. Schon kapiert. Aber Conrad Hughford kann doch nicht so ein Unmensch sein, mich in seinem Schuppen erfrieren zu lassen, nur weil ich vor seiner Insel gekentert bin!«

Sie hatte einen gewaltigen Fehler gemacht, wurde Myra bewusst, als erneutes Misstrauen in den Augen ihres Gegenübers aufflackerte.

»Du weißt also, auf wessen Insel du bist«, knurrte er. »Wohl doch nicht so zufällig hier gelandet, was?« Seine Stimme war noch drohender geworden. »Nur ist Conrad Hughford gar nicht auf der Insel. Was immer dein dramatischer Auftritt sollte – er war vergeblich.« Die Tür fiel zu, und mit einem unbarmherzigen Klacken wurde ein Schlüssel umgedreht.

»Wie lange soll ich denn hier warten?«, schrie Myra durch die Tür.

»Das habe ich nicht zu entscheiden«, grunzte es von draußen, dann entfernten sich Schritte, und Myra ließ sich verzweifelt auf den Rand einer Holzkiste fallen. Die Tür war der einzige Ausgang, und sie sah zu stabil aus, um auch nur daran zu denken, sie ohne Schlüssel oder schweres Werkzeug öffnen zu können.

Trotzdem musste sie es versuchen. Sie fror entsetzlich, und allein, um sich zu bewegen, begann Myra, die Regale an der Schuppenwand zu untersuchen. Und tatsächlich fand sie nach kurzer Zeit eine Schachtel mit Bohraufsätzen. Nur leider keine Bohrmaschine. Dennoch war es ein Anfang. Nachdem die anderen Kisten keine brauchbaren Hilfsmittel mehr zutage brachten, suchte Myra sich die dünnsten Bohrer heraus und kniete sich vor das Schloss. Sie erinnerte sich an eine Fernsehsendung zum Thema, wie unsicher die meisten Schließzylinder waren. In dem Bericht hatte es so einfach ausgesehen, wie geübte Einbrecher innerhalb von wenigen Momenten jedwede Tür öffnen konnten.

Myra kaute auf ihrer Unterlippe herum, während sie hoch konzentriert mit dem Bohrwerkzeug in dem Schloss hantierte. Sie war so in ihre Tätigkeit vertieft, dass sie die schnellen Schritte erst im allerletzten Augenblick wahrnahm und noch immer auf den Knien vor der Tür kauerte, als diese aufgerissen wurde.

Verdutzt blickte ein etwa dreißigjähriger Mann auf sie herunter. Seine grünen Augen begannen belustigt zu funkeln.

»Das nenne ich mal eine Begrüßung.« Ein spöttisches Lächeln umspielte seine Mundwinkel. Er legte den Kopf schief, wobei ihm eine Strähne seines dunklen Haares in die Stirn rutschte und ihn weniger streng wirken ließ. Mit einer energischen Geste strich er sie zurück. »Nicht, dass ich es nicht äußerst vielversprechend finde, eine nur knapp bekleidete Dame in dieser Pose vor mir zu wissen, aber willst du nicht vielleicht doch aufstehen?« Er streckte ihr frech grinsend seine Hand hin.

Myra bekam einen hochroten Kopf. Sie ignorierte die dargebotene Hand und rappelte sich hastig auf. Seine Augen ruhten noch immer auf ihr, sein prüfender Blick ging ihr durch und durch. Es war der Blick eines intelligenten Mannes. Von jemandem, der sich nichts vormachen ließ. Er sah sie nicht so unfreundlich an wie der Muskelprotz, der sie am Strand aufgelesen hatte und den sie jetzt im Hintergrund erblickte. Dennoch verrieten ihr seine markanten Gesichtslinien und der entschlossene Zug um den Mund, dass auch mit ihm nicht zu spaßen war, wenn etwas seinen Unwillen erregte. Oder jemand – wie Myra gerade –, denn seine Augenbrauen zogen sich bedenklich zusammen. Abwartend sah er sie an. Myra schrumpfte innerlich. Er hatte sie etwas gefragt, aber Myra war von seinen vollen Lippen abgelenkt gewesen, die sich nun amüsiert kräuselten, als er ihre offensichtliche Verwirrung bemerkte.

»Ich hatte gefragt, ob wir nicht ins Haus gehen wollen«, wiederholte er seine Worte, und Myra schluckte trocken. Zwei Männer, beide muskelbepackt und anscheinend nicht allzu gut auf sie zu sprechen – und sie nur in diesem lächerlichen Nichts von Bikini bekleidet. Sie bezweifelte, sich jemals zuvor so ausgeliefert gefühlt zu haben. Andererseits konnte sie das Klappern der Zähne kaum noch unterdrücken. Sie hätte sich gerne irgendwo aufgewärmt.

Ihr innerer Kampf musste ihr ins Gesicht geschrieben stehen, denn der Blick ihres Gegenübers wurde weicher. Der spöttische Zug verschwand und wich einem warmen Lächeln, das Myra sofort vergessen ließ, wie kalt ihr war. Verdammt, sah der Typ heiß aus, wenn er etwas weniger böse dreinschaute.

»Mein Name ist Cole«, sagte er und hielt ihr abermals die Hand hin.

»Myra.« Diesmal ergriff sie seine Hand. Seine Finger umschlossen ihre, und ein Kribbeln überzog Myras Arm. Bestimmt eine Gänsehaut wegen der Kälte, redete sie sich ein. Auf einen Mann würde sie niemals so übertrieben reagieren. Ihre letzte Beziehung lag ewig zurück, und der Typ war so nichtssagend gewesen, dass sie sich an den langweiligen Sex nicht einmal mehr erinnern konnte.

»Jetzt, da wir uns kennen, kannst du ja mit ins Haus kommen. Oder willst du lieber hier weiterfrieren?«, fragte Cole mit einem Augenzwinkern.

Stumm schüttelte Myra den Kopf. Mit Bedauern registrierte sie, dass er ihre Hand losließ und sich in Richtung Haus wandte. Sie folgte ihm ein paar Schritte, doch schon nach wenigen Metern trat sie auf einen scharfkantigen Stein.

»Ah, verdammt«, fluchte sie, und Cole drehte sich alarmiert zu ihr um. Als er ihr schmerzverzerrtes Gesicht sah, begriff er.

»Nicht erschrecken, ich tu dir nichts«, sagte er ruhig, dann legte er einen Arm in ihren Rücken, den anderen unter ihre Kniekehlen und hob sie einfach hoch.

Myra keuchte überrascht auf.

»Ich habe doch gesagt, du sollst dich nicht erschrecken«, tadelte er sie sanft, und dieses warme Lächeln umspielte wieder seine Lippen. Lippen, die jetzt verführerisch nah an ihren waren. Wie es sich wohl anfühlte, sie zu küssen? Myra biss sich unwillkürlich auf ihre eigenen Lippen und rief sich zur Räson.

Zugegebenermaßen sah der Typ verflixt gut aus, aber das spöttische Lächeln, mit dem er sie in der Schuppentür bedacht hatte, würde sie ihm so schnell nicht vergeben. Er gehörte zu den Menschen, die Selbstsicherheit mit jeder Pore ausatmeten. Da irgendetwas in ihr, das über keine einzige Nervenbahn zum Kopf verfügte, auf solche Typen ansprang, hatte sie in der Vergangenheit häufiger das zweifelhafte Vergnügen gehabt, sich auf einem Date mit dieser Art von Mann wiederzufinden, und hatte irgendwann gelernt, dass Selbstsicherheit zu oft mit Überheblichkeit und Arroganz einherging.

Als habe er ihre Gedanken gelesen und wollte diese These nun belegen, zog Cole in diesem Augenblick die Augenbrauen in die Höhe. »So ein strenger Blick?«, fragte er. »Habe ich etwas falsch gemacht?«

Sein süffisanter Tonfall reizte Myra, andererseits trug er sie gerade höchst komfortabel die Stufen zu einem beeindruckend großen Portal hinauf, und Myra genoss dieses Gefühl viel zu sehr, um ihn jetzt mit einer schroffen Antwort verärgern zu wollen.

Kaum hatten sie das obere Ende der Treppe erreicht, wurde von unsichtbarer Hand die Tür geöffnet. Myra blinzelte, als sie einen Raum betraten, der hallenähnliche Dimensionen hatte. Beeindruckt sah sie sich um. Der Boden bestand aus hellem Stein, ebenso die Treppenstufen, die nach oben führten, und das Geländer. Ob das Marmor war?

»Luisa, lassen Sie bitte Wasser in die Wanne, unser Gast ist durchgefroren«, hörte sie Cole plötzlich sagen und wandte ihren Kopf in die Richtung, in die er gesprochen hatte.

Eine Hausangestellte nickte und eilte nach oben. Hinter Cole und Myra ertönten schwere Schritte, und die Eingangstür wurde mit einer solchen Wucht ins Schloss gedrückt, dass Myra zusammenzuckte.

»Macht Ronan dir etwa Angst?«, fragte Cole, und schon wieder las sie Spott in seinen Zügen und hörte das leise Lachen in seinen Worten.

Das reichte. Myra versuchte, sich aus seinen Armen zu winden, aber Coles Griff war kräftig.

»Lass mich runter«, fauchte sie ihn an.

»Damit du eine Sandspur durchs Haus ziehst?«, erwiderte Cole. »Ich denke gar nicht dran.«

Myras Blick fiel beschämt auf die Sandkruste, die trotz des Regens noch immer an ihr klebte und inzwischen auch auf Coles ehemals tadellos weißem Hemd Flecken hinterlassen hatte. »Wenn du mir vielleicht ein Handtuch bringen könntest, kann ich mir den Sand draußen abrubbeln«, schlug sie vor.

»Oder du entspannst dich einfach und erduldest es, von mir auf Händen getragen zu werden, bis dein Vollbad bereit ist.«

»Ich bin doch viel zu schwer«, wagte Myra einen schwachen Protest, denn ihr war aufgefallen, dass Cole trotz seiner muskulösen Arme zunehmend angestrengt erschien.

»Das schaffe ich schon noch«, entgegnete er, wirkte aber dennoch erleichtert, als sich von oben Schritte näherten und Luisa kurz darauf verkündete, es sei alles vorbereitet.

»Im großen Bad«, setzte sie zögerlich hinzu. »Ich wusste nicht genau …«

»Alles in Ordnung«, versicherte Cole mit einem Lächeln und stieg die Treppe hinauf. Oben erhaschte Myra einen Blick auf einen langen Flur, der sich nach links und rechts erstreckte, und nachdem sie einige Türen passiert hatten, betrat Cole ein elegantes Bad. Es roch nach einem aromatischen Badeöl, und vor allem war es warm. Ein Lächeln schlich sich auf Myras Gesicht.

»Du kannst es ja doch«, sagte Cole.

»Was?« Verwirrt blickte Myra ihn an.

»Lächeln. Ich dachte schon, deine Mundwinkel könnten nicht nach oben zeigen.«

»Dazu hatte ich bislang ja auch keinen Grund«, murmelte Myra, während Cole sie endlich absetzte. Sofort rieselte Sand von ihr hinab und verteilte sich in schmutzig beigen Sprenkeln auf dem blitzsauberen, weißen Boden.

»Oh.« Unangenehm berührt sah Myra erst auf den Schmutz,

dann in Coles Gesicht. »Das tut mir leid. Wenn du mir sagst, wo
hier ein Handfeger …«

»Bist du immer so verspannt?«, fragte Cole. »Leg dich doch einfach in die Wanne und genieße es. Um den Rest kümmere ich mich später. Ich schätze, du brauchst etwas anzuziehen?« Sein Blick glitt ziemlich frech über ihren nahezu unverhüllten Körper. Myra verfluchte zum zwanzigsten Mal in den letzten Stunden die Idee, in diesem knappen Bikini gepaddelt zu sein.

»Ja, das wäre nett«, erklärte sie so hoheitsvoll wie möglich, bevor sie in das warme Badewasser tauchte.

Cole nickte einfach nur und verließ das Bad. Allerdings stand er kurz darauf wieder in der Tür. Zwar hatte er angeklopft, dennoch hatte Myra erwartet, dass er den Raum nicht betreten, sondern die Sachen vor der Tür ablegen oder Luisa hereinschicken würde. Doch er brachte höchstpersönlich flauschig aussehende Badetücher, Shorts, ein T-Shirt … und etwas, das verdächtig nach rosa schimmernder Seide aussah. Dessous. Das, was Cole jetzt in die Höhe hielt, war eindeutig edle Unterwäsche, und auch wenn sich Myra auf diesem Gebiet nicht besonders gut auskannte, schrien diese Stücke geradezu nach gehobener Preiskategorie.

Cole grinste, als er ihren Blick sah. Myra beschlich der Verdacht, dass er sich köstlich über diese Szene amüsierte und die Sachen absichtlich selbst hereingebracht hatte.

»Überbleibsel einer ziemlich abrupt beendeten Beziehung«, sagte Cole, und für eine Sekunde wurde seine Miene ernst. »Aber garantiert neu und ungetragen«, schob er schnell hinterher. »Sollte ein Geschenk werden. Na ja, ist es ja jetzt auch. Für dich.« Und schon war sein Grinsen wieder da.

Myra starrte fassungslos auf Cole, der mit aufreizender Lässigkeit Höschen und BH hochhielt, während er sie nicht aus den Augen ließ. Offenbar wartete er auf eine Reaktion. Er hatte ohne jeden Zweifel Spaß daran, sie zu provozieren, aber als er sie vorhin gemustert hatte, war ihr nicht entgangen, dass noch etwas anderes mitschwang. Wenn sie sich nicht völlig täuschte, hatte sie eine gewisse Anerkennung in seiner Miene gelesen. Und sehr widerstrebend musste sich Myra eingestehen, dass sie das freute. Denn seine Blicke zeigten in diesem kleinen unvernünftigen Teil in ihr Wirkung. Dieser Teil, der von ihren Erfahrungen und allen guten Gründen unbeeindruckt darauf bestand, ein aufgeregtes Kribbeln durch ihre Nervenbahnen zu schicken, sobald ein unglaublich gut aussehender Mann sie auf eine selbstbewusste Weise ansah, wie nur diese Art von Mann gucken konnte. Sie hatte es genossen, wie er sie vorhin ins Haus getragen hatte, seine freche Musterung war ihr unter die Haut gegangen, und als sie merkte, dass ihm gefiel, was er sah, hatte sich eine wohlige Wärme in ihr ausgebreitet, die sie längst vergessen hatte, bis Cole sie daran erinnerte, wie es sich anfühlte, so angesehen zu werden.

Ihr Blick blieb an seinen langen, kräftigen Fingern hängen, die noch immer die edlen Wäschestücke hielten. Wie es sich wohl anfühlte, von diesen Fingern liebkost zu werden? Ein Mann seines Aussehens verfügte mit Sicherheit über Erfahrung und konnte auf ihr spielen wie auf einem Instrument. Er wusste zweifellos, wann er mit seinen Fingerkuppen federleicht über ihre Haut streicheln musste, um sie zum Erschauern zu bringen, und wann ein fester Griff Stromstöße durch ihren Körper schicken würde, etwa wenn er mit seinem Finger in sie …

Ein Räuspern holte sie in die Realität zurück. Ihre Wangen brannten, als sie in seine Augen sah und das Gefühl hatte, durchschaut worden zu sein.

Cole lachte plötzlich laut auf.

»Was ist so witzig?«, giftete sie ihn an. Weitaus schärfer als beabsichtigt, weil sie sich ertappt fühlte.

»Du müsstest dich mal selbst beobachten«, schmunzelte Cole.

»Ein Panoptikum der Emotionen.« Er legte den Kopf schräg. »Ich
verwirre dich«, stellte er nüchtern fest.

»Wie kommst du darauf?«, protestierte Myra. »Ich bin es nur
nicht gewohnt, in fremden Häusern in der Badewanne zu liegen,
während ein ebenso unbekannter Mann mir dabei zusieht.« Sie
schickte ihren Worten einen finsteren Blick hinterher, damit er
keinesfalls mitbekam, wie sehr er ins Schwarze getroffen hatte.

Eigenartigerweise schien er trotzdem Bescheid zu wissen. Seine
Lippen kräuselten sich wieder auf diese teils amüsierte, teils spöttische Art.

Myra rechnete mit dem nächsten belustigten Kommentar, aber
er überraschte sie mit unerwarteter Ernsthaftigkeit.

»Ich tue dir nichts, Myra«, sagte er mit beruhigender Bestimmt-
heit in der Stimme. »Solange das Unwetter tobt, bist du mein Gast.
Ich lasse dich jetzt allein. Wenn du fertig bist, komm nach unten
in die Halle, irgendwer wird dir von dort den Weg zum Esszimmer
zeigen.« Er legte die Sachen auf einem Tischchen neben der Badewanne ab und verließ das Badezimmer.

Myra atmete auf. Zwar hatten die Schaumberge auf dem Wasser
sie vor Coles Augen verborgen, dennoch fühlte sie sich eigenartig
entblößt, wenn er sie ansah. Dieser Blick drang so bohrend in ihr
Innerstes, dass es keine Frage von Kleidungsschichten war. Vielleicht spielten ihr auch die Nerven einen Streich, denn selbst wenn
die Kenterung der Wahrheit entsprach, war sie letztendlich hier,
um zu spionieren. Ronans grimmiges Gesicht hatte keinen Zweifel
daran gelassen, dass sie sich vor ihm besser in Acht nahm. Doch
auch vor Cole würde sie auf der Hut sein müssen.

3.

Nachdem sie aus der Badewanne gestiegen war und sich abgetrocknet hatte, zog Myra die Dessous beinahe andächtig an. Ihre eigene Unterwäsche kaufte sie nach pragmatischen Gesichtspunkten: bequem und nicht allzu teuer. Als sie jetzt den hauchzarten Seidenstoff auf ihrer Haut fühlte, bereute sie es, sich nicht bereits selbst so etwas Edles gegönnt zu haben. Der BH im Balconett-Stil bedeckte gerade das Nötigste, aber formte ihre Brüste dabei verführerisch prall und rund. Ja, definitiv hätte sie sich das schon längst einmal gönnen sollen. Sofern sie es sich hätte leisten können, was sie bezweifelte. Sie bedauerte es fast, als das weite T-Shirt alles verdeckte. Und die Shorts erst! Die rutschten ihr sofort wieder von den Hüften. Barfuß, eine Hand sichernd am Hosenbund, trat Myra aus dem Bad. Ob sie es wagen konnte, sich etwas umzusehen, bevor sie hinunterging?

Die Entscheidung wurde ihr abgenommen, als Ronans massige Gestalt am Ende des Gangs auftauchte. Sein finsterer Blick ließ sie zusammenzucken, obwohl sie nichts Verbotenes tat. Vermutlich konnte er einfach nicht freundlich schauen. Mit einer Armbewegung, die wahrscheinlich auffordernd wirken sollte, Myra jedoch befürchten ließ, er würde sie über den Flur schubsen, wenn sie sich nicht fügte, bedeutete er ihr, ihm zu folgen.

Cole drehte sich zu ihr um, als Myra das Esszimmer betrat. Er hatte ein frisches weißes Shirt angezogen und die graue Stoffhose, die er vorhin getragen hatte, gegen eine Jeans getauscht. Eine, die sein Gesäß sehr gut zur Geltung brachte, wie Myra feststellte, als er sich noch einmal kurz zur Fensterfront wandte, vor der sich der Regen wie eine Wand auftürmte. Die Palmwedel peitschten im Wind.

»Sieht nicht so aus, als könntest du heute noch zurück«, stellte er das Offensichtliche fest. »Ist das ein Problem?«

Myra legte den Kopf schief. »Wenn es für dich keins ist, dass ich hier übernachte. Oder für Ronan.« Myra wies mit dem Kopf über ihre Schulter, wo sie Ronans Präsenz in ihrem Rücken spürte.

Cole lächelte. »Ich denke, das geht klar.« Er sah über ihre Schulter hinweg. »Danke, Ron. Sagst du bitte noch Luisa Bescheid, dass wir jetzt essen können?«

Er deutete auf einen Stuhl und rückte ihn für Myra zurecht. Myra kam sich angesichts seines formvollendeten Benehmens und der Eleganz des Esszimmers in ihren viel zu weiten Klamotten, ohne Schuhe und mit wirrem Haar plump und unbeholfen vor.

»Was ist?«, fragte Cole. Er schien tatsächlich in ihrem Mienenspiel lesen zu können. Sie würde sich mehr zusammenreißen müssen, wenn sie ihren ersten Auftrag als investigative Journalistin nicht komplett vermasseln wollte.

»Alles gut«, sagte Myra schnell. »Danke, dass ich bleiben darf.«

»Kein Problem.« Cole zuckte mit den Achseln. »Das Haus ist wahrlich groß genug, um noch eine weitere Person aufzunehmen.«

»Ganz offensichtlich.« Myra grinste. »Ronan wirkte allerdings nicht so auf mich, als sei es wirklich kein Problem.«

»Er schüchtert dich also ein.« Cole lachte auf. »Das gehört zu seinem Job als Sicherheitschef. Natürlich betrachtet er jeden mit Argwohn, der sich dieser Insel nähert.«

»Er patrouilliert demnach über die Insel? So richtig klischeemäßig wie in einem Film?«

»Er *lässt* eher patrouillieren. Er kümmert sich darum, dass das ganze Sicherheitskonzept funktioniert. Dass die Security auf Zack ist, die Alarmanlagen und Videoüberwachung ordnungsgemäß arbeiten. So etwas eben.«

Myra wurde kreidebleich. »Hier laufen noch mehr Typen wie Ronan herum?« Wie naiv sie doch gewesen war zu glauben, sie könne einfach auf die Insel spazieren, um brandheiße Informationen zu beschaffen. Zum Glück merkte Cole nicht, wie sehr ihr der Schreck in die Glieder gefahren war, denn Luisa zog seine Aufmerksamkeit auf sich, die einen Servierwagen durch die Tür schob.

Nachdem sie eine Platte mit Steaks und Kartoffelspalten sowie eine Schüssel grünen Salat mittig auf dem Esstisch abgestellt hatte, sah Cole die Hausangestellte fragend an.

»Haben Sie an die Schuhe gedacht?«

»Ja.« Sie nickte und zog eine Tüte aus dem unteren Fach des Servierwagens. »Ich hoffe, sie passen. Sie sind fast neu, ich trage sie nur selten, manchmal in der Küche.« Mit diesen Worten hielt sie Myra die Tüte hin, die neugierig hineinschaute.

Flip-Flops! Myra strahlte. Wie sehr man sich doch über einfachste Schlappen freuen konnte, wenn die Füße auf dem Steinboden allmählich schon wieder kalt wurden. »Vielen, vielen Dank!«

Luisa nickte lächelnd. »Es freut mich, wenn ich helfen kann.«

»Was ist mit Ihnen?«, erkundigte sich Cole. »Brauchen Sie noch irgendetwas? Ist für die Kinder gesorgt?«

»Ich habe meine normale Garderobe in der Kammer und kann mich gleich umziehen. Meine Schwester nimmt die Kinder, alles in Ordnung.« Sie nickte abermals und verließ den Raum.

»Luisa ist eigentlich nur tagsüber hier. Abends fährt sie immer jemand von der Wachmannschaft mit dem Boot nach Hause. Aus offensichtlichen Gründen muss sie heute ebenfalls hierbleiben.« Er machte eine vage Geste nach draußen, wo in dieser Sekunde ein Blitz den Garten erhellte.

»Lebst du ganz allein mit der Wachmannschaft hier?«, fragte Myra. »Und was machst du überhaupt auf dieser Insel?«

Cole warf ihr einen eingehenden Blick zu. »Ich warte darauf, angespülte Wassernixen zu retten«, antwortete er schließlich mit einem Augenzwinkern.

»Da kannst du vermutlich lange warten.« Myra grinste. »Wenn

die Ronan am Strand entdecken, hüpfen sie doch freiwillig zurück
ins Wasser. Vielleicht könntest du ihn an Tierschützer ausleihen,
falls er die gleiche Wirkung auf Wale hat.«

Cole lachte lauthals. Sein Lachen war warm, volltönend und ließ
zwei Reihen gepflegter Zähne sehen. Myra hing wie gefesselt an
diesen Lippen, die sich amüsiert kräuselten, als sich ihre Blicke
kreuzten. Hatte er schon wieder gemerkt, wie sie ihn anstarrte?
Hastig trank sie einen Schluck Wasser. Ein wenig innere Abküh-
lung konnte nicht schaden.

»Und was machst du wirklich hier?«, bohrte sie nach. »Da ich
die Nummer mit den Meerjungfrauen als Lüge entlarvt habe, will
ich jetzt die Wahrheit wissen.«

Als Cole die Stirn in enge Falten legte, bereute Myra ihr forsches
Vorgehen. »Ich meine, du wirkst nicht wie ein Einsiedler«, schob
sie rasch hinterher.

»Vielleicht schätze ich einfach die Ruhe?«, entgegnete Cole, und
noch immer war die Haut oberhalb seiner Nasenwurzel alarmierend gefurcht.

»Warum so geheimnisvoll – hast du etwas zu verbergen?« Verflucht, das war ihr herausgerutscht. Großartig, so würde sie selbstverständlich Coles Vertrauen gewinnen. Myra biss sich auf die
Lippe. »Ich meine, das wäre doch der perfekte Auftakt zu einem
Krimi«, versuchte sie, die Situation ins Scherzhafte zu ziehen. »Der
gut aussehende, dabei aber mörderisch gefährliche Typ, verborgen
vor der Welt, und die unschuldige Blondine, die nichts ahnend in
das Leben des Bad Boys stolpert.«

Cole sah aus, als wüsste er nicht, ob er lachen oder Myra für
komplett irre halten sollte. Schließlich entschied er sich für einen
Mittelweg. »Du hast ja Ideen!«, entgegnete er belustigt, und seine
Gesichtszüge glätteten sich. »Schreibst du Drehbücher oder so etwas?«

»Eher so etwas.« Myra beobachtete, wie Cole sich bei ihren letzten Worten wieder anspannte.

»Was soll das heißen?« Seine Stimme hatte einen scharfen Unterton angenommen.

»Ich schreibe keine *Dreh*bücher.« Sein stechender Blick verunsicherte Myra mehr, als Ronans Auftreten das vermocht hätte. Sie wand sich innerlich.

Eigentlich wusste kaum jemand, dass sie davon träumte, eines Tages eine erfolgreiche Autorin zu sein. Ihre ersten Romane verkauften sich so gut wie überhaupt nicht, und sie hatte stets Sorge, andere würden sich über ihre fruchtlosen Schreibversuche lustig machen. Deshalb zögerte sie auch jetzt mit ihrer Antwort; Cole sah jedoch nicht danach aus, als würde er das Thema fallen lassen. Starr hielt er seinen Blick auf sie gerichtet. Seine einzige Regung war das Heben einer Augenbraue. Das reichte, um Myras Widerstand den Rest zu geben. »Ich schreibe keine Drehbücher«, sagte sie leise und schluckte. »Ich schreibe normale Bücher.«

Sofort änderte sich Coles Haltung. Interesse lag nun in seinem Blick. »Was verstehst du unter normalen Büchern? Romane? Welches Genre?«

»Das ist kaum mehr als ein Hobby«, wiegelte sie ab. »Nicht der Rede wert.«

Bereits die bloße Vorstellung verletzte sie, wie dieser Mann spöttisch sein Gesicht verziehen würde, sobald er hörte, dass sie kitschige Liebesromane schrieb. Das wollte sie sich nicht antun.

Cole bedachte sie erneut mit seinem stechenden Blick. Er erwartete eine Antwort – und Myra schwand der Mut, diesem Blick standzuhalten. Sie schüttelte den Kopf über sich selbst. Okay, sie hatte nicht viel Erfahrung mit Männern, meist hatte sie nach dem ersten Date bereits keine Lust mehr auf den jeweiligen Typen gehabt, geschweige denn auf Sex mit ihm. Dennoch war sie normalerweise keineswegs auf den Mund gefallen und erst recht nicht

schüchtern. Trotzdem saß sie hier und konnte nichts anderes tun,
als hilflos dabei zuzusehen, wie ihr selbstbewusstes Ich immer
kleiner wurde und einem Mäuschen Platz machte, das mit klopfendem Herzen darauf wartete, von dem lauernden Kater verspeist
zu werden.

»Hast du diesen Blick bei der CIA erlernt?«, wehrte sie sich brüsk
und senkte die Lider, um nicht weiter von ihm durchbohrt zu werden. »Ich komme mir vor wie bei einem Verhör.« Widerwillig
presste sie die Lippen aufeinander.

»Entschuldige, ich wollte dir nicht zu nahe treten. Ich wusste
nicht, dass es ein Geheimnis ist. Die meisten Autoren freuen sich,
wenn sie über ihre Arbeit reden können.« Unverwandt sah Cole
sie an. Myra versuchte herauszufinden, ob er seine Worte ernst
oder sarkastisch gemeint hatte. Spott entdeckte sie jedenfalls nicht
in seiner Miene. Der Mann gab ihr Rätsel auf. Und er schien leider
nicht gewillt, das Schweigen, das langsam unangenehm wurde, zu
brechen.

»Liebesromane«, sagte Myra nach einer Weile leise. Sie räusperte sich. »Ich schreibe Liebesromane.« Angriffslustig hob sie den
Kopf, bereit, ihre Arbeit zu verteidigen, sollte er es wagen …

Doch Cole überraschte sie erneut. »Nicht ganz mein Metier«,
sagte er sachlich, ohne den geringsten abwertenden Unterton.
»Schade, es wäre doch ein schöner Zufall gewesen, wenn ich schon
etwas von dir gelesen hätte.«

»Unwahrscheinlich«, rutschte Myra heraus. »Ich glaube, ich
kenne alle meine Leser persönlich. So viele sind es nicht.« Sie verzog das Gesicht.

Zu ihrer eigenen Verwunderung hatte sie plötzlich das Gefühl,
ihm vertrauen zu können. Als sie seinen fragenden Ausdruck sah,
redete sie sich alles von der Seele, jedenfalls beinahe. Ihre freie
Mitarbeit bei der Elliottville Gazette verschwieg sie wohlweislich.
Sie berichtete jedoch von ihrem Traum, es als Autorin zu schaffen,

und wie sie bisher immer gescheitert war. Von Verlagen, die nicht einmal mehr Absagen schickten, und von der Qual, ein Buch selbst zu veröffentlichen, das dann niemand kaufte. Wie sie sich als Kellnerin über Wasser halten musste und sich dennoch keinen anderen Job vorstellen konnte als die Schriftstellerei. Und Cole hörte zu. Er war ein aufmerksamer Gesprächspartner, stellte intelligente Fragen und gab ihr das Gefühl, sie und ihren in seinen Augen sicherlich lächerlichen Traum ernst zu nehmen.

Zwischendurch stand er auf und öffnete ihnen eine Flasche Wein, und nach und nach wandelte sich das Thema und drehte sich ganz allgemein um Literatur. Cole war belesen, er schätzte sowohl ernste als auch Unterhaltungsliteratur, und beide stellten fest, dass sie, abgesehen von Liebesromanen, durchaus die gleichen Bücher mochten und gerne vor dem Schlafengehen noch etwas schmökerten.

Als Myra vor Müdigkeit fast die Augen zufielen, stand Cole auf. »Komm, ich zeige dir jetzt dein Zimmer. Wir haben morgen beim Frühstück noch ausreichend Zeit, uns zu unterhalten.« Düster fügte er hinzu: »Und wenn dieser verflixte Sturm weiter an Kraft gewinnt, wohl auch noch länger.«

Alarmiert starrte Myra ihn an. »Du meinst, ich komme auch morgen noch nicht hier weg?«

Cole zuckte mit den Schultern. »Hört sich gerade nicht so an. Allerdings verziehen sich Unwetter hier meist genauso schnell, wie sie gekommen sind.« Schalkhaft blitzten seine Augen. »Hast du es denn so eilig, wieder aufs Wasser zu kommen, kleine Nixe?«

Eigentlich nicht, dachte Myra. Immerhin hatte sie noch einen Auftrag zu erledigen, und noch einmal wollte sie sich wahrlich nicht von Ronan beim unerlaubten Betreten der Insel ertappen lassen. Es war pures Glück gewesen, dass sie diesmal eine glaubhafte Erklärung liefern konnte. Beim nächsten Mal würde sie sicher nicht mit einem kurzen Arrest im Schuppen davonkommen.

Ronan wirkte nicht so, als würde er besonders gnädig mit uner-
wünschten Eindringlingen umgehen.

Coles leises Lachen holte sie wieder in die Gegenwart zurück.
»Du schläfst ja schon im Stehen.« Fürsorglich legte er eine Hand
auf ihren Rücken und dirigierte Myra die Treppe hinauf. Das
»Flip« und »Flop« ihrer Schuhe hallte unnatürlich laut durch die
Stille des riesigen Hauses.

»Ist es dir hier nicht zu einsam?«, fragte Myra unwillkürlich.

Cole sah sie erstaunt an. »Warum sollte es? Ich finde diese Ruhe
herrlich entspannend. Und falls mir die Decke auf den Kopf fällt,
kann ich jederzeit weg. Na ja, fast jederzeit«, fügte er hinzu, als just
in diesem Moment eine Sturmböe aufheulte und ein krachendes
Geräusch zu ihnen hereindrang.

Erst als sie Coles Wärme fühlte, merkte Myra, dass sie sich vor
Schreck an ihn gedrängt hatte. Jetzt spürte sie irritiert seine harten
Muskeln an ihrem Körper. Verlegen trat sie einen Schritt zurück,
aber Cole lachte nur leise und legte seinen Arm um ihre Schultern.
»Keine Sorge«, sagte er sanft. »Dieses Haus hat schon weit schlim-
mere Unwetter überstanden. Wusstest du, dass statistisch alle vier-
einhalb Jahre ein Hurrikan über die Keys zieht?«

»Wenn wir Pech haben, ist es gerade wieder so weit«, murmelte
Myra, und ihre Kehle wurde eng, als ihr klar wurde, was das für
sie bedeutete. Schlimmstenfalls säße sie hier mehrere Tage fest.
Und sie hatte nichts dabei außer einem Bikini.

»Mach dir keine Sorgen.« Cole drückte beruhigend ihren Oberarm. »Wir haben ausreichend Vorräte, einen Schutzraum im Keller,
und ich versichere dir, ich bin weder CIA-Agent noch ein gefähr-
licher Serienkiller auf der Flucht, sondern einfach der nette Typ,
der gestrandete Meerjungfrauen rettet und ein bisschen auf die
Insel achtgibt.« Er ließ seine Hand von der Schulter über ihren
Rücken gleiten und jagte Myra damit ein Prickeln über die Haut.
Als sie daraufhin etwas zu tief einatmete, traf sie ein fragender

Blick von schräg oben. Sie lächelte verlegen zurück. Es lag wieder ein belustigter Ausdruck in seinen funkelnden Augen, aber Myra sah noch etwas anderes – etwas, das sie nicht deuten konnte. Besser gesagt – nicht zu deuten wagte, denn sie hätte schwören können, für eine Sekunde Begehren in seinen Zügen gelesen zu haben.

Myra wusste, dass viele Männer sie attraktiv fanden. Mit ihren langen blonden Naturlocken und der kleinen, zierlichen Statur sprach sie den Jagdtrieb und gleichermaßen den Beschützerinstinkt der meisten Männer an. Zu häufig hatte sie schon plumpe Anmachen abwehren müssen oder Zeit mit sinnlosen Dates vergeudet. Bis sie schließlich, von der Realität enttäuscht, aufgegeben hatte und sich lieber in ihre Liebesgeschichten flüchtete. Cole mit seinem umwerfenden Lächeln war seit Langem der Erste, der ihr dieses Kribbeln wie Strom durch den Körper schickte. Seine freche, manchmal etwas herablassende Art störte sie weit weniger, als das eigentlich der Fall sein sollte. Im Gegenteil.

»Myra? Alles in Ordnung?«

Verwirrt blinzelte sie. Sie standen in einem Schlafzimmer, das so groß war, dass vermutlich ihr gesamtes Appartement hineingepasst hätte. Cole hatte noch immer eine Hand an ihrer Taille liegen, mit der anderen drehte er sie zu sich herum und musterte sie. »Alles okay? Du warst irgendwie ganz weit weg. Du hast mir nicht einmal geantwortet, als ich dich gefragt habe, ob du noch etwas zu lesen haben möchtest.«

»Lesen ... äh ... ja, danke, gerne.« Wie peinlich – sie brachte keinen Satz zustande. Gut, dass er nicht wirklich Gedanken lesen konnte. Sie wäre auf der Stelle vor Scham gestorben, wenn er gewusst hätte, was sie dermaßen abgelenkt hatte. Es reichte schon, dass sie spürte, wie hektische rote Flecken auf ihrem Gesicht brannten, während er ihr einen merkwürdig eindringlichen Blick zuwarf, bevor er sie losließ.

»Okay, ich gehe in die Bibliothek und such dir ein Buch heraus.

Bis gleich.« Seine Stimme war rau, und er räusperte sich. Myras
Herz hüpfte bei diesem Klang. In den vergangenen Minuten hatte
sich die Stimmung zwischen ihnen verändert.

»Soll ich nicht mitkommen?«, fragte sie auf der Suche nach
Normalität. »Ich könnte mir doch selbst ein Buch …«

»Nein, nicht nötig«, unterbrach er. »Ich kenne ja jetzt deinen
Lesegeschmack. Und die Bibliothek ist für dich tabu, es tut mir leid.
Der Raum dient gleichzeitig als Arbeitszimmer.« In seinem letzten
Satz schwang eine gewisse Strenge mit.

Myra war wie elektrisiert. Cole ging in Hughfords Arbeitszimmer! Das Zimmer, das sie der Erfüllung ihres Auftrages einen großen Schritt näherbringen würde. Falls es irgendwelche Geheim-
nisse über Hughford zu entdecken gab, dann dort.

Cole zeigte mit einer Hand auf eine Tür in der hinteren Ecke des
Raums. »Dort ist dein Bad. Handtücher und Zahnbürste liegen
bereit sowie ein weiteres T-Shirt von mir.« Seine Stimme hörte sich
völlig sachlich an.

Sie schluckte und trat automatisch einen Schritt zurück. Wie
hatte sie sich auch nur einbilden können, dass es zwischen ihnen
knisterte? Ihr Blick fiel auf die ramponierte Frau in einer verspie-
gelten Schranktür. Ihr Haar, das sie nach dem Bad nicht frisiert
hatte, sah aus, als habe der Sturm es getrocknet. Das T-Shirt hing
sackähnlich an ihr herunter, und als Krönung umklammerte sie
mit einer Hand noch immer den Hosenbund der viel zu weiten
Hose. Sie sollte Cole nach einem Gürtel oder wenigstens einer
Kordel fragen, wenn sie die kommenden Tage nicht einarmig verbringen wollte.

Nachdem Cole das Zimmer verlassen hatte, zögerte Myra nur
einen Wimpernschlag, öffnete behutsam ihre Zimmertür und
spähte hinaus. Sie sah gerade noch, wie Cole die Treppe hinunterging. Sie musste unbedingt herausfinden, wo das Arbeitszimmer
lag. Danach fragen konnte sie wohl kaum. Also huschte sie barfuß

hinter Cole her, der soeben die Halle durchquerte und in einen Flur einbog. Sie wartete, bis sie keine Schritte mehr hörte, dann wagte sie es, ebenfalls die Halle zu passieren und in den Gang zu blicken. Von Cole war nichts zu sehen und zu hören. Sie hielt den Atem an, während sie an den Türen vorbeischlich, stets bereit, sich in eine Fensternische zu drängen. Eine Tür war nur angelehnt, und ein schwacher Lichtschein fiel auf den Korridor. Myra konnte nicht widerstehen und näherte sich auf Zehenspitzen. Sie hoffte, dass Ronan keine nächtlichen Kontrollgänge machte. Mit Cole würde sie fertigwerden, ihm notfalls sagen, dass sie allein Angst in ihrem Zimmer gehabt hatte. Sie wusste, dass sie ihre blauen Augen unschuldig weit aufreißen konnte. Diese Fähigkeit hatte ihr in der Vergangenheit bereits häufig geholfen. Und da über der Insel schon wieder – oder noch immer? – Blitze zuckten und Donner krachten, war die Sache mit der Angst nicht einmal weit hergeholt. Das Unwetter hatte durchaus Anteil an dem Unwohlsein, das in Myra aufstieg.

Neben der Tür presste sie sich an die Wand und spitzte die Ohren. Sie verfluchte den Sturm, der es schwer machte, Geräusche aus dem Inneren des Zimmers zu hören.

Die Berufskrankheit der Journalisten ist wirklich die Neugier, dachte sie lakonisch, als sie die Tür eine Winzigkeit aufschob, um in den Raum zu blinzeln. Deckenhohe Regale voller Bücher zogen sich an der hinteren Wand entlang. Von Cole jedoch war keine Spur zu sehen. Etwas mutiger steckte sie den Kopf ganz durch den Türspalt. Eine Schreibtischlampe sorgte für gedämpftes Licht. Das Zimmer war leer. Sollte sie es wagen? So eine Gelegenheit ergab sich vielleicht nie wieder. Sie rief sich noch einmal ihre Ausrede in Erinnerung, atmete tief durch und betrat den Raum.

Fasziniert blieb ihr Blick an den Hunderten, vermutlich sogar Tausenden von Büchern hängen. Alte, edle Lederrücken standen hier ebenso wie Unterhaltungsliteratur. Myra hätte sich gerne in

Ruhe umgesehen, aber sie hatte Wichtigeres zu tun. Wenn sie Cole
gleich schon erklären musste, warum sie ihr Zimmer verlassen
hatte, sollte sich das Risiko wenigstens gelohnt haben.

Sie wollte sich gerade in Richtung Schreibtisch umwenden, als
sie von hinten gepackt und an die Wand gedrückt wurde. In einer
Geschwindigkeit, die sie nicht einmal mitbekam, wurden ihre
Hände mit festem Griff hinter dem Rücken gehalten, während ihre
linke Wange an der Tapete lag und sich ein großer, eindeutig
männlicher Körper gegen ihren presste.

»Du liebst es wohl gefährlich«, flüsterte eine heisere Stimme an
ihrem Ohr, und Myra bekam weiche Knie vor Erleichterung, weil
es Cole und nicht Ronan war, der sie fixierte. »Zieh dir besser nicht
meinen Zorn zu«, raunte er ihr ins Ohr, und ein Schauer lief über
ihren Rücken, als sein warmer Atem über ihren Hals strich. Sie war
fest an den muskulösen Körper gepresst, sein herber maskuliner
Duft stieg in Myras Nase, und irgendwo in ihr schlugen Hormone
Alarm. Als seine Bartstoppeln sanft über die Kuhle zwischen Hals
und Schulter streiften, schoss Wärme in ihren Unterleib. Myra
seufzte innerlich. Irgendwelche Nervenverknüpfungen schienen
bei ihr nicht zu funktionieren. Sie war eindeutig in einer wirklich
unangenehmen Situation, aber statt sich unbehaglich zu fühlen,
vibrierten all ihre Synapsen aufgeregt angesichts seiner Dominanz
und der Muskelkraft, die sie umgab.

»Ich habe dich gesucht«, krächzte Myra schließlich. »Das Ge-
witter ... es war ... es hat ...«

Der Rest ihres hilflosen Gestammels ging unter, als Cole sie zwar
nicht grob, aber sehr bestimmt herumdrehte und dabei ihre Hände
über ihrem Kopf an die Wand drückte.

»So, hast du das?«, fragte er, und nichts an seinem Gesichtsausdruck oder seiner Stimme verriet, ob er ihr glaubte. Mit undurchdringlicher Miene sah er sie an. Dann beugte er sich langsam vor.
Sein Gesicht näherte sich ihrem. Myra hielt die Luft an, als er sanft

an ihrer Unterlippe zupfte. Nachdem sie nicht protestierte, wurde er forscher. Er drückte seine Lippen auf ihre und begann, sie leicht und flüchtig zu küssen. Mit dieser Zärtlichkeit hatte sie nicht gerechnet, und ihre Beine wurden mit jedem Moment instabiler, den er vor ihr stand und sie liebkoste. Er nahm seinen Kopf einen Augenblick zurück, um ihr prüfend in die Augen zu blicken. Dann legte er den Mund wieder auf ihren, und diesmal war sein Kuss fordernder und drängend. Seine Zunge schob sich durch ihre Lippen, und als Myra darauf einging und sich ihre Zungenspitzen das erste Mal berührten, schoss eine neue prickelnde Welle durch ihren Körper. Vermutlich hätte er sie ewig weitergeküsst, wenn nicht in diesem Moment das Geräusch von rutschendem Stoff zu hören gewesen wäre.

Verwundert trat Cole einen Schritt zurück und sah nach unten. Er lachte laut auf, als er die Jeansshorts sah, die auf Höhe von Myras Knöcheln hingen.

Myra merkte, wie sie knallrot wurde. Sie wollte ihre Hände befreien, um die Hose wieder hochzuziehen, aber Cole hielt sie noch immer fest.

»Lass mich los«, fauchte Myra.

»Später«, gab Cole ungerührt zurück. »Strafe muss sein. Ich hatte dir verboten, das Arbeitszimmer zu betreten.« Er warf grinsend einen Blick auf die Shorts. »Sind wohl ein bisschen zu weit.«

»Ich wollte dich schon die ganze Zeit nach einem Gürtel fragen«, sagte Myra, der noch immer die Hitze im Gesicht stand.

»Gut, dass du es nicht getan hast. Diese Szene hätte ich mir um nichts in der Welt entgehen lassen wollen.« Er feixte, als Myra schnaubte. Dann wurde sein Blick inniger. Er beugte sich wieder zu Myra und küsste sie hingebungsvoll. »Auf diese Art wurde ich noch nie von einer Frau eingeladen.« Er lachte leise, und Myra runzelte die Stirn.

»Du weißt sehr wohl, dass es keine Absicht …«, weiter kam sie

nicht, da verschloss Cole mit einem Kuss ihren Mund. Erst als er
mit der anderen Hand unter ihr T-Shirt wanderte, registrierte sie,
dass er ihre Handgelenke nur noch mit einer Hand festhielt. Am
Rand des BHs hielt er inne. Er unterbrach seinen Kuss und sah ihr
fragend in die Augen. Sein Blick wurde noch intensiver, während
er die Hand langsam über das Körbchen gleiten ließ. Durch den
dünnen Stoff berührte er ihre Brustwarze, die sich schon längst
begierig vorreckte. Und Cole tat ihr den Gefallen und strich vorsichtig über die empfindliche Stelle. Als Myra leise aufstöhnte,
schob er das bisschen Stoff zur Seite und umfasste ihre Brust. Ein
leises Lächeln umspielte seine Mundwinkel, während er sich mit
kreisenden Bewegungen seiner Finger erneut dem Nippel näherte.
Ein wohliger Schauer breitete sich über ihrem gesamten Oberkörper aus und sammelte sich mit einem fordernden Pochen in ihrer
Mitte.

Myras Verstand sandte eine kurze Warnmeldung aus. Sie stand
im Arbeitszimmer des Mannes, den sie ausspionieren sollte, und
ließ sich von einem zugegebenermaßen extrem heißen Typen verführen, von dem sie im Grunde nur wusste, dass er Cole hieß, ein
umwerfendes Lachen hatte und die Macht, sie mit wenigen Berührungen völlig willenlos zu machen. Letzteres bewies er, indem
er ihren Nippel jetzt zwischen Daumen und Zeigefinger massierte
und damit sofort sämtliche vernunftbasierte Entscheidungen aus-
schaltete. Sie wollte nur seine Hände spüren. Nachdenken konnte
sie morgen wieder.

Cole wandte sich nun der anderen Brust zu und setzte seine
Liebkosungen fort, bis Myra wohlig seufzte. Es fühlte sich so gut an,
dass Myra unwillkürlich den Rücken durchstreckte und den Busen
in seine Hand schmiegte. Ihr Atem ging stoßweise, aber auch Coles
Atemfrequenz hatte sich beschleunigt, während er sich ihr widmete. Langsam strichen seine Finger tiefer, wanderten in Richtung
Bauchnabel und zogen federleichte Linien oberhalb ihres Slips.

Myra gab sich mit halb geschlossenen Augen dem wundervollen Gefühl seiner Berührungen hin. Sie spürte die Feuchtigkeit zwischen ihren Schenkeln und konnte sich nicht erinnern, dass jemals zuvor ein Mann eine solche Wirkung auf sie gehabt hatte. Unaufhörlich jagte ein Schauer den nächsten über ihre Haut, und hätte Cole ihre Arme nicht immer noch festgehalten, wäre sie vermutlich inzwischen in die Knie gegangen. Ihren Beinen traute sie seit geraumer Zeit nicht mehr.

Enttäuscht öffnete sie die Augen, als Coles Hand mit einem Mal verharrte. Sie begegnete seinem Blick. Es war der bohrende Blick, mit dem er ihr das Gefühl gab, in ihr lesen zu können. Er studierte sie auch jetzt, als seine Hand sich wieder bewegte – millimeterweise schob er seine Finger unter das Bündchen ihres Slips und ließ sie dabei nicht aus den Augen. Er wartete auf ihren Widerstand, doch vermutlich war beiden längst klar, dass es den nicht geben würde. Als Cole ihr stummes Einverständnis erkannte, wies er mit einer Kopfbewegung nach unten, wo Myras Füße noch immer unkomfortabel in den Hosenbeinen der Shorts steckten.

»Steig raus da«, ordnete er leise an und beförderte die Hose mit einem Tritt zur Seite, nachdem sie seiner Aufforderung Folge geleistet hatte. Dann legte er seine Hand auf ihren Venushügel, übte leichten Druck aus und küsste sie dabei fordernd. Während seine Zunge mit ihrer spielte, glitt sein Mittelfinger zwischen ihre Schamlippen und fuhr zart hindurch. Als Myra kehlig aufstöhnte, bewegte er den Finger schneller und mit etwas mehr Kraft. Sein Daumen fand ihre Klitoris. Myra stöhnte erneut, während er ihre empfindlichste Stelle mit kreisenden Bewegungen massierte.

Er unterbrach seinen Kuss, um Myra abermals prüfend zu mustern. Er grinste wissend und zufrieden, als sich ihre Blicke trafen.

Zu Myras Enttäuschung zog er seine Hand aus ihrem Höschen. Allerdings nur, um den Stoff im Schritt zur Seite zu schieben. Einen Moment später spürte sie seinen Finger in sich und keuchte auf.

Seine Bewegungen in ihrer Feuchtigkeit brachten Myras Beine
unkontrolliert zum Zittern.

»Ich …«, krächzte sie und räusperte sich. »Ich kann so nicht
mehr lange … ich meine, ich halte das nicht mehr …«

Cole zog seinen Finger heraus und hinterließ ein frustrierend
leeres Gefühl. »Schscht«, sagte er beruhigend. »Alles gut, ich halte
dich, leg die Arme um mich.« Endlich ließ er ihre Handgelenke los,
und sie klammerte sich an Coles Hals, während er sie umschlang
und mit einer Hand wieder in ihr Höschen fasste. »Lehn dich an
mich«, forderte er Myra auf und begann, ihre Klit mit einem Finger
zu umkreisen. Erst vorsichtig und behutsam, holte er sich nach
einem Moment mehr von ihrer Feuchtigkeit und massierte die
Perle schneller und mit mehr Druck. Einen Wimpernschlag später
fühlte Myra bereits die Vorboten des herannahenden Orgasmus,
und Sekunden danach kam sie mit einem lauten Stöhnen, und nur
ihre Hände in Coles Nacken und sein fester Griff verhinderten,
dass sie zusammensackte, während eine heiße Woge sie überspülte
und ihr Unterleib zuckte.

Atemlos und erschöpft von der Heftigkeit ihrer Reaktion, krallte
sie sich an Cole fest, der sie in seinen Arm zog und stützte. Sein
Herzschlag war fest, beständig – und schnell, wie Myra zufrieden
registrierte. Cole hatte sie so dicht an sich gezogen, dass sie seine
Erektion spüren konnte. Als sie zu Atem gekommen war, beugte
er sich zu ihr herunter und küsste sie zärtlich. »Das war toll«,
flüsterte er. »Du siehst hinreißend aus, wenn du dich deinen Gefühlen hingibst. Zum Anbeißen.« Er knabberte sanft an ihrer Unterlippe, und Myra konnte es kaum fassen, dass sofort neues Verlangen in ihr aufwallte. »Hättest du Lust auf eine zweite Runde?«,
hauchte er ihr ins Ohr und strich dann mit seinen Lippen über die
empfindliche Haut unterhalb des Ohres.

Myra nickte stumm, ihrer Stimme vertraute sie gerade nicht.

Cole lächelte. »Aber nicht hier«, sagte er. »Du weißt ja, dass hier

Zutritt verboten ist.« Streng sah er sie an. »Und das nächste Mal wird deine Bestrafung anders ausfallen.«

Nichts an ihm verriet, wie ernst er diese Drohung meinte. Cole ließ ihr auch keine Zeit, darüber nachzudenken, denn er hob sie plötzlich auf seine Arme, trat auf den Flur und ließ sie erst wieder herunter, indem er sie auf ihrem Bett absetzte. Mit einer geschmeidigen Bewegung zog er sich und dann Myra das T-Shirt über den Kopf, bevor er Myra zurückdrückte, sich neben sie legte und ihr Gesicht mit hauchzarten Küssen bedeckte. Myra drehte sich auf die Seite, um ihn besser ansehen zu können. Er war muskulös, das hatte sie ja schon gewusst. Ihr stockte jedoch der Atem, als sie sah, wie durchtrainiert er war. Seine Brustmuskulatur war definiert, die Hüfte schmal, und der Blick auf seinen Waschbrettbauch löste augenblicklich den Impuls aus, ihre Hand auszustrecken, um die einzelnen Muskeln nachzuzeichnen. Als sie allerdings ihre Finger tiefer wandern ließ, griff er nach ihr und hielt sie fest.

»Noch nicht«, sagte er bestimmt. »Erst bist du an der Reihe.«

Sein verheißungsvoller Tonfall ließ Myra erschauern, dennoch wagte sie einzuwenden: »Ich hatte doch gerade erst ... also ich glaube nicht, dass ich so schnell ...«

»Das lass mal ganz meine Sorge sein«, erwiderte Cole, drückte sie auf den Rücken und legte sich halb auf sie. In seinem Blick lagen Zärtlichkeit und Verlangen – eine Mischung, die Myras Herz galoppieren ließ. Cole neigte seinen Kopf und verteilte Küsse auf ihrem Dekolleté.

»Du siehst in dieser Wäsche unglaublich aus«, sagte er, »aber könntest du sie jetzt bitte ausziehen? Ich möchte deine Nippel lecken.«

Bei dieser Ankündigung schoss Hitze direkt in Myras Unterleib. Ihre Brüste verlangten beinahe schmerzhaft nach seinen Liebkosungen, und sie setzte sich auf, um den Verschluss des BHs zu öffnen. Gerade als sie nach hinten fasste, ertönte ein sirrendes Geräusch, gefolgt von einem ohrenbetäubenden Krachen, dem sich in der gleichen Sekunde ein nicht enden wollender Donner anschloss. Myra schrie vor Schreck auf, und auch Cole wirkte alarmiert.

»Fuck«, fluchte er. »Das hat hier irgendwo eingeschlagen.« Mit einem Satz war er aufgesprungen und streifte sich sein T-Shirt über den Kopf. »Bleib hier«, sagte er. »Hier ist es sicher, das Haus hat einen Blitzableiter. Ronan ist bestimmt schon draußen, ich begleite ihn. Wir müssen sicherstellen, dass nicht irgendwo ein Feuer in den Nebengebäuden ausgebrochen ist.« Er küsste Myra flüchtig auf die Stirn und eilte aus dem Zimmer. Myra sah ihm besorgt hinterher. Der Wettergott hatte ihr zum zweiten Mal an diesem Tag einen üblen Streich gespielt. Frustriert ließ sie sich in die Kissen zurückfallen.

4.

Das Bett neben ihr war am nächsten Morgen leer. Enttäuscht blinzelte Myra in das Grau, das durch das Fenster ins Zimmer strömte. Irgendwie hatte sie sich ihren Aufenthalt in den Keys anders vorgestellt. Sonniger auf jeden Fall. Das trübe Wetter passte zu ihrer Stimmung. Cole war nach seinem Kontrollgang nicht wieder zu ihr zurückgekehrt, offenbar hatte er es sich anders überlegt. Myra wusste nicht, was sie mehr störte – dass sie nicht dort weitergemacht hatten, wo der Blitzeinschlag sie unterbrochen hatte, oder dass sie sich deshalb so enttäuscht fühlte, obwohl sie doch wusste, wie unklug es wäre, sich mit einem Mann einzulassen, der aufseiten Hughfords stand.

Seufzend kletterte sie aus dem Bett, und ihre Laune sank noch ein paar Grade, als ihr einfiel, dass ihre Shorts noch immer im Arbeitszimmer lagen. Also war sie gezwungen, nur im Slip und T-Shirt durchs Haus zu huschen. Andererseits lieferte die Hose die perfekte Ausrede, um das verbotene Zimmer noch einmal zu betreten. Der Gedanke beflügelte sie – nach nur wenigen Minuten im Bad eilte Myra barfuß die Treppe hinunter. Ohne Flip-Flops, die nur unnötige Aufmerksamkeit auf sich gezogen hätten. Die Vorstellung, Ronan so knapp bekleidet in die Arme zu laufen, behagte ihr überhaupt nicht. Sogar Cole in diesem Aufzug zu begegnen, wäre schon peinlich genug. In der schummerigen Atmosphäre des gestrigen Abends war das etwas ganz anderes gewesen.

Am Fuße der Treppe blieb sie kurz stehen und lauschte, doch kein Laut drang an ihr Ohr. Selbst der Sturm hatte sich gelegt, es war beinahe unheimlich still. Auf Zehenspitzen schlich sie in Richtung des Korridors, in dem sich das Arbeitszimmer befand. Bis Ronans Stimme wie ein Peitschenhieb in ihren Rücken knallte. »Zum Esszimmer geht es hier entlang.«

Myra wirbelte herum und hätte fast das Gleichgewicht verloren,

weil Ronan im gleichen Moment ihre Schulter packte, um sie umzudrehen. Er hielt sie an den Armen fest, damit sie nicht strauchelte.
Oder nicht vom rechten Weg abkam, dachte Myra bitter, als sie
seinem Blick begegnete, der anklagender kaum hätte sein können.

Hitze schoss in Myras Gesicht, als er sie mit einer Armlänge
Abstand festhielt, während er an ihr hinuntersah und ein süffi-
santes Grinsen auf seiner Miene erschien. Sie presste unwillkürlich
die Oberschenkel zusammen, als könnte sie sich dadurch vor seinem stechenden Blick schützen.

Und als ob das alles noch nicht blamabel genug wäre, trat in
diesem Augenblick Cole in die Halle. In Gegensatz zum Vortag
trug er legere Kleidung, graue Cargohosen und ein schwarzes Shirt,
das so eng anlag, dass sie jeden seiner Muskeln erkennen konnte.
Die Haare waren feucht, und einige Strähnen fielen ihm in die
Stirn. Er grinste, als er die Szene vor sich erblickte.

»Na, Ron, erfolgreich auf Jagd gewesen?«, spottete er, während
er auf Myra zuging. »Wir haben eine unartige Meerjungfrau zu
Gast, die wohl vergessen hat, dass ich ihr Ärger angedroht habe,
falls sie das Arbeitszimmer noch einmal betritt.« Strenge lag in
seinen Worten, aber seine Augen blitzten.

Ronan machte einen Schritt zur Seite und stellte sich in Türste-
herpose vor den Durchgang. Cole hatte auf diese Weise eine un-
gehinderte Sicht auf Myras nackte Beine, die er offenbar weidlich
genoss. Mit aufreizender Langsamkeit glitt sein Blick über Myras
untere Hälfte und blieb auf Höhe des knappen Seidenhöschens
hängen, das unter dem Saum des T-Shirts hervorblitzte. Anders
als bei Ronan, reagierte ihr Körper auf Coles Musterung allerdings
mit einem deutlichen Ziehen zwischen ihren Beinen. Sie presste
die Schenkel fester zusammen, um das aufkommende Pulsieren
im Schritt irgendwie zu kontrollieren, und glühte noch heißer, als
sie in Coles Miene las, dass er genau wusste, was gerade in ihr
vorging.

Ohne das weiter zu kommentieren, ergriff er lächelnd ihre Hand. »Komm, lass uns frühstücken.«

»Ähm, Cole?«

»Ja?«

»Ich trage keine Hose.«

»Ich weiß.« Seine Augen glitzerten vergnügt. »Gefällt mir gut.«

Abrupt blieb Myra stehen. »Aber mir vielleicht nicht!«, begehrte sie auf. »Deshalb war ich ja auf dem Weg ins Arbeitszimmer – ich wollte nicht halb nackt herumlaufen.«

»Schade eigentlich.«

Sein Lächeln ließ ihren Ärger schneller schmelzen als Saharasonne einen Schneemann. Dennoch: »Cole, es ist mir ernst.«

Er seufzte leise. »Du bist ja schon wieder so verspannt.« Er änderte den Kurs und steuerte auf die Treppe zu. »Also gut. Dann packen wir dich mal ein.«

Oben schob er sie durch eine Tür in ein Schlafzimmer, das noch größer war als der Raum, in dem sie übernachtet hatte. Auch hier war die Einrichtung elegant, jedoch eindeutig männlicher. Mobiliar aus dunklem massiven Holz mit klaren Linien dominierte das Zimmer, die Wände waren schlicht weiß. Überstrahlt wurde alles von einem Gemälde über dem Bett, zu dem Myra nur »Farbexplosion« einfiel. Mit offenem Mund starrte sie auf das Kunstwerk.

»Gefällt es dir?« Cole trat neben sie, sie sah aus den Augenwinkeln, wie sein Blick zwischen ihr und dem Bild hin- und herwanderte.

»Es ist beeindruckend«, flüsterte sie und wusste selbst nicht, wieso sie die Stimme senkte. »Es erinnert mich an einige kubistische Werke, doch dafür ist es eigentlich viel zu bunt.«

»Du liegst gar nicht so falsch.« Cole warf ihr einen anerkennenden Blick zu. »Es ist ein echter Bruce, aus seiner Zeit, als er mit Delaunay, einem der bedeutendsten Vertreter des orphischen Kubismus, befreundet war.«

Jetzt war es an Myra, Cole einen faszinierten Blick zuzuwerfen.
»Du kennst dich mit Kunst aus?« Irgendwie hatte sie ihn eher mit einem Tennis- oder Baseballschläger auf einer Sportanlage gesehen als in einem Museum.

Er zuckte die Achseln. »Du doch offensichtlich auch.«

»Ich finde es bewundernswert, wenn jemand in der Lage ist, mit einigen Pinselstrichen Emotionen für die Ewigkeit auf Leinwand zu bannen«, erwiderte Myra. »Bereits als Kind war ich ganz verzweifelt, dass ich nie so gut malen konnte wie viele andere in meiner Klasse. Irgendwann habe ich akzeptiert, dass mir jegliches Talent fehlte, aber ich liebe es immer noch, mir Kunstbände anzusehen.«

»Nicht auch, ins Museum zu gehen?«

»Glaub mir, in meinem Kaff ist nichts Sehenswertes.« Verflixt, jetzt hatte sie ihm eine Steilvorlage geliefert. Der letzte Satz forderte die Frage nach ihrer Heimat förmlich heraus, dabei hatte sie es bisher geschafft, in allem bewusst vage zu bleiben, was sie betraf. »Könnten wir uns jetzt um adäquate Bekleidung für mich kümmern?«, fragte Myra deshalb schnell, und Cole ließ sich zum Glück ablenken.

»Natürlich«, antwortete er. »Obwohl ich wirklich nichts an deinem aktuellen Outfit auszusetzen habe.« Er lachte angesichts des giftigen Blicks, der ihn traf.

Dann schob er sie durch eine Tür ins Nebenzimmer. Das Bad, in dem sie gestern gewesen war. Sie hatte die Verbindungstür zu Coles Schlafzimmer tags zuvor nicht bemerkt. Ihr Bikini lag sauber und trocken auf dem Tischchen neben der Badewanne bereit.

»Luisa war so freundlich«, erklärte Cole, als er Myras fragenden Blick sah.

»Oh, vielen Dank. Es tut mir leid, dass ich ihn gestern hier verge…«

»Myra, entspann dich. Es ist alles gut.« Cole streckte seine Hand aus und streichelte ihr sanft über die Wange. »Als ich dich gestern Abend das letzte Mal gesehen habe, warst du entschieden relaxter.« Er hob anzüglich die Augenbrauen. »Sollen wir weitermachen, wo wir aufgehört haben?« Er trat noch näher an Myra heran und nahm ihr Gesicht zwischen seine Hände. Zärtlich hauchte er ihr einen Kuss auf die Stirn, auf die Nase, auf den Mund. Die Haut kribbelte, wo seine Lippen sie berührten. Sein Mund wanderte zu ihrem Ohr, er zupfte an ihrem Ohrläppchen. »Soll ich dich entspannen, Myra?«, drang seine betörende Stimme an ihr Ohr.

Myra fuhr zurück, als hätte er sie angegriffen. Bloß nicht! Was passierte nur mit ihr! Sie hatte einen Auftrag zu erledigen, und dieser Mann musste sie nur ansehen, und schon vergaß sie alles andere. Sie musste Abstand halten und sich vor allem immer wieder vor Augen führen, dass Cole und Ronan zur echten Gefahr werden konnten, wenn sie nicht vorsichtiger war. Als sie seinen Blick auffing, stach er ihr ins Herz. Sie hatte Cole mit ihrer heftigen Reaktion verletzt. Er hatte sich sofort wieder unter Kontrolle, aber für eine Sekunde hatte sie die Kränkung in seiner Miene gelesen, bevor sich ein Schleier aus Kälte darüberlegte.

»Cole, bitte, versteh das nicht falsch.« Sie legte eine Hand auf seinen Arm. »Das von gestern muss eine Ausnahme bleiben. Du hast mich überrumpelt. Nicht, dass es nicht schön war«, schob sie schnell hinterher, als sich sein gesamter Körper verspannte. »Es ist nur so … ich meine, wir kennen uns doch gar nicht und …« Sie biss sich auf die Lippe, als sie die Mauer förmlich sah, die er zwischen ihnen errichtete.

»Du hast natürlich recht«, erwiderte er steif. »Zieh dich um, ich suche dir Kleidung.« Mit diesen Worten ließ er sie allein.

Myra setzte sich auf den Rand der Badewanne und barg ihren Kopf in den Händen. Welch ein verdammter Mist aber auch! Ihre Mitte brannte vor Verlangen nach ihm, alles in ihrem Inneren hatte »Ja« geschrien, als er mit ihr an den gestrigen Abend anknüpfen

wollte. Sie begehrte Cole, diesen Mann, den sie doch gar nicht
kannte, wie sie vermutlich noch nie einen Mann begehrt hatte.
Aber es war verdammt noch mal ein Fehler. Sie wagte sich kaum
auszumalen, was Ronan und Cole mit ihr anstellen würden, wenn
sie wüssten, warum sie wirklich hier war. Cole traute sie nicht zu,
dass er Gewalt anwenden würde, bei Ronan war sie sich da nicht
so sicher. In jedem Fall würde es unangenehm werden. Sie schüttelte sich bei der Vorstellung und schaffte es, das Bild von Coles
verführerischem Lächeln und seinen glänzenden Augen aus ihren
Gedanken zu verscheuchen. Rasch zog sie den Bikini an und kehrte in Coles Schlafzimmer zurück.

Cole drehte sich zu ihr um, sein Blick flackerte kurz, aber seine
Miene blieb ausdruckslos. Mit einem dunkelblauen Tanktop in der
Hand trat er auf sie zu.

»Leg die mal weg«, sagte er und deutete auf die Unterwäsche,
die Myra ratlos möglichst klein zwischen ihren Fingern zerknüllt
hatte.

»Äh …«, druckste Myra herum und merkte, wie sie schon wieder knallrot anlief. »Ähm … besser nicht«, stieß sie schließlich
hervor.

Coles Augenbrauen schossen gleichermaßen wie seine Mundwinkel nach oben. Offenbar kehrte der alte Cole zurück. Belustigt
starrte er Myra ins Gesicht, die spürte, wie sie noch dunkler wurde.
Wenn er sie jetzt nach einer Erklärung fragte, würde sie schreiend
aus dem Zimmer rennen. Oder wenigstens vor Schreck ohnmächtig.

»Warum nicht?«

Natürlich passierte nichts. Das Gummi in ihren Beinen verhinderte ein Davonlaufen, und eine Ohnmacht sah das Schicksal allem Anschein nach als zu gnädig an. Sie musste wohl oder übel
seinen Blick überleben, der sich bis in ihr tiefstes Innerstes bohrte,

dort einen Funken entfachte und gelassen dabei zusah, wie ein Flächenbrand daraus entstand.

Wie schon am Abend zuvor reichte ein fragendes Heben der Augenbraue, um ihren Widerstand zu brechen. Wie schaffte der Kerl das nur?

»Sie … äh … sie ist … äh … nicht ganz sauber.« Ihr Kopf platzte gleich vor Hitze. »Und nicht ganz trocken«, fügte sie schnell hinzu, als er seelenruhig ihre Finger öffnete, ihren Slip nahm und entfaltete. Die Szene im Bad hatte sie bereits wieder so feucht werden lassen, dass sich verräterisch dunkle Flecken auf der zarten Seide abzeichneten. Von den gestrigen Spuren ganz zu schweigen.

Coles Mundwinkel zuckten. Er fixierte sie wie ein Raubtier vor dem Sprung. »Du bist sicher, dass wir das von gestern nicht wiederholen sollten?«, fragte er, und sein Blick loderte. Seine Stimme war dunkel und rau und streichelte ihre Sinne. Er hielt den Slip hoch. »Dein Höschen spricht nämlich eine ganz andere Sprache.«

Myra schloss schnell den Mund, als sie bemerkte, dass sie sich über ihre halb geöffneten Lippen leckte. Das war doch verrückt! Sie trat einen Schritt zurück, schaffte es jedoch nicht, ihre Augen abzuwenden.

Cole verringerte den Abstand nicht, aber sein Blick wurde noch eindringlicher.

»Ich werde jetzt Folgendes machen, Myra.« Er warf den Slip aufs Bett, wo bereits das Tanktop und ein Seidentuch lagen. »Siehst du das Tuch dort? Es ist groß genug, um es als Rock zu tragen. Ich werde jetzt bis zehn zählen. In dieser Zeit nimmst du *entweder* Shirt und Tuch und ziehst dich an. Dann gehen wir beide nach unten, frühstücken und tun so, als hätte es den gestrigen Abend nicht gegeben. Du bleibst auf der Insel, bis eine ungefährdete Überfahrt möglich ist; sobald die See ruhiger ist, lasse ich dich in dein Hotel bringen, und wir sehen uns nie wieder. *Oder* …«, seine Stimme wurde noch etwas rauer und leiser, fast schon knurrend,

»du bleibst im Bikini, und ich werde überprüfen, wie sehr du mich willst.« Er sah sie mit unbewegter Miene an. Seine Worte lösten heftigstes Pulsieren in ihrem Unterleib aus. Myra starrte ihn wie hypnotisiert an, aber in ihrem Kopf rasten die Gedanken.

»Eins.«

Er konnte unmöglich ernst gemeint haben, was er sagte!

»Zwei.«

Was wollte er? Was meinte er mit *überprüfen?*

»Drei.«

Sie durfte doch nicht einfach stehen bleiben. Allerdings verriet der Zustand ihres Höschens ziemlich eindeutig, was sie wirklich wollte.

»Vier.«

Auch das Bikiniunterteil sah sicher ähnlich aus. Allein der Klang seiner Stimme hatte sie wohlig erschauern lassen, und seine Worte hatten ihr den Rest gegeben.

»Fünf.«

Sie musste sofort eine Entscheidung treffen. Die Hälfte der Schonfrist war verstrichen.

»Sechs.«

Die Zeit wurde knapp. Sie würde kaum mehr reichen, um sich anzuziehen.

»Sieben.«

War es möglich, dass sein Blick noch durchdringender geworden war? Irgendwie hungrig. Er zog die Mundwinkel nach oben ... triumphierte er etwa schon? So leicht würde sie es ihm keinesfalls machen.

»Acht.«

Kein Mann hatte so viel Macht über sie. Sie ging einige Schritte an ihm vorbei zum Bett und ergriff das T-Shirt. Mit Genugtuung sah sie aus den Augenwinkeln, wie sich Coles Augenbrauen zusammenzogen.

»Neun.«

Er trat näher, stand nun dicht hinter ihr, berührte sie aber nicht. Dennoch stieg sein männlicher Duft in ihre Nase. Seine Wärme hüllte sie ein, und sein Atem streifte ihren Nacken wie eine Liebkosung. Wie paralysiert blieb sie mit dem Shirt in der Hand stehen.

»Zehn.«

Ihre Hand mit dem Shirt sank herunter, während sie von hinten von zwei kräftigen Armen umschlungen wurde. Cole zog eine heiße Spur von Küssen von ihrem Nacken über ihre Schultern. Dann wanderte er mit beiden Händen zielstrebig nach unten, schob den Stoff des Bikiniunterteils zur Seite und führte einen Finger ein.

Überrascht keuchte Myra auf.

»Was denn?«

Myra hörte das leise Lachen in seiner Stimme.

»Ich habe gesagt, ich würde es überprüfen.« Er holte etwas von ihrer Feuchtigkeit und verteilte sie zwischen den Schamlippen, bevor er mit seinen Fingern behutsam durch ihren Schritt fuhr. Myra erschauerte bei der Berührung. »Ich würde sagen, ich habe recht behalten. Du bist mehr als bereit für eine Fortsetzung.«

Myra ließ das Tanktop auf das Bett zurückfallen und lehnte sich an ihn. Still standen beide für eine Weile da, Myra noch immer wie gelähmt und mit rotierendem Gedankenkarussell und Cole, der sie mit einer Hand an sich drückte und mit der anderen ihren Intimbereich erkundete, bis ihr Atem stoßweise kam. Sie spürte seine Erektion in ihrem Rücken und konnte es plötzlich kaum erwarten, ihn nackt zu sehen. Sie wollte sich umdrehen, aber er hielt sie noch immer fest.

»Stehen bleiben«, knurrte er, und sie gehorchte, nicht zuletzt, weil er mit festem Griff in ihre Scham packte und die Fingerkuppen um ihren Eingang kreisen ließ. Myra stöhnte auf. Erst wohlig, dann frustriert, als er seine Hand entfernte. Er öffnete ihr Bikinioberteil, hob sie hoch und legte sie auf dem Bett ab, wo er sich neben sie setzte. Seine Augen wanderten über ihren Körper, während er ihr das Oberteil auszog. Dann schob er auch ihr Bikinihöschen herunter. Das Geräusch, mit dem es auf dem Boden landete, dröhnte in seiner Endgültigkeit wie ein Paukenschlag in Myras Ohren. Sie lag nackt ausgestreckt im Bett des Mannes, von dem sie sich fernhalten sollte. In welchen Schlamassel ritt sie sich da bloß rein? Noch konnte sie »Nein« sagen.

»Du hattest dich entschieden, erinnerst du dich?« Coles sanfte Stimme drang in ihr Ohr. Myra fragte sich allmählich, ob er wirklich Gedanken lesen konnte. Er streifte mit seiner Hand über ihren Körper, mit kaum spürbaren Berührungen streichelte er ihren Bauch, ihre Brüste, über ihre Schenkel, und zum Schluss versenkte er wieder einen Finger in ihr.

Ihren Versuch, ihn anzufassen, unterband er mit einem strengen Blick, und so lag Myra da und ließ sich verwöhnen, bis alle Zweifel durch ihre Lust überlagert wurden.

Seine Blicke waren ihr bewusst, sie waren selbst so intensiv wie Berührungen, während er ihre Reaktionen studierte. Eigenartigerweise störte sie das nicht, sondern verstärkte nur ihre Erregung, dass sie sich ihm freiwillig so überließ. Als sie einen kehligen Laut ausstieß, nahm er seine Hand weg. Myra warf ihm einen frustrierten Blick zu. Viel hatte nicht gefehlt, und sie wäre gekommen. Unruhig rutschte sie auf dem Bett herum, um diesem unbefriedigten Kribbeln Herr zu werden.

Cole grinste. »Ich glaube, jetzt können wir da weitermachen, wo wir gestern aufgehört haben«, sagte er sichtlich zufrieden und zog sein Shirt aus.

Als Myra seinen nackten Oberkörper sah, wurde das Ziehen zwischen ihren Beinen unerträglich. Ohne darüber nachzudenken, legte sie ihre eigene Hand an ihren Schritt. Sekunden später fand sie beide Hände auf Kopfhöhe wieder, wo Cole sie festhielt. Er lag auf ihr, stützte sein Gewicht jedoch auf den Ellbogen ab und sah sie mit blitzenden Augen an. »Hände da weg«, sagte er streng, »dafür bin ich im Augenblick ganz allein zuständig.«

»Dann tu auch was«, forderte sie mit einer Kühnheit, die sie selbst überraschte, während sie ihre Hüften unter ihm bewegte, um sich an seiner Härte Erleichterung zu verschaffen, die sich gegen ihren Venushügel presste.

Cole sah sie einen Moment verblüfft an, dann lachte er. »Nun hör sich das einer an! Untätigkeit ist mir im Bett noch nie vorgeworfen worden.« Sein Lächeln wurde breiter, inniger, verheißungsvoller. »Mal sehen, ob du dich auch noch beschwerst, wenn ich mit dir fertig bin«, sagte er mit einem diabolischen Grinsen und finsterer Stimme, und nur seine blitzenden Augen zeigten, dass er seine Drohungen nicht ernst meinte ... oder womöglich doch, denn der Kuss, den er sich im Anschluss von ihr raubte, war Verlangen und Versprechen zugleich. Er rutschte von ihr herunter, damit er seine Arme wieder benutzen konnte, und massierte Myras Brust, streichelte zwischendurch ihre Knospen und führte seine Hand danach weiter nach unten.

»Ich glaube, hier waren wir gestern stehen geblieben«, sagte er grinsend, während er mit seiner Zunge um ihre Brustwarze kreiste. »Ich wollte deine Nippel lecken.«

Er neckte die Spitze einige Male mit der Zunge, dann nahm er sie zwischen die Lippen und zupfte und saugte daran.

Myra verbrannte innerlich. Sie wand sich gequält auf der Decke. Den Versuch, ihre Hand an ihm hinabgleiten zu lassen, unterband er, indem er sie wieder neben ihrem Ohr aufs Bett drückte.

»Wenn du jetzt meinen Schwanz berührst, falle ich sofort über dich her«, sagte er heiser. »Aber wir wollen doch, dass du auf deine Kosten kommst, damit ich hinterher keine Beschwerden höre.« Er hauchte ihr einen Kuss auf die Nasenspitze und widmete sich dann abwechselnd ihren Brüsten.

»Cole«, stöhnte Myra. »Ich hätte nichts dagegen ... also, du dürftest jetzt gerne über mich herfallen.« Zur Bestätigung presste sie ihm ihre Hüfte entgegen, soweit Coles Körper auf ihr das erlaubte.

Cole lachte leise auf. »Ich weiß. Aber du bist noch nicht so weit.« Myra stöhnte genervt. »Und ob ich das bin. Das hast du doch vorhin selbst überprüft.«

Cole ging dazu über, ihre Brüste zu massieren. Er kniff leicht in die Brustwarze, und das Gefühl durchzuckte Myra wie ein Stromschlag. Sie keuchte auf. »Schon besser«, sagte er. »Wenn jetzt noch etwas Wimmern und Betteln hinzukommt …« Er lachte erneut, als er Myras vernichtenden Blick auffing.

»Darauf kannst du lange warten!« Aus halb zusammengekniffenen Augen feuerte Myra wütende Blitze ab.

»Du dann aber auch«, gab er ungerührt zurück, rutschte tiefer, öffnete ihre Schamlippen und ließ seine Zunge einmal hindurchgleiten, bevor er seinen warmen Atem in die Spalte blies und Myras ersticken Schrei mit einem genüsslichen Grinsen quittierte.

Myras Schenkel zuckten. Noch eine einzige Berührung von ihm, und sie würde explodieren. Aber diesen Gefallen tat er ihr nicht. Seelenruhig rutschte er wieder hoch und platzierte einige Küsse auf ihrem Dekolleté.

Das reichte jetzt. Myra stieß den überraschten Cole zur Seite, drehte ihn auf den Rücken und warf sich bäuchlings auf ihn. Beinahe verzweifelt drückte sie ihre Lippen auf seinen Mund, fuhr mit der Zunge auffordernd über seine Unterlippe und tauchte tief hinein, als er sie schließlich einließ. Während sie ihn mit dem Spiel ihrer Zunge beschäftigte, schob sie die Hand beherzt zwischen seinen flachen Bauch und den Hosenbund und spürte die Feuchtigkeit seiner Eichel an ihren Fingern. Sanft rieb sie mit der Fingerkuppe darüber und vernahm zufrieden Coles Aufkeuchen.

Dankbar für das dehnbare Bündchen seiner Cargohose ließ sie ihre Hand weiter nach unten wandern und berührte seinen harten

Schaft, den sie umfasste, so gut es die Enge der Hose erlaubte. Viel Spielraum hatte sie nicht, aber ihre begrenzten Bewegungen reichten aus, um ihn noch härter werden zu lassen. Er stöhnte in ihren Mund, und als sie kurz den Kopf hob, sah sie seinen verhangenen Blick mit Genugtuung. Einige Male strich sie noch über seine Härte, dann wagte sie eine kurze Unterbrechung, um seine Hose zu öffnen und seine Boxershorts hinunterzuschieben. Sein Penis sprang mehr als bereit aus seinem Gefängnis, und Myra spürte ein vorfreudiges Pulsieren, als sie seine Größe das erste Mal in voller Pracht sah.

Sie rutschte von Cole herunter. »Hüfte hoch«, kommandierte sie und zog ihm die Hose und die Boxershorts von den Füßen.

»Ausgleichende Gerechtigkeit«, sagte sie grinsend, als sie ihre Hände jetzt an seinem Körper entlanggleiten ließ und dabei zusah, wie seine Begierde immer stärker wurde. Sie setzte sich auf seinen Bauch, und die Berührung seiner nackten Haut zwischen ihren Beinen hätte fast ausgereicht, sie kommen zu lassen. Sie stöhnte auf. Beinahe hätte Cole das Spiel gewonnen, weil sie kurz davor war, ihn anzuflehen, sich endlich in ihr zu versenken. Dass seine muskulöse Brust sich schnell hob und senkte, machte es nicht einfacher, ihre Erregung zu kontrollieren, aber sie zwang sich, das Pochen zwischen ihren Beinen zu ignorieren. Langsam schob sie sich in Richtung seiner Füße. Als seine Eichel ihren Eingang berührte, keuchte sie auf, doch sie schaffte es, ihren Körper darüber hinwegzubewegen. Coles Stöhnen machte deutlich, dass auch er kurz davor war, die Beherrschung zu verlieren. Gut so!

Myra beugte sich vor und ließ ihre Zunge den Schaft entlang bis zur Spitze gleiten. Dann umspielte sie seine Eichel, bevor sie seinen Penis in ihren Mund nahm. Cole atmete tief ein. Er hatte die Fäuste geballt. Sein Gesicht war lustvoll verzerrt. Myra fühlte einen unsinnigen Triumph darüber, dass es ihr gelungen war, den Spieß umzudrehen. Zwar pulsierte ihr Unterleib noch immer, und jede

Synapse vibrierte, aber eindeutig hatte sie das Heft jetzt in der Hand. Im wahrsten Sinne des Wortes, dachte sie feixend, während sie ihre Daumen und Zeigefinger zu Hilfe nahm und begann, seinen Schaft zu massieren, während sie weiter oben saugte.

Ihr Hochgefühl währte jedoch nicht lange. Cole gestattete ihr die Kontrolle einen weiteren kurzen Moment, dann warf er sich herum, wobei er sie mit auf den Rücken drehte, und hatte die Situation – und Myra – wieder im Griff. Einen kleinen Sieg hatte sie trotzdem errungen, denn Cole ließ sie nicht länger warten, sondern fasste in die Nachttischschublade, holte ein Kondom heraus und streifte es mit einer gewissen Eile über, bevor er sich zwischen Myras Beinen platzierte. Er hob ihre Hüfte leicht an und drang in sie ein. Myra seufzte auf, so erleichternd war das Gefühl, ihn endlich in sich zu spüren. Langsam schob er sich in sie und gab ihr Zeit, sich an seine Größe zu gewöhnen. Als er sie ganz ausfüllte, zog er sich ebenso behutsam wieder zurück.

»Alles okay?«, fragte er, und das Zittern seiner Stimme verriet, wie sehr er sich beherrschen musste.

»Ja, alles gut.« Sie lächelte ihn beruhigend an. Ob er gemerkt hatte, wie lange sie keinen Sex mehr gehabt hatte?

Sein nächster Stoß in ihre Enge war stärker. Myra keuchte auf, und Cole sah sie prüfend an.

»Alles gut«, versicherte sie noch mal, und er erhöhte das Tempo. Myra vermutete, dass er sich noch immer zusammenriss, denn er war sehr vorsichtig mit ihr. Sie konnte sich vorstellen, dass Cole ein Typ war, der auch härteren Sex auslebte, vielleicht sogar bevorzugte, aber jetzt und hier war sie dankbar für seine gefühlvolle Art, in sie einzudringen. Im selben Maß, wie ihre Sorge, er könne zu groß für sie sein, abnahm, konnte sie sich ihm hingeben. Seine Bewegungen wurden kräftiger und fanden einen Rhythmus, der Myra weiter stimulierte. Sie stöhnte auf, kam seinen Stößen entgegen und rieb ihr Schambein an seinem, bis er innehielt. Myra gab ein frustriertes Seufzen von sich, was ihr einen amüsierten Blick von Cole einbrachte. Aber er wollte sich nur neu positionieren, und einen Moment später spürte sie ihn wieder in sich und hatte das Gefühl, er wäre noch tiefer in ihr, hätte sie vollständig in Besitz genommen und ausgefüllt. Sie krallte sich an seinen Rücken und genoss das Spiel seiner Muskeln unter ihren Händen. Ihr Puls schoss in die Höhe, jede Nervenzelle in ihrem Körper brannte, und als sich die lustvolle Welle in ihr aufbaute, schlang sie ihre Beine um Cole, um ihn noch fester in sich hineinzupressen. Sie bäumte sich ihm entgegen und kam mit einem Aufschrei. Als ihr Inneres sich um ihn zusammenkrampfte, ließ auch Cole sich fallen. Mit einem lauten Stöhnen stieß er noch einige Male zu, dann zuckte sein Penis, und wenig später lag Cole schwer atmend auf ihr. Seine Arme zitterten, als er versuchte, sein Gewicht damit zu stützen. Erschöpft rollte er sich auf die Seite, umschlang ihre Hüfte jedoch sofort mit einem Arm und küsste sie auf die Schulter.

»Zufrieden, oder muss ich mit Beschwerden rechnen?«, murmelte er in ihr Ohr.

»Großer Gott, Cole. Du gehörst doch wohl nicht zu den Männern, die hinterher hören müssen, wie toll sie waren?« Myra drehte sich mit gerunzelter Stirn zu ihm um.

»Nur, wenn ich währenddessen Beanstandungen höre«, erwiderte Cole grinsend.

»Ich denke drüber nach.« Myra beugte sich über ihn und drückte ihm einen Kuss auf den Mund. Ihr Herz machte einen Sprung, als sie den zärtlichen Ausdruck in seinen Augen sah. Sein Lächeln war atemberaubend. Sie zeichnete die Konturen seiner vollen Lippen mit dem Zeigefinger nach und küsste seine Mundwinkel. Cole streichelte träge ihren Rücken. Myra ließ ihren Kopf auf seine Brust sinken und genoss seine Nähe. Sein Herz schlug stark und gleichmäßig und hatte etwas ebenso Beruhigendes wie das Streicheln

seiner Hände. Noch nie hatte sie sich in den Armen eines Mannes
so wohlgefühlt.

»Hey, kleine Nixe, nicht einschlafen.« Er hob ihr Kinn an. »Was hältst du davon, wenn wir jetzt duschen und uns dann ein verspätetes Frühstück gönnen?«

5.

Später – viel später, da das Duschen zu zweit deutlich länger gedauert hatte – saßen Cole und Myra im Esszimmer. Luisa hatte frische Waffeln und Pancakes gezaubert, dazu gab es Eier, Bacon und Toast. Myra dachte an ihr übliches Cornflakes-Frühstück und fühlte sich wie im Paradies. Als ihr Blick auf einen Krug Orangensaft fiel, strahlte sie über das ganze Gesicht.

»Was ist?«, fragte sie, als Coles Mundwinkel zuckten.

»Du siehst aus wie ein Kind zu Weihnachten«, erwiderte er. »Das freut mich einfach.«

»Dieses Frühstück ist umwerfend«, schwärmte Myra. »Der Saft schmeckt wie frisch gepresst.« Sie leckte sich über die Lippen, nachdem sie davon gekostet hatte.

Cole grinste. »Das liegt daran, dass er frisch gepresst ist. Möchtest du noch Saft? Oder etwas anderes?«

»Nein danke, ich bin rundum versorgt.« Sie lachte auf, als ihr die Mehrdeutigkeit auffiel und Cole feixte.

Beide wurden ernst, als ein großer Schatten im Türrahmen erschien.

»Was gibt es, Ron?«, fragte Cole den Sicherheitchef, während Myra den Impuls unterdrückte, sich unter den Tisch zu flüchten. Sie spürte Ronans Misstrauen fast körperlich, und sämtliche Nerven waren sofort in Alarmbereitschaft. Dass Cole ihr einen irritierten Blick zuwarf, trug nicht gerade zu Myras Entspannung bei. Sie war offenbar kein bisschen zur Unredlichkeit geschaffen.

»Das Unwetter hat nachgelassen«, sagte Ronan. »Ich habe die Schäden besichtigt, die heute Nacht entstanden sind. Einen der alten Bäume hat es erwischt, das war wohl der Blitzeinschlag. Die Gebäude scheinen okay zu sein, aber das Bootshaus ist durch Windbruch gefährdet, das solltest du dir vielleicht ansehen. Der

Wetterbericht sieht nicht gut aus, ich denke, da müsste vorher was dran gemacht werden.«

Cole nickte. »Okay, ich drehe gleich selbst eine Runde, danach besprechen wir, was zu tun ist. Wie sieht das Meer aus?«

Ronan zuckte mit den Schultern. »Rauer Seegang, und die nächsten Unwetter sind auf dem Weg. Wenn es nicht unbedingt sein muss, würde ich von einer Überfahrt abraten.«

Cole warf Myra einen Blick zu. »Hältst du es hier noch etwas mit mir aus?«

»Wenn es für dich okay ist.« Myra gab sich gelassen. »Und für die anderen.«

Ronans Grunzen machte deutlich, dass er nicht nur verstanden hatte, wer mit »die anderen« gemeint gewesen war, sondern auch, dass es ihn nicht glücklich stimmte, Myra noch länger im Haus zu wissen.

»Gut, dann machen wir beide jetzt einen Strandspaziergang.« Cole erhob sich. »Wird es gehen mit deinen Flip-Flops?«

Hughford Island war nicht groß. Der Umfang mochte unter zwei Meilen betragen, aber dadurch, dass sie häufig stehen blieben, um Bäume oder Nebengebäude zu inspizieren, kamen sie nur langsam voran. Besonders lange hielt sich Cole am Bootshaus auf und runzelte besorgt die Stirn, als er den riesigen Ast sah, der sich bedrohlich gesplittert über das Dach des Bootsschuppens neigte.

Wenn nicht immer wieder Spuren der Zerstörung das Bild getrübt hätten, wäre die Insel paradiesisch gewesen. Üppiger Bewuchs mit hohen Bäumen und sogar Palmen am Strand vermittelten den Eindruck einer Postkartenkulisse.

Cole hatte ihre Hand genommen, und Myra fühlte sich in einen ihrer Romane versetzt, wo sie die Liebespaare nur allzu gerne gemeinsam über den Strand schlendern ließ. Um die gesamte Insel herum führte ein befestigter Weg direkt am sandigen Meeresufer entlang. Für die Patrouillen des Sicherheitsteams, erkannte Myra, als ihnen ein Mann begegnete, der nicht weniger martialisch auftrat als Ronan selbst. Erneut wurde ihr bewusst, wie viel Glück sie gehabt hatte, mit einer plausiblen Ausrede hier angespült worden zu sein.

Das erinnerte sie mit einem Stich daran, dass sie unbedingt die Gelegenheit beim Schopf packen musste, die ihr der verlängerte Aufenthalt bot. Irgendwann würde das Wetter besser werden, und bis dahin musste sie die Informationen für Owens' aufsehenerregenden Artikel zusammenhaben. Es fiel Myra zunehmend schwerer, ihr schlechtes Gewissen zu unterdrücken. Selbst wenn Cole sicherlich auch Spaß an ihrem Sex gehabt hatte, so schmerzte es, ihn zu hintergehen. Der zärtliche Ausdruck in seinen Augen kam ihr in den Sinn. Konnte sie jemanden, der sie so ansah, wirklich belügen? Myra atmete tief durch. Zum Teufel mit dieser Gefühlsduselei. Cole sah unglaublich gut aus, er hatte griffbereit Kondome im Nachtschränkchen liegen, für ihn war sie mit Sicherheit eine von vielen – da waren keine Gefühle zwischen ihnen, das war reine Begierde gewesen. Kein Grund für Gewissensbisse. Sie hatte sicher nicht ihren Körper eingesetzt, um an Informationen zu kommen. Er hatte sie verführt, nicht sie ihn.

»Hormone«, brummte Myra. »Das waren nichts als wild gewordene Hormone.«

»Bitte, was?« Cole warf ihr einen irritierten Seitenblick zu.

Oh, mein Gott! Hatte sie das wirklich laut geäußert? Sie blickte zu Boden und ging mit raschen Schritten weiter, in der Hoffnung, dass Cole nicht nachhaken würde. Das hätte sie allerdings nach dem zurückliegenden Tag besser wissen müssen.

Er hielt sie am Arm fest, drehte sie zu sich herum und umfasste ihr Gesicht mit seinen warmen Händen. Sein Blick durchbohrte sie.

»Du hast doch was«, sagte er sanft. »Was ist los?«

»Nichts«, antwortete Myra heiser, ihre weichen Knie ignorierend, die seine eindringliche Musterung auslöste. Sie nahm ihn eigenartig intensiv wahr. Seine männlich herbe Note, die sich mit dem salzigen Geruch des Meeres vermischte. Das Grün seiner Augen, in dem sie einige goldene Sprenkel entdeckte. Wie der Wind mit einer Strähne spielte, die ihm in die Stirn fiel. Und seine vollen Lippen, die sich ihrem Mund soeben näherten.

»Weißt du eigentlich, wie sinnlich du gerade aussiehst?«, raunte er. »Mit deinen geweiteten Pupillen, den halb geöffneten Lippen und den harten Nippeln, die sich unter dem Stoff deutlich abzeichnen? Ich schwöre, wenn du dir jetzt auch noch über die Lippen leckst, lege ich dich auf der Stelle flach.« Sein Atem ging schneller, als er sich zu ihr beugte, um sie zu küssen, und erwartungsvoll befeuchtete Myra ihre Lippen.

»Sag nicht, ich hätte dich nicht gewarnt.« Er grinste durchtrieben, und Sekunden später fand sich Myra im Sand wieder, mit Cole, der halb auf ihr lag und sie gierig küsste. Sie spürte seine Erektion an ihrer Hüfte, und Wärme sammelte sich in ihrem Unterleib, während seine Zunge mit ihrer spielte. Mit seinem Knie drückte er ihre Beine auseinander.

»Cole, die Videokameras!« Myra versuchte, ihn wegzuschieben, aber Cole war zu schwer. Ohne auf ihren Einwand zu reagieren, ließ er eine Hand zu ihrem Bikinihöschen wandern. »Ich hatte dich gewarnt.« Er küsste sie und schob die Finger weiter vor.

»Cole, nicht. Nicht hier!« Myra riss den Kopf zur Seite, Panik schwang in ihrer Stimme mit. Keinesfalls würde sie einen Porno für Ronan und seine Kollegen liefern.

Cole richtete sich etwas auf, bis er ihr in die Augen sehen konnte. »Die Kamera für diesen Bereich baumelt da drüben nutzlos an einem halb abgebrochenen Ast. Wir sind in einem unbewachten Gebiet.« Er schmunzelte. »Ich wollte das schon immer mal tun und nutze die Gunst der Stunde. Soll ich wirklich damit aufhören?« Mit diesen Worten streichelte er wieder Myras Intimbereich.

»Eigentlich nicht.« Sie seufzte wohlig, als er ihre empfindlichste Stelle berührte. Sie revanchierte sich, indem sie ihre Hand ausstreckte und über seinen Bauch wandern ließ. Ihre Zärtlichkeiten entlockten ihm ein Lächeln, aber als sie ihre Finger an seinen Hosenbund legte, griff er an ihr Handgelenk. »Noch nicht«, ordnete er an. »Ich kann mich nicht auf dich konzentrieren, wenn du mich so ablenkst.« Er zwinkerte ihr zu. »Ich komme schon auf meine Kosten, keine Sorge.«

Er bewegte seine Hand unter den Stoff, teilte ihre Schamlippen und fand ihre Perle. Myra warf den Kopf in den Nacken. Ihr Körper erschauerte, während Coles Finger tiefer rutschte, bis zu ihrem Eingang.

»Der Stoff stört«, beschwerte er sich. »Zieh das Höschen aus.«

Myra riss die Augen auf. »Und was ist mit der Wachmannschaft? Ich kann doch nicht nackt ...«

»Hüfte hoch«, kommandierte Cole, schob einen Arm unter ihren Rücken und hob sie an. Mit der anderen Hand streifte er ihr die Bikinihose hinunter, bis sie nur noch an einem Knöchel hing. »Pass gut darauf auf«, grinste er. »Sonst läufst du die nächsten Tage nackt herum.«

»Das würde dir so passen.« Myra warf ihm einen entrüsteten Blick zu, der jedoch ihre Erregung nicht überspielen konnte, sodass Cole sie unbeeindruckt angrinste.

»Ja, würde es«, erwiderte er. »Aber ich fürchte, dafür müsste ich auch die Dessous entsorgen, und das bringe ich nicht übers Herz. Du siehst darin zum Anbeißen aus.«

»Oh Gott, die Dessous!« Myra fuhr hoch. »Liegen sie noch auf deinem Bett? Wenn die jemand findet! Die Spuren sind verräterisch, jeder wird ...«

»Myra, du bist schon wieder verspannt.« Cole drückte sie sanft in den Sand zurück. »Ich habe die Unterwäsche vorhin ausgewaschen und in mein Bad gehängt. Niemand wird sie finden, und niemand wird in der nächsten halben Stunde diesen Strand betreten, weil die Patrouille gerade durch ist und ich den Wachplan kenne. Also würdest du dich jetzt bitte zurücklehnen und dich verwöhnen lassen? Weil ich nämlich schon den ganzen Vormittag an nichts anderes denken kann.« In seiner Stimme schwang Ungeduld mit, und Myra fragte sich, ob sie sich wirklich derartig von ihm herumkommandieren lassen wollte.

Ja, eindeutig ja, antwortete ihr Körper, als er ihr Tanktop hochschob, ihre Brüste aus dem Bikinioberteil befreite und sich ihnen hingebungsvoll widmete. Er zupfte mit den Lippen an ihren Knospen, bevor er heiße Küsse bis zu ihrem Bauchnabel verteilte. Zwischen ihren Beinen pochte es verlangend, und bereitwillig öffnete sie die Schenkel weiter, während Cole seine Position veränderte und sich vor sie in den Sand kniete. Er öffnete das zum Rock verknotete Seidentuch, glitt mit beiden Händen über die Innenseite ihrer Beine und betrachtete voller Verlangen die Sicht, die sich ihm bot. Mit den Daumen massierte er ihren Schambereich, und als Myra nach Luft schnappte, beugte er sich vor und neckte sie dort mit seiner Zunge. Myra begann, sich zu winden, aber Cole hielt sie fest.

»Ruhig liegen bleiben und genießen«, befahl er. »Sonst höre ich sofort auf.«

Wieder ließ er seine Zunge über ihre intime Stelle gleiten, öffnete dann die Schamlippen und leckte hindurch.

Myra krallte die Hände in den Sand, krümmte ihre Zehen und zuckte mit den Schenkeln in dem Versuch, ihre Hüfte ruhig zu halten, damit Cole keinesfalls seine Drohung wahr machte. Sie traute ihm mittlerweile zu, dass er sie wirklich unbefriedigt liegen lassen würde. Sie erkannte in seinem Gesicht das Vergnügen, das ihm das Spiel mit ihrer Lust bereitete. Deshalb durfte sie ihn auch nicht anfassen, während er sich mir ihr beschäftigte. Aber sie würde es ihm heimzahlen, darauf konnte er wetten.

Cole leckte sie weiter und ignorierte, dass Myra die Hände inzwischen zu Fäusten verkrampft hatte und auf den Sand einschlug. Als er ihre empfindlichste Stelle mit der Zungenspitze umkreiste, war es um Myras Selbstbeherrschung geschehen. Sie zuckte reflexartig zurück und erstarrte gleich darauf, als Cole sich aufrichtete.

»So, es reicht dir also?«, stellte er seelenruhig fest und legte seine Hände gefaltet in seinen Schoß.

»Das ist nicht dein Ernst!«, japste Myra, die das dringende Bedürfnis hatte, ihre Beine zusammenzupressen, um sich etwas Linderung zu verschaffen – wenn nicht Cole immer noch dazwischen gesessen und ihr laszive Blicke zugeworfen hätte.

»Doch, ist es.« Ein diabolisches Lächeln umspielte seine Mundwinkel.

»Es war doch keine Absicht.«

»Das spielt keine Rolle. Du solltest meine Worte demnächst ernst nehmen.« Er grinste, während sie ihre Hüfte unwillkürlich in seine Richtung schob. Sein fester Blick erregte sie noch mehr. Als er keine Anstalten machte, sie zu erlösen, dachte sie darüber nach, einfach aufzustehen und ins Haus zu gehen. Entweder wäre ihre Lust bis dahin unter Kontrolle, oder sie würde selbst Abhilfe schaffen. Sie stützte sich mit den Händen ab und setzte sich auf, schaffte es jedoch nicht einmal, die Beine anzuwinkeln, um sich zu erheben, da hatte er sich wieder vorgebeugt und ließ seine Zunge einige Male über ihre Klitoris schnellen. Die Hitzewelle traf sie so unvorbereitet, dass sie wimmernd nach hinten kippte.

»Bitte«, stöhnte sie.

»Bitte, was?« Coles Stimme war leise, bestimmt und verführerisch.

»Bitte, hör nicht auf!«

»Hiermit?«, fragte er und umkreiste ihre empfindlichste Stelle noch einmal mit der Zunge. »Oder eher damit?« Er drang mit einem Finger ein und bewegte ihn sanft in ihr. Als er einen zweiten Finger hinzunahm, ihn vor- und zurückgleiten ließ, zitterten Myras Beine.

»Myra, ich höre?« Er hielt inne, und Myra stieß keuchend Luft aus.

»Mach weiter mit beidem«, hauchte sie, aber Cole rührte sich nicht. »Bitte!«, schob sie hinterher und bemerkte erleichtert, wie er seine Finger in ihr anwinkelte und sie gefühlvoll massierte. Während sie die Vorboten des herannahenden Orgasmus spürte, beugte sich Cole vor, damit seine Zunge mit ihrer Perle spielen konnte. Vor Myras Augen explodierten kleine Sterne, ihr Körper erbebte unter seinen Zungenschlägen, und eine heiße Welle schoss von ihren gekrümmten Zehen bis in die Haarwurzeln. Sie bäumte sich auf, während er sie weiter stimulierte, um ihren Höhepunkt zu verlängern, und fiel dann erschöpft in den Sand. Schwer atmend blieb sie liegen, mit halb geschlossenen Augen registrierte sie kaum, wie Cole sie zufrieden lächelnd musterte. Er legte sich neben sie und streichelte über ihre Wange.

»Danke«, sagte er schlicht.

»Danke?« Myra blinzelte ihn verwirrt an. »Wieso dankst du mir?«

»Dafür, dass du so eine tolle Frau bist.« Er küsste sie auf die Stirn. »Und dafür, dass du mitgemacht hast.« Ein Kuss landete auf ihrer Nasenspitze. »Ich habe gemerkt, dass du dir zwischendurch nicht sicher warst. Und es fällt dir schwer, mir die Führung zu überlassen.«

»Allerdings«, murmelte Myra. »Das zahle ich dir auch noch heim.«

»Na«, lachte Cole, »dann steht uns ja ein lustvoller Zirkel bevor – denn das eben war meine Rache für vorhin. Du weißt ja: wimmern und betteln. Mit etwas Verspätung habe ich es also doch noch geschafft.« Er grinste äußerst selbstzufrieden.

»Du Schuft!« Myras Augen schossen Giftpfeile in seine Richtung; zumindest wollte sie das, aber im Grunde war sie viel zu zufrieden und entspannt dazu.

Sie hätte ewig so liegen bleiben können, versunken in Coles grüne Iriden und den Anblick seines warmen Lächelns, während er halb über sie gebeugt neben ihr lag und liebevoll ihr Gesicht streichelte. Der Orgasmus war der beste ihres Lebens gewesen. Mit seiner unheimlichen Fähigkeit, in ihr zu lesen, wusste er genau, wie er sie an den Rand der Klippe bringen und dort zappeln lassen konnte, bis der Höhepunkt dann umso heftiger über sie hereinbrach, wenn er sie den Schritt weitergehen ließ. Sie erwiderte sein Lächeln voller Zärtlichkeit.

»Woran denkst du gerade?«

Myra zuckte zusammen. Seine Fähigkeit, in ihr zu lesen, konnte manchmal verdammt unangenehm sein. Wenn er in den unpassendsten Momenten solche Fragen stellte, beispielsweise. »Postkoitale Zufriedenheit bei vollständig geleertem Kopf«, antwortete sie schulterzuckend, und Cole lachte lauthals.

»Ich würde dich diesen Zustand gerne noch etwas auskosten lassen, aber ich fürchte, es wird hier gleich teuflisch ungemütlich«, sagte er, fädelte Myras Beine in die Bikinihose ein und zog sie hoch. Er deutete mit dem Kinn aufs Meer. »Da kommt die nächste Regenfront, wir sollten schnell ins Haus zurück.«

Er sprang auf, half Myra, und während die ersten dicken Tropfen klatschend auf den Boden trafen, liefen sie los. Myra hatte in ihren Flip-Flops Mühe zu rennen, und so erreichten sie die große Eingangstür versandet und pitschnass.

»Das wird langsam zur Gewohnheit«, murmelte Myra, als sie die sandige Spur bemerkte, die sie in der Halle hinterließen.

Wie auf Bestellung erschien in diesem Augenblick Luisa mit zwei flauschigen Duschtüchern auf dem Arm, in die sich beide dankbar einwickelten.

»Soll ich ein Bad einlassen?«, erkundigte sich die Hausangestellte.

Cole schüttelte den Kopf. »Für mich nicht, ich dusche nur schnell und muss mich dann mit Ron wegen des Bootshauses unterhalten. Hoffentlich hält der Ast noch das nächste Unwetter aus.« Er drehte sich zu Myra. »Was ist mit dir? Möchtest du in die Badewanne?«

Auch Myra verneinte. »Eine Dusche reicht mir auch.« Ihr schoss soeben der vermutlich schwachsinnigste Gedanke ihres bisherigen Lebens durchs Großhirn. Abgesehen von dem, sich auf Sex mit Cole einzulassen, natürlich.

Cole schob sie mit einer Hand in ihrem Rücken die Treppe hinauf ins Bad. Dort entkleideten sich beide und warfen ihre völlig versandeten Klamotten in die Badewanne.

Vor der Dusche hielt Cole sie fest und sah ihr in die Augen. »Myra, ich möchte dich etwas fragen«, sagte er mit heiserer Stimme, während er seine Hände um ihr Gesicht legte und ihre Wangen mit dem Daumen streichelte. »Ich möchte, dass du absolut ehrlich antwortest.«

Was kam jetzt? Myra nickte stumm und erwiderte seinen Blick.

Cole zögerte unerwartet lange, bis er mit der Sprache herausrückte. »Ich wünsche mir, in dir zu sein, dein Inneres zu fühlen. Ohne Kondom.« Er sah ihr angespannt ins Gesicht. »Ich bin völlig gesund«, versicherte er ihr schnell, als sie nicht reagierte. »Aber ich verstehe natürlich, wenn du nicht willst.«

Cole lächelte sie an, wie um zu unterstreichen, dass es wirklich in Ordnung sei, wenn sie ihm diesen Wunsch ausschlug.

In Myras Kopf ratterten die Gedanken. Die wenigen Male, die sie bislang mit einem Mann geschlafen hatte, waren stets geschützt gewesen. Sie hatte sich immer gefragt, wie es sich ohne anfühlen würde, aber Sicherheit war ihr immer wichtiger gewesen. In ihrer Vorstellung war Sex ohne Kondom etwas noch Intimeres, da die letzte Barriere wegfiele. Mit einem langjährigen Partner müsste es etwas Herrliches sein, aber doch nicht mit einem Mann, den sie erst einen Tag kannte und mit dem sie auf ein unausweichliches Chaos zuschlitterte.

»Ich bin auch gesund«, hörte sie sich dennoch sagen. »Und ich nehme die Pille.« Die allerdings gerade in einem Fach ihres Portemonnaies irgendwo in einem kanariengelben Kajak auf dem Atlantik trieb. Da blieb nur die Hoffnung, dass dieser eine Tag ohne Pille keine Folgen haben würde. Bislang hatte sie sich um solche Fragen nie gekümmert – nahm sie die Pille doch nur wegen Zyklusunregelmäßigkeiten und legte ansonsten Wert auf Kondome.

Cole sah sie erstaunt an. »Ich wollte dir eigentlich vorschlagen, ihn rechtzeitig rauszuziehen.« Er schwieg und suchte offenbar nach Worten. »Versteh mich nicht falsch, aber warum nimmst du die Pille? Ich hatte den Eindruck, du hattest lange keinen Sex mehr. Ich habe gemerkt, wie eng du bist.«

Myra spürte, wie sie flammend rot wurde. Schnell sah sie an Cole vorbei, als sei das Muster der Fliesen unheimlich interessant.

»Nein, guck mich an, das ist kein Grund wegzusehen.« Er fasste unter ihr Kinn und zwang sie so, seinem Blick standzuhalten. »Es fühlt sich großartig an, in dir zu sein. Deshalb würde ich gerne ohne Kondom … aber nur, wenn du wirklich sicher bist.«

Sie nickte. »Ich weiß nicht, wann ich beschlossen habe, dir so bedingungslos zu vertrauen, aber das tue ich. Ich hoffe, ich mache keinen Fehler.«

»Das heißt, du erlaubst es?« Coles Freude ließ Myras Herz hüpfen. Er beugte sich vor und küsste sie leicht und spielerisch. »In diesem Punkt verstehe ich keinen Spaß. Ich lasse mich regelmäßig durchchecken. Alles.« Er küsste sie erneut, und die Ernsthaftigkeit fiel von ihm ab. Er zwinkerte ihr übertrieben verführerisch zu. »Und du wirst es sicherlich nicht bereuen. Ich werde dir Orgasmen schenken, bis du mich anflehst, aufzuhören.« Ein Grinsen schlich sich in sein Gesicht. »Und ich würde gerne sofort damit anfangen«, sagte er, griff an ihr vorbei und drehte das Wasser der Dusche auf.

Die riesige Duschkabine verfügte über verschiedene Einstellmöglichkeiten, aber das Beste war eine alles überspannende Regendusche. Myra seufzte wohlig auf, als das warme Wasser über ihren Körper strömte. Diese Art von Regenschauer war angenehmer als die sturmgepeitschten Tropfen, die noch vor wenigen Minuten auf sie niedergegangen waren. Hinzu kamen zwei seifige Hände, die ihre Brust massierten.

Sie drehte sich lächelnd zu Cole um, der hinter ihr in die Dusche getreten war, und zwinkerte ihm zu. »Ich glaube, jetzt bist du mal dran«, sagte sie und drückte ihn gegen die Wand. Sie legte seine Hände rechts und links neben seinen Oberschenkeln an die Wand und befahl: »Stillhalten! Sonst werde *ich* sofort aufhören.«

Mit einer großzügigen Portion Duschgel auf ihren Händen begann sie, Coles Körper mit langsamen Bewegungen einzuseifen, genoss das Gefühl seiner festen Muskeln unter ihren Händen und streichelte kreisend über seinen Bauch.

Cole beugte sich ihrem Befehl natürlich nicht und legte seine Hände um ihre Brust. Einige Sekunden ließ sie sich von ihm liebkosen, dann drückte sie jedoch mit strenger Miene seine Hände an die Wand zurück. »Bleib ruhig stehen, sonst überlege ich mir das mit meinem Einverständnis noch einmal.«

Cole stöhnte unzufrieden auf, fügte sich aber, als ihre Hände nun tiefer wanderten. Hingebungsvoll kümmerte sich Myra um seinen Intimbereich und sah mit Zufriedenheit, wie nicht nur sein Penis, sondern auch seine Oberschenkel heftig zuckten, während sie mit festem Stich über seinen Schaft glitt. Was er kann, kann ich schon lange, dachte sie und warf ihm ein schelmisches Lächeln zu. Als sie die Begierde in seinem Blick lodern sah, wurde ihr einen Moment ganz anders. Sie wusste, dass er sich bereits ausmalte, wie er ihr die Qualen, die er gerade durchlitt, heimzahlen würde. Hitze wallte durch ihren Unterleib, und sie musste sich zusammenreißen, um sich auf ihn zu konzentrieren. Hätte er sie berührt, hätte sie ihn auf der Stelle angefleht, ihr Erleichterung zu verschaffen. Jetzt verstand sie, warum er ihr nicht gestattet hatte, ihn anzufassen, während er sich ihr widmete.

Sie ignorierte das Pochen zwischen ihren Schenkeln und verteilte Duschgel auf seinen Beinen, streichelte die Innenseite seiner Schenkel, bevor sie sich dicht vor ihn stellte, ihn umfasste und seinen Po massierte. Seine Erektion lag an ihrem Unterleib, und Cole atmete hörbar schwerer, als Myras Bauch sich immer wieder an ihm rieb. Seine Hand schnellte hervor, und ehe Myra noch wusste, wie ihr geschah, spürte sie einen Finger in ihrer Spalte. Sie keuchte auf und lehnte sich wimmernd an ihn. Überrumpelt von seiner Berührung, schaffte sie es nicht, zu reagieren, und nachdem er sie einige Sekunden innerlich massiert hatte, weigerten sich ihre Beine ohnehin, sich einen Schritt von ihm zu entfernen.

»So war das aber nicht geplant«, stöhnte sie und rieb sich an seiner Hand.

»Ich weiß«, erwiderte er lakonisch, zog seinen Finger heraus und lachte über ihren Gesichtsausdruck. »Solltest du nun Erleichterung wollen, stehe ich dir zu Diensten.« Er wies grinsend auf sein bestes Stück, das prall auf sie wartete.

Myra verdrehte die Augen. Er hatte den Spieß schon wieder umgedreht. Nur zu gerne hätte sie sein Angebot sofort angenommen, doch die Genugtuung gönnte sie ihm nicht.

»Noch bin ich nicht mit dir fertig«, erwiderte sie seelenruhig und ergötzte sich an seiner erstaunten Miene. Dann ging sie in die Hocke und umfasste seine Eichel mit ihren Lippen. Sie schmeckte seinen Tropfen der Lust, als ihre Zunge seine Spitze verwöhnte. Langsam leckte Myra den Schaft entlang, bevor sie ihn in den Mund nahm und daran saugte.

Cole ballte die Hände zu Fäusten, seine Beine zitterten. Aus ihrer

Position konnte sie sein Gesicht nicht sehen, aber sein schneller Atem und sein Stöhnen waren Bestätigung genug. Der Gedanke, was er später mit ihr alles anstellen würde, um sich zu revanchieren, jagte neue Hitzewellen durch ihren Körper, und sie nahm ihn tiefer in ihren Mund und saugte hingebungsvoll, um seine Lust weiter anzustacheln. Sie merkte, wie er noch praller wurde, und spürte Coles Hände an ihrem Hinterkopf. Sie erwartete, dass er ihr einen Rhythmus vorgeben wollte, aber er ließ sie weitermachen. Sein Stöhnen wurde lauter und intensiver.

Mit einem Mal schob er ihren Kopf nach hinten, und noch bevor es Myra richtig mitbekam, hatte er sie an den Hüften gepackt, hochgehoben und mit einer schnellen Drehung gegen die Wand gepresst.

Vor Überraschung schrie sie auf.

»Keine Angst, ich halte dich«, sagte Cole. »Leg die Beine um mich.«

Eingekeilt zwischen Wand und Cole, tat Myra, wie ihr geheißen, und fühlte seinen Penis an ihrem Eingang.

»Bereit?«, versicherte sich Cole noch einmal, und als sie nickte, ließ er sich behutsam in sie hineingleiten.

Das Gefühl war überwältigend. Beide stöhnten auf, als sie sich vereinigten. Einen Moment hielten sie still und spürten den Emotionen nach, die das Gefühl von Fleisch an Fleisch ausgelöst hatte. Dann begann Cole mit vorsichtigen Bewegungen. Er traf in ihr eine Stelle, die eine Explosion an Empfindungen durch Myras Körper jagte. Sie keuchte auf und krallte ihre Finger in Coles Schulter. Er lächelte wissend und bewegte sich gnadenlos langsam weiter.

»Mehr«, wimmerte sie.

»Halt dich fest«, wies er sie an und stieß heftiger zu. Als Myra das mit einem kehligen Geräusch quittierte, presste er sich tiefer in sie. Myra schob ihm ihre Hüfte entgegen. Sanft kreiste er mit seinem Becken und katapultierte Myras Lust in nie gekannte Höhen. Er beugte sich vor, küsste sie, und seine Zunge umspielte ihre im gleichen Rhythmus, wie er sich weiter unten in ihr bewegte. Coles Stöhnen wurde intensiver, seine Beine und Arme zitterten, und gerade als Myra sich fragte, wie lange er das noch aushalten konnte, zog er sich ein Stück aus ihr zurück, um gleich wieder kraftvoll in sie hineinzustoßen. Mit jedem Mal spürte sie die harten Fliesen in ihrem Rücken, aber sie hätte in diesem Augenblick nirgendwo anders auf der Welt sein wollen. Das Wasser perlte über Coles Gesicht, es rann über seine breiten Schultern, floss über die muskulöse Brust und tropfte über seinen Bauch, und Myra bezweifelte, dass sie jemals zuvor etwas so Erotisches gesehen hatte. Weil es den unwiderstehlichen Drang in ihr auslöste, die Tropfen abzulecken, beugte sie sich vor und knabberte an Coles Hals und Schulter, bis er aufkeuchte.

»Hör sofort damit auf, du machst mich wahnsinnig«, knurrte er und erschauerte am ganzen Körper, als Myra mit ihren Lippen an seinem Ohrläppchen zupfte. »Myra, ich kann mich nicht mehr beherrschen«, stöhnte er, presste sie mit dem Körper gegen die Wand und ergoss sich zuckend in ihr. Er schaffte es gerade noch, Myra vorsichtig abzusetzen, dann lehnte er sich schwer atmend und mit zitternden Beinen gegen die Wand der Duschkabine. Mit halb geschlossenen Augen und einem sehr zufriedenen Lächeln auf den Lippen wirkte er, als wollte er auf der Stelle einschlafen. Doch plötzlich öffnete er die Augen und warf ihr einen seiner intensiven Blicke zu.

»Du bist nicht gekommen«, stellte er fest.

»Nach dem, was du mit mir am Strand angestellt hast, habe ich damit auch nicht gerechnet«, erwiderte Myra lächelnd.

Statt einer Antwort streckte Cole seinen Arm aus, zog Myra zu sich und drehte sie so, dass ihr Rücken an seiner Brust lag. Mit seinem Oberschenkel öffnete er ihre Beine, dann spürte sie seine

Hände an ihrem Schritt. »Das wollen wir doch mal sehen«, hauchte
er ihr ins Ohr, und ihr Unterleib war plötzlich ganz seiner Meinung
und pochte erwartungsvoll. Cole tauchte mit einem Finger zwischen ihre Schamlippen und in ihren Eingang und verteilte seine
und ihre Feuchtigkeit zwischen ihren Beinen, bevor er sie sachte
streichelte. Hitze sammelte sich bereits und kündigte an, dass Cole
es tatsächlich schaffen würde, sie erneut kommen zu lassen. Sie
schloss die Augen und warf ihren Kopf nach hinten, presste sich
an Coles starken Oberkörper, während er mit den Fingerspitzen
kleine Kreise um ihre Perle zeichnete. Ihr Atem ging stärker und
verwandelte sich in Stöhnen.

»So ist es gut, ich halte dich, lass dich fallen«, raunte Cole in ihr
Ohr, und dann zwirbelte er mit Daumen und Zeigefinger ihre Klit,
bis Blitze vor Myras Augen explodierten und in jede Nervenzelle
ihres Körpers schossen. Der Orgasmus schüttelte sie durch, und
erst als er abebbte und sie kraftlos in Coles Arm hing, merkte sie,
dass er sie wirklich festhalten musste, weil sie sonst auf den Boden
gesunken wäre.

Cole stellte das Wasser ab, griff nach einem Badetuch und wickelte Myra darin ein. Er hob sie hoch, und ihr war bewusst, dass
sie ihn vermutlich ziemlich dümmlich anlächelte, aber sie konnte
dieses glückselige Grinsen nicht abstellen. Selbst Coles Schmunzeln störte sie nicht, denn in seinen Augen las sie die gleiche Zufriedenheit, die sie gerade verspürte. Cole legte sie auf sein Bett.
Im Halbschlaf bekam Myra mit, wie er das Telefon nahm und Ron
bat, sich schon ohne ihn um das Bootshaus zu kümmern, weil er
noch etwas zu erledigen hätte. Dann kuschelte Cole sich an sie, zog
eine Decke über sie beide, und Myra hörte sein tiefes, wohliges
Ausatmen und bald darauf seine gleichmäßigen Atemzüge.

Obwohl Myras Körper sich nach Erholung sehnte, dauerte es,
bis ihr Kopf zur Ruhe kam. Viel zu gut fühlte sich Coles Arm auf
ihrer Hüfte an, und viel zu sehr stach gleichzeitig ihr schlechtes

Gewissen, weil sie eigentlich gerade in Hughfords Arbeitszimmer stehen und seinen Schreibtisch durchwühlen würde, wenn diese Hand nicht auf ihrer Taille läge.

6.

Irgendwann musste sie doch eingeschlafen sein, denn Myra wurde von flüchtigen Küssen auf ihrem Gesicht geweckt. Schläfrig lächelte sie Cole an.

»Ist dir auch nach einem Kaffee?« Träge streichelte er über ihren Arm und rutschte dann zum Kopfende hoch in eine sitzende Position. »Ich fürchte, ich muss mich unten mal blicken lassen.«

Myra rollte sich herum und lehnte ihren Kopf an seine Brust. »Bekommst du Ärger mit Ronan, weil er sich allein um das Bootshaus kümmern musste?«, fragte sie und zeichnete mit ihrem Zeigefinger die Linien seiner Bauchmuskeln nach.

»Ärger? Wohl kaum.« Cole lachte leise auf, hielt ihr Handgelenk fest und warf ihr einen warnenden Blick zu, den Myra mit einem Grinsen quittierte. »Ich werde dir einfach die Schuld in die Schuhe schieben«, parierte er gelassen und legte Myras Hand nachdrücklich auf Höhe seines Schlüsselbeins ab.

»Na, wenn ich ohnehin der Sündenbock bin …« Myra senkte ihre Lippen und zupfte an seinen Brustwarzen. Was als spielerische Neckerei gedacht war, sorgte erneut für ein warmes Gefühl in ihrem Unterleib, sobald sein männlicher Geruch in ihre Nase stieg. Sie kicherte, als sie mit ihrer Zungenspitze über seine harten Brustmuskeln fuhr und Cole scharf die Luft einsog.

»Du lachst? Na warte!« Ehe sie es sich versah, lag Myra auf dem Rücken, Cole hatte ihre Handgelenke umfasst und saß auf ihr. Sein halb erigierter Penis strich über ihre Scham, als Cole sich auf ihr bewegte, und Myra keuchte auf. Mit der Miene eines Katers, der soeben das Sahneschälchen entdeckt hat, grinste Cole auf Myra herab. »Immer noch so vorwitzig?« Er betrachtete sie genüsslich mit schief gelegtem Kopf, und ein wohliger Schauer durchfuhr Myra. Cole beugte sich vor, um ihr einen Kuss auf die Lippen zu hauchen. Myra schnappte nach Luft, als sein harter Schaft dabei gegen ihre intimste Stelle drückte, und Coles Grinsen wurde breiter. Noch einmal küsste er sie innig, bevor er mit einem bedauernden Blick aus dem Bett stieg. »Wenn ich jetzt nicht schleunigst in meine Klamotten springe, komme ich überhaupt nicht mehr hier weg«, sagte er, während er frische Sachen aus dem großen Kleiderschrank nahm und auch Myra ein T-Shirt zuwarf.

Myra nippte an ihrem Kaffee und sah Cole über die Schulter, der sich mit Ronan über Satellitenbilder auf dem Display seines Tablets beugte. Auf dem Laptop vor ihnen war die Warnseite des Hurricane Centers geöffnet. Die beiden Männer verfolgten stirnrunzelnd Wolkenverlauf und Strömungsveränderungen.

»Sieht nicht gut aus«, brummte Ronan schließlich und rieb sich über das Kinn. »Laut Wetterbericht gibt es morgen früh eine kurze ruhigere Phase, danach wird es anscheinend richtig ungemütlich.«

Cole nickte. »Scheint so. Diesmal haben wir wohl kein Glück. Der wird uns treffen.« Mit besorgter Miene wies er auf einen Zyklon, der einen beachtlichen Bereich des aktuellen Satellitenbilds einnahm. Dann drehte er den Kopf in Myras Richtung. »Sieht so aus, als wärst du noch länger mein Gast. Die nächsten 48 Stunden werden rau.«

Myra stellte die Kaffeetasse ab und fuhr sich mit den Händen durchs Gesicht. Einerseits freute sie sich, länger in Coles Nähe bleiben zu können, andererseits fürchtete sie genau das. Mit jedem Lächeln, das er ihr zuwarf, mochte sie ihn mehr, und jede zärtliche Geste lud mehr Gewicht auf den Auftrag, der jetzt schon tonnenschwer auf ihrer Seele lastete.

»Schau nicht so bestürzt.« Cole streckte seinen Arm nach hinten und zog sie zu sich heran. »Ich habe dir doch gesagt, dass wir einen Schutzraum und ausreichend Lebensmittel im Haus haben. Oder findest du die Vorstellung von uns beiden, eng umschlungen im Keller, während draußen der Sturm tobt, etwa beängstigend?«

Wenn du wüsstest, dachte Myra und grinste ihn schief an.

»Möchtest du irgendwem Bescheid geben, wo du steckst? Deiner Familie oder im Hotel? Es kann gut sein, dass die Telefone ausfallen, sobald die Unwetter noch heftiger werden.«

Myra überlegte kurz. Sie hätte ihre Eltern gerne informiert, aber die Handynummern wusste sie nicht auswendig, und sie wollte nicht riskieren, dass Cole herausfand, dass sie in Elliottville anrief. Bisher hatte er sich nicht nach ihrem Wohnort erkundigt, sowie er ohnehin wenig Persönliches von ihr erfahren hatte. Dass sie quasi in der Nachbarschaft von Hughfords Anwesen lebte, hätte mit Sicherheit zu unangenehmen Fragen geführt.

»In der Ferienanlage«, antwortete sie deshalb. »Damit die mich nicht als vermisst melden.«

Kurze Zeit darauf saß Myra in einem bequemen Sessel im Salon. Das Wohnzimmer beeindruckte mit seiner Größe, wirkte jedoch nicht opulent, sondern gemütlich rustikal.

Cole entging Myras erstaunter Blick nicht. »Da es mein bevorzugter Platz im Haus ist, habe ich hier bei der Einrichtung ein bisschen Einfluss genommen.« Er deutete auf die ausladenden Ohrensessel im Landhausstil. »Es gibt nichts Entspannenderes, als hier mit einem guten Buch und einem Glas Wein zu sitzen.« Mit schief gelegtem Kopf schenkte er ihr einen seiner unglaublich intensiven Blicke. »Na ja, *fast* nichts Entspannenderes.«

Nachdem Luisa eine Kanne Tee und Tassen gebracht hatte, wies Cole auf einen Stapel Bücher auf einem Beistelltisch. »Such dir eins aus, wenn du möchtest. Ich habe vorhin ein paar aus der Bibliothek geholt, von denen ich denke, dass sie dir gefallen könnten.«

Myra verdrehte die Augen. Er machte aus diesem verfluchten Arbeitszimmer aber auch wirklich ein Geheimnis. Umso neugieriger wurde sie darauf. Vorerst ergab sich jedoch keine Gelegenheit, dort hineinzuschleichen, denn Cole hatte sich behaglich zurückgelehnt, einen dicken Wälzer gegriffen und sich offensichtlich auf einen gemeinsamen gemütlichen Nachmittag eingestellt.

»Wolltest du nicht das Bootshaus retten?«, fragte Myra.

»Heute nicht mehr«, erwiderte Cole gut gelaunt. »Ron und seine Männer haben den Ast notdürftig fixiert, für alles andere war der Sturm bereits wieder zu stark. Wir wollen morgen die kurze Wetterberuhigung nutzen, vorher ist es zu gefährlich.«

Morgen also. Morgen würde sie endlich Gelegenheit haben, ihren Job bei der Gazette zu retten. Sie würde ihre verrückte Idee umsetzen und Material sammeln, während die Männer mit dem Bootshaus beschäftigt waren. »Aber zu welchem Preis?«, fragte eine leise Stimme in ihrem Hinterkopf.

Cole hatte am Abend zuvor aufmerksam zugehört und Myras Lesegeschmack mit seiner Auswahl exakt getroffen. Ihr Herz hüpfte vor Freude, dass er sich so um sie bemühte. Zwei der Romane auf dem Tischchen kannte sie bereits, aber ein Landhauskrimi erregte ihr Interesse. Sie kuschelte sich in den Sessel, zog eine auf der Lehne bereitliegende Decke über sich und tauchte, untermalt vom Wind, der um das große Haus pfiff, in die klassische englische Kriminalgeschichte ein.

Das Geräusch eines energisch zugeklappten Buchdeckels riss Myra aus der Erzählung. Noch halb gefangen im England des vergangenen Jahrhunderts, wo der attraktive Detective Inspector der jungen Adeligen in diesem Moment zu Hilfe eilte, blinzelte sie Coles auffordernd in ihre Richtung gestreckte Hand verwirrt an.

»Ich lasse dich nach dem Abendessen weiterlesen«, schmunzelte er. »Aber erst muss die Lady in *diesem* Herrenhaus etwas zu sich nehmen, bevor sie erneut in das andere Herrenhaus eintauchen darf.«

Cole kräuselte amüsiert die Mundwinkel, als sich Myra nach dem Essen mit Begeisterung wieder auf den Krimi stürzte. Beim Anblick des Feuers im Kamin sowie des dekantierten Rotweins mit

den zwei Gläsern auf dem Tisch vor dem Sofa zögerte sie kurz. Das
sah ganz danach aus, als ob Cole einen romantischen Abend plante.
Hin- und hergerissen zwischen ihrer Lust auf diesen Mann, die
sich bei dem Gedanken sofort meldete, und dem Bedauern, das
Buch nicht zu Ende lesen zu können, ließ sie sich von Cole aufs
Sofa ziehen.

»Ich wollte es uns nur gemütlicher machen«, sagte er lächelnd
und drückte ihr das Buch in die Hand. »Nie würde ich es wagen,
mich zwischen dich und den Detective Inspector zu stellen.« Er
zwinkerte ihr zu und nickte auffordernd.

Myra strahlte. Sie konnte beides haben – Coles Nähe und einen
spannenden Krimi. Randvoll mit Glück lehnte sich Myra behaglich mit dem Rücken an Coles Schulter, zog die Knie an und widmete sich der Geschichte. Sie erwartete, dass auch Cole zu seinem
bereitliegenden Buch griff, aber er umschlang sie mit den Armen
und küsste ihren Nacken.

»Willst du nicht weiterlesen?«, fragte sie lächelnd.

»Wenn ich dich stattdessen betrachten und küssen kann? Niemals!«

Das warme Gefühl in ihrer Brust war mit einem Mal viel wichtiger als jedwede Mörderjagd. Myra legte ihren Roman zur Seite
und rutschte ein Stück tiefer, sodass ihr Kopf auf seinem Schoß
ruhte. Sie schloss die Augen und genoss es, wie seine Hände sanft
ihr Gesicht streichelten. Als sie blinzelte, traf ihr Blick auf grüne
Iriden, die belustigt blitzten.

»Was ist?«

»Wolltest du nicht eigentlich weiterlesen?«, fragte Cole schmunzelnd.

»Ich wurde abgelenkt!«

»Das tut mir leid. Es sollte einfach eine Anzahlung für später
sein.« Cole küsste sie erneut, bevor er ihr nachdrücklich das Buch
wieder in die Hand schob.

»Was ist mit dir?«

»Ich sehe dir zu. Das war vorhin ein so friedliches Bild, wie du voller Hingabe in die Welt dieses Romans eingetaucht bist. Diesen Anblick möchte ich genießen.«

Coles liebevoller Gesichtsausdruck brachte ihr Herz zum Stolpern. »Ich glaube nicht, dass ich mich auf die Handlung konzentrieren kann, wenn du mich so anschaust«, beschwerte sie sich lächelnd.

»Spielverderberin«, seufzte Cole, drückte ihr einen Kuss auf die Nasenspitze und griff mit ergebener Miene zu seinem eigenen Buch. Wann immer Myra ihm jedoch einen Blick zuwarf, ertappte sie ihn, wie er sie beobachtete.

»Bekommst du überhaupt etwas von deiner Story mit?«, fragte sie nach einer Weile.

»Wenig«, gab er unumwunden zu. »Ich male mir stattdessen aus, was ich nachher alles mit dir anstellen werde.« Er zog die Augenbrauen hoch, und ein heißer Impuls schoss durch sie hindurch, direkt in ihren Schoß.

Myra klappte das Buch zu und griff nach ihrem Weinglas, um sich von diesen Augen abzulenken. Dennoch hatte Cole ihre Reaktion registriert – sein lodernder Blick ließ keinerlei Zweifel daran.

»Möchtest du wissen, was ich gleich mit dir machen werde?«, hauchte er ihr ins Ohr, woraufhin sich Myras Herzschlag unmittelbar beschleunigte. Coles Finger wanderten wie beiläufig über die Innenseite ihrer Oberschenkel. Das geknotete Seidentuch rutschte zur Seite, und Coles Augen wurden groß, als ihm bewusst wurde, dass sie keine Unterwäsche trug.

»Der Slip war noch nicht trocken«, erklärte sie hastig.

»Das gefällt mir«, raunte er, und seine Miene verriet, wie sehr er die unverhüllte Sicht genoss, bevor er seine Hand zu ihrem Schritt führte. »Ich werde dich nachher berühren«, flüsterte Cole.

»Hier«, er strich mit seinem Daumen über ihre Schamlippen, »und hier«, er streichelte über ihren Venushügel, »und hier.« Dann fuhr er mit dem Zeigefinger durch ihre Mitte, die schon wieder feucht war, und gab gerade genug Druck auf ihre Perle, dass Myra erschauerte. »Wird dir das gefallen?«, fragte er, und der verführerische Tonfall allein machte Myra bereits zitterig.

»Ich … ich glaube schon«, stieß sie hervor.

»Du *glaubst*?« Plötzlich war Coles Finger an ihrem Eingang. Langsam schob er ihn in sie. »Ziemlich nass«, bemerkte er zufrieden. »*Glaubst* du immer noch, oder bist du dir vielleicht inzwischen sicher?« Er verteilte etwas von ihrer Feuchtigkeit in ihrer Spalte. »Ich habe hier nämlich Beweismittel gefunden.«

»Okay, ich bin mir sicher«, stöhnte Myra, die vor Verlangen brannte. Wie konnte es bloß sein, dass er sie mit wenigen Berührungen so willenlos machte?

»Dann freu dich auf nachher«, grinste Cole, und Myra begriff, dass er schon wieder mit ihr spielte. Er hatte sie geneckt, ihre Lust entfacht, aber würde ihre Begierde jetzt nicht stillen.

»Gemeiner Kerl«, murmelte sie, was ihm ein freudiges Glucksen entlockte. Mit Genugtuung registrierte sie jedoch, wie sich seine Augen weiteten, als sie den dünnen Seidenstoff ihres provisorischen Rockes entknotete und ganz von sich schob. Ihr T-Shirt war bei der Aktion hochgerutscht, und so lag Myra völlig entblößt auf der Couch. Als ihre Hand nach unten wanderte, um sich selbst zu streicheln, kam sie sich ziemlich verrucht vor. Aber dieser Mann forderte sie zu ungewöhnlichen Methoden heraus. Ein Seitenblick auf Coles angespanntes Gesicht verriet, dass ihre Taktik aufging. Sein Kiefer mahlte, und er sah nicht so aus, als könne er sich viel länger beherrschen.

Myra spreizte die Beine weit und teilte ihre Schamlippen, als Cole ihr Handgelenk packte. Sie triumphierte in der Erwartung, er werde ihre Hand wegziehen und sich selbst um sie kümmern.

Immerhin hatte er am Vormittag noch gesagt, er sei dafür zuständig.

Aber Myra irrte sich. Vor Überraschung keuchte sie auf, als Cole seine Hand auf ihre legte, Myras Zeigefinger umschloss und mit kräftigem Griff führte. Er benutzte Myras eigenen Finger. Unnachgiebig hielt er den Finger umfangen, er diktierte, wo sie sich damit berührte, mit welcher Geschwindigkeit und wie lange. Und mit einem diabolischen Glitzern in den Augen beobachtete er genau jede ihrer Reaktionen und trieb sie dem Höhepunkt entgegen, ohne sie kommen zu lassen.

Myra rutschte auf dem Sofa herum und versuchte, ihrer eigenen Hand zu entkommen, die ihr Qualen bereitete, sie aber nicht erlöste.

Als Myra glaubte, es keinen weiteren Moment aushalten zu können, ließ Cole ihren Finger frei, wölbte aber seine eigene Handfläche schützend über ihre Scham. Sie hob die Hüfte, versuchte, sich an ihm zu reiben, doch seine Hand schwebte immer millimeterbreit über ihr, ohne sie zu berühren.

Er lächelte sie an. »Du bist ganz schön stur, kleine Meerjungfrau.«

»Weil ich dich nicht anbettele?«, entgegnete Myra schwer atmend und funkelte Cole an. »Du weißt, dass ich mich rächen werde?«

»Darauf hoffe ich.« Cole grinste lässig, dennoch konnte sein verhangener Blick nicht darüber hinwegtäuschen, wie erregt er selbst war. Er stand auf und hob Myra hoch. »Leg die Beine um meine Hüften«, forderte er sie auf und hielt sie an den Pobacken fest. »Und wehe, du kommst, während ich dich hochtrage!« Er sah sie streng an.

»Das kann ich nicht garantieren«, stöhnte Myra, als ihre Scham mit jedem Schritt an Coles Bauch rieb. »Außerdem wird dein

Hemd fleckig, ich bin etwas feucht«, warnte sie ihn, woraufhin
Cole kehlig lachte.

Entgegen ihren Befürchtungen konnte sie sich zurückhalten, bis
Cole sich auf dem Bett mit ihr vereinte. Erst als er in sie eindrang
und mit kräftigen Stößen nahm, genoss sie endlich die erlösende
Welle, die sie überrollte. Während ihre Muskeln sich um ihn zusammenzogen, kam auch Cole. Sein Stöhnen steigerte sich zu einem Schrei, als er sich in sie ergoss und sich dann ermattet neben
ihr auf die Matratze fallen ließ.

»Du bist unglaublich«, flüsterte er in ihr Ohr und knabberte an
ihrem Ohrläppchen.

»Du bist auch nicht schlecht«, gab Myra augenzwinkernd zurück, die mit dem unerwarteten Kompliment nicht umzugehen
wusste.

Cole strich ihr zärtlich eine Strähne hinter das Ohr. Er zog sich
vorsichtig aus ihr, während er sie mit seinem intensiven Blick fixierte. »So etwas wie mit dir habe ich noch nie erlebt.« Er beugte
sich vor und küsste sie zärtlich. Ganz kurz, hauchzart und doch
voller Liebe. Myras Herz machte einen Freudenhüpfer. Atemlos
sog sie seinen Anblick in sich auf.

»Du verschließt dich mir nicht, das gefällt mir.« Er lächelte, doch
Mimik und Stimme veränderten sich nahezu unmerklich. Sie wurden eine Spur härter. »Vertrauen ist so wichtig.«

Sein eindringlicher Tonfall ging Myra unter die Haut. Sein Blick
kühlte ab, schien sie für einen Wimpernschlag zu erdolchen. Wo
seine Liebkosungen soeben noch brennende Spuren hinterlassen
hatten, umwehte es sie nun eisig. Hastig setzte sich Myra auf, bemüht, die schlagartig veränderte Stimmung zu begreifen. Ahnte
er etwas? Womit hatte sie sich verraten? Beinahe schon panisch
sah sie ihn an.

Doch in diesem Moment beugte Cole sich vor und drückte ihr
einen Kuss auf die Nasenspitze. »Komm«, sagte er, als wäre nichts

gewesen, und stieg aus dem Bett. »Lass uns eben frisch machen und dann schlafen. Ich muss morgen früh aus den Federn, um beim Bootshaus zu helfen, bevor das Wetter das unmöglich macht.«

Mit ratternden Gedanken folgte Myra Cole zunächst ins Bad und dann zurück ins Bett. Während er ihr einen zärtlichen Gutenachtkuss gab und sie an sich zog, damit sie aneinandergekuschelt einschlafen konnten, raste Myras Herz noch immer. Hatte sie sich das gerade nur eingebildet? Spielte ihr das schlechte Gewissen einen Streich? Sie seufzte. Es war verflixt schwierig, jemanden zu hintergehen, den man so sehr mochte.

7.

Am kommenden Morgen wurde Myra davon wach, dass Cole das Bett verließ. Sofort fehlten ihr seine Wärme und sein Geruch.

»Morgen, kleine Nixe.« Cole lächelte sie an. »Wenn du möchtest, schlaf weiter. Ich trinke nur schnell einen Kaffee, dann bin ich beim Bootshaus.« Er beugte sich zu ihr herunter und gab ihr einen flüchtigen Kuss.

Myra wäre seinem Vorschlag gerne gefolgt. Sie war todmüde. Coles Bemerkung über das Vertrauen hatte ihr den Schlaf geraubt. Sie hatte den Satz in der Nacht unzählige Male in Gedanken gewälzt, seziert und war doch zu keinem Schluss gekommen. Der Abend war perfekt gewesen. In seinen Armen zu liegen und zu lesen, das Kaminfeuer, der Rotwein – all das hätte sie in ihren Romanen nicht besser erfinden können. Cole sah nicht nur anbetungswürdig aus, auch seine ruhige, selbstbewusste Art zog sie magisch an. So voller Zuneigung hatte zuvor kein Mann mit ihr gesprochen. Abgesehen von seiner gestrigen Ansage zum Thema Vertrauen. Myra versteifte sich, sobald ihre Gedanken diesen Punkt erreichten. Das war ganz klar eine Botschaft gewesen, die sie jedoch nicht verstand. Er würde doch niemals sein Bett mit ihr teilen, wenn er ihr auf die Schliche gekommen wäre? Frustriert boxte Myra in ihr Kopfkissen.

Als sich die Badezimmertür öffnete, blinzelte Myra träge über den Rand der Bettdecke hinweg. Wenn Cole annahm, sie wollte weiterschlafen, hätte er weniger Grund zu Argwohn.

Lächelnd sah er zu ihr herunter. »Süße Träume. Wenn's geht, von mir«, wünschte er schmunzelnd, gab ihr einen Kuss und verließ das Schlafzimmer.

Jetzt oder nie! Myra atmete tief durch. Der Moment war gekommen, ihren Plan in die Tat umzusetzen. Seit Cole davon gesprochen hatte, mit Ronan zusammen am Bootshaus zu arbeiten, wusste Myra, dass dies die beste – wenn nicht sogar die einzige – Chance bot, im Arbeitszimmer zu schnüffeln.

Myra zählte bis dreißig, erst danach setzte sie sich auf. Sie wollte nicht überrascht werden. Die Türen und Wände waren so dick, dass kein Laut vom Flur hereindrang. Auf Zehenspitzen schlich sie zur Tür und öffnete sie einen Spalt. Das obere Stockwerk war ruhig und leer. Sie beeilte sich im Bad, schlüpfte in ihre über Nacht getrocknete Unterwäsche und zog sich das T-Shirt über den Kopf. Ihr Rock-Ersatz-Tuch befand sich unten auf dem Sofa. Sie musste grinsen, als ihr klar wurde, dass sie seit ihrer Ankunft ständig mit nackten Beinen durchs Haus lief, weil ihre Klamotten in einem anderen Raum herumlagen. Auch ihre Flip-Flops standen irgendwo herum, doch die waren ohnehin nutzlos. Darin zu laufen, hatte die Unauffälligkeit eines Trommelwirbels. Also huschte Myra auf Zehenspitzen über den Flur. Aus der Halle drangen Stimmen zu ihr. Coles ruhigen und warmen Tonfall erkannte sie sofort. Die gebrummte Antwort konnte nur von Ronan stammen. Richtig, als sie um die Ecke spähte, bewegten sich die zwei gerade zum Ausgang. Perfektes Timing. Die beiden wären einige Zeit beschäftigt. Plötzlich ruckte Ronans Kopf herum. Myra zuckte zurück. Hatte er sie gesehen? Verdammt, sie musste vorsichtiger sein. Ronan schnaubte jedoch nur kurz, dann klackte die Haustür, und die Schritte der Männer verklangen.

Myra sackte gegen die Wand. Sie stieß die Luft aus, die sie vor Schreck angehalten hatte. Ihre Handflächen waren jetzt schon feucht, dabei war sie noch nicht einmal in der Nähe des Arbeitszimmers. Sie war wirklich nicht für diese Art von Aufgaben geschaffen. Mit Freuden würde sie weiterhin über Rinderzüchtertreffen und Bowlingturniere berichten, wenn ihr das den Aufenthalt auf Hughford Island erspart hätte. Okay, die Momente mit Cole hätte sie mit größtem Bedauern verpasst, aber dem, was nun

vor ihr lag, wäre sie gerne ausgewichen. Ob Mr Owens ihr die
Ausrede durchgehen lassen würde, wegen des schlechten Wetters
hätte sie die Insel nie erreicht? Vermutlich nicht. Seine Predigten,
was ein Berichterstatter alles auf sich zu nehmen hätte, um gute
Arbeit zu leisten, waren berüchtigt. Wenn man ihn über seine
journalistische Tätigkeit reden hörte, konnte man den Eindruck
gewinnen, er habe den Watergate-Skandal im Alleingang und
höchstpersönlich ans Tageslicht gezerrt. Dabei war Barry Owens
damals selbst noch ein Kind gewesen. Was ihn nicht davon abhielt,
von seinen Leuten einen Einsatz zu erwarten, als wären sie die
Belegschaft der *New York Times* und nicht nur irgendeines unbe-
deutenden Provinzblatts. In Elliottville gab es selten auch nur ein
winziges Skandälchen aufzudecken. Wahrscheinlich war Owens
deshalb so wild auf die Hughford-Sache. Weshalb sie besser nicht
länger zögerte, sofern sie nicht gedanklich bereits Bewerbungen
schreiben wollte.

Myra straffte die Schultern und schloss kurz die Augen, um sich
zu sammeln, bevor sie mit angespannten Sinnen die Treppe hi-
nuntereilte, die Halle durchquerte und in den dämmrigen Gang
tauchte. Hier verharrte sie einen Moment, aber nahm weder etwas
von Luisa noch einem der Wachmänner wahr, die sie, abgesehen
von Ronan, ohnehin nie im Haus angetroffen hatte. Mit einem
tiefen Atemzug zwang sie sich weiter in den Korridor, bis ihre
Hand die kühle Klinke berührte. Mit klopfendem Herzen drückte
Myra sie millimeterweise hinunter. Sie schnaufte leise durch, als
die Tür nachgab und sich geräuschlos einen Spalt öffnen ließ. Myra
schlüpfte hindurch. Mit einem leisen Klick schob sie die Tür hinter
sich ins Schloss. Endlich. Sie stand in Conrad Hughfords Arbeitszimmer. Allein und unbeobachtet.

Auf schwachen Beinen, die deutlich mehr zitterten, als sie erwartet hatte, begab sich Myra zum Schreibtisch. Ein imposantes

Möbelstück aus altem Holz mit einer Arbeitsfläche aus Leder, auf der eine goldgeprägte, aber leider leere Briefmappe lag.

Myras Aufmerksamkeit galt nun dem Inneren des Tisches. In der Schreibtischschublade fand sie ein paar Stifte, einige unbeschriebene Notizblöcke und eine Handvoll verirrter Büroklammern. Enttäuscht schloss sie die Schublade wieder – da gab sogar ihr Teilzeitarbeitsplatz bei der Gazette mehr her! Auch das Fach darunter hielt nichts bereit außer schwarzer Leere und dem dumpfen Gefühl, dass alle Aufregung und alle Bemühungen umsonst gewesen waren. Sie rieb sich über das Gesicht und ließ sich in den Schreibtischsessel fallen, als ihr Blick plötzlich auf das gerahmte Foto fiel. Halb verborgen hinter einem Stiftebutler, hatte sie es nicht sofort gesehen. Myra ergriff den Rahmen und starrte verblüfft auf die Abbildung. Sie zeigte Cole mit einem Jungen von etwa acht Jahren. Hatte Cole einen Sohn? Aber warum stand das Foto auf Hughfords Schreibtisch? Cole saß mit seinem Laptop lieber im Wohnzimmer, wenn er etwas zu erledigen hatte, das hatte er ihr selbst erzählt.

Myra betrachtete stirnrunzelnd die beiden Personen. Das war nicht Cole! Der Mann sah ihm ähnlich, doch er war älter, vielleicht Anfang vierzig. Seine Augen waren vom gleichen Grün, allerdings hatten sich Fältchen um sie herum eingegraben, und sie leuchteten nicht so fröhlich. Der Mann machte einen melancholischen, in sich gekehrten Eindruck, während die Augen des Kindes neben ihm mit der gleichen Intensität strahlten, wie sie es heute Morgen auch getan hatten, als der inzwischen erwachsen gewordene Junge sie angelächelt hatte.

Cole war Hughfords Sohn.

Diese Erkenntnis traf sie mit der Wucht einer Detonation. Myra war froh, dass sie saß. Das war *die* Knüllerstory schlechthin. Alle Welt dachte, Hughfords Sohn sei gestorben, stattdessen lebte er hier inkognito auf dieser Insel.

Myras Herz hämmerte zum Zerspringen. Es gab nur wenige
Fotos von Conrad Hughford, meist war er darauf deutlich älter,
deshalb hatte sie die Ähnlichkeit nicht sofort bemerkt. Aber nun
mit dem Foto vor der Nase war es so klar, dass sie sich wunderte,
warum es ihr nicht sofort aufgefallen war. Vermutlich weil man
immer nur das sah, was man auch zu sehen erwartete. Und dass
es einen Hughford junior gab – davon ahnte niemand etwas. Welch
eine Geschichte! Damit hätte sie ihren Posten bei der Gazette sicher.

Und ihre Seele verkauft.

Dieser Gedanke erwischte sie wie ein Schlag in den Magen. Sie
starrte auf die grünen Augen des Jungen, der ihr so unschuldig aus
dem Rahmen entgegenlächelte. Zwei Grübchen verliehen ihm etwas Lausbubenhaftes. Dieselben Grübchen, die sich zeigten, wenn
ihn etwas amüsierte. Oder er mit ihr spielte. Gestern am Strand,
als er sie verwöhnte …

Schluss damit, befahl sie sich. Sie hatten sich etwas die Zeit miteinander vertrieben, das war alles. Sie war ihm weder zu Loyalität
noch sonst wie verpflichtet. Immerhin ging es um ihre berufliche
Zukunft. Vom Kellnern konnte sie nicht leben und von ihren Büchern ohnehin nicht. Während er sich längst mit der Nächsten
vergnügte, würde sie nicht wissen, wie sie ihre Miete bezahlen
sollte, falls sie jetzt ihren Gewissensbissen nachgab.

Energisch stellte sie das Foto auf den Tisch zurück und stand auf.
Vielleicht sollte sie versuchen, in der mit Cole verbleibenden Zeit
noch die Hintergründe für sein Einsiedlerleben herauszufinden.
Das wäre das Sahnehäubchen und mit Sicherheit einen Leitartikel
auf Seite eins wert.

Nun musste sie nur noch unbemerkt durch die Halle und in ihr
Zimmer kommen. Sie war so nah an einer Hammergeschichte, sie
durfte es keinesfalls riskieren, Coles Vertrauen zu verlieren. Ge-

rade wollte sie hinaus auf den Flur schlüpfen – da blieb ihr Herz stehen.

Wütendes Stapfen näherte sich. »Das glaube ich nicht. Ich lege sie übers Knie, wenn sie es gewagt haben sollte …«

Mehr bekam Myra nicht mit. Sie drückte die Tür zu, schnappte sich das erstbeste Buch aus dem nächsten Regal und schaffte es eben noch, sich in einer annähernd entspannten Pose in einen der Klubsessel zu werfen, die in einer Fensternische standen, bevor die Tür aufgerissen wurde und sich Cole vor ihr aufbaute. Eine Zornesfalte grub sich tief in sein Gesicht, die Lippen waren zu einem dünnen Strich zusammengepresst.

»Was tust du hier?«, fuhr er sie an.

»Hallo Cole«, grüßte Myra lässig und hoffte inständig, er möge ihren hämmernden Herzschlag nicht bemerken. So laut, wie dieser von innen gegen die Brust trommelte, konnte ihre Aufregung kaum unentdeckt bleiben. »Schon fertig im Bootshaus?«

»Nein, das nicht, ich wollte nur … verdammt, Myra, was soll das?«

Myra hatte das Naheliegende getan, um ihn abzulenken: Sie war lasziv zu ihm geschlendert und hatte ihre Arme um seinen Hals geschlungen. Sie setzte die unschuldigste Miene auf, zu der sie fähig war. »Ich habe mich ohne dich gelangweilt«, gurrte sie und schmiegte sich an ihn.

»Und da musstest du das Einzige tun, das ich dir ausdrücklich verboten habe?« Er packte sie an den Schultern und schob sie eine Armlänge weit weg, aber seine Stimme klang nicht mehr so hart.

»Ich wollte nur etwas lesen.«

»Dafür reichte der Stapel im Wohnzimmer nicht?« Seine Augenbrauen schossen in die Höhe. Er beäugte sie misstrauisch.

Verdammt, dagegen konnte sie nichts vorbringen. Sie knabberte auf ihrer Unterlippe und schwieg.

»Myra.« Sein Tonfall wurde ungeduldig. »Ich hätte gerne eine

Erklärung, wieso du hier bist, obwohl ich dir Ärger angedroht hatte.«

»Vielleicht genau deshalb.« Die Worte rutschten ihr heraus, doch als er daraufhin seine Augen aufriss, erkannte Myra, dass es einen sicheren Weg gab, seinen Gedanken eine andere Richtung zu geben.

»Was meinst du damit?« Coles Stimme war rau und leise. Genau der Tonfall, der ihre Knie weich werden ließ. Sie musste ihm ihr Verlangen nicht einmal vorspielen.

»Die *Bestrafung* vorgestern hat mir gefallen. Vielleicht wollte ich ausprobieren, was du dir jetzt einfallen lässt?«, fragte sie keck und schluckte hart, als sie etwas in seinen Augen aufflackern sah, das sie nicht einordnen konnte. War sie zu weit gegangen? Hatte sie einen Teil in ihm entfacht, den sie besser nicht geweckt hätte? Sie konnte dem Blick nicht standhalten und schlug die Augen nieder.

»Nein, sieh mich an.« Seinen bestimmenden Tonfall kannte sie, dieser hier war anders. Befehlender. Sie hob die Lider. Cole starrte sie mit undurchdringlicher Miene an. Ein Muskel zuckte kurz, dann umspielte ein unergründliches Lächeln seine Mundwinkel. »So, Myra«, sagte er mit tiefer Stimme, die einem Grollen glich. »Du möchtest also, dass ich dich bestrafe?«

Myra nickte. Sie fuhr sich mit der Zunge über die Lippen, ihr Mund war wie ausgedörrt. Auf was ließ sie sich hier bloß ein?

Cole beugte sich vor und zupfte mit seinem Mund an ihrer Unterlippe. Er biss sanft hinein. »Sicher?«, fragte er mit betörender Stimme.

Myra brachte noch immer kein Wort heraus.

»Sag es«, forderte er und fuhr mit seinem Zeigefinger am Ausschnitt des T-Shirts entlang.

»Ja, sicher«, krächzte Myra, und Cole lachte leise auf.

»Im ganzen Satz, Myra.«

»Ich … ich.« Oh Gott, worauf lief das hinaus? Sie atmete tief durch und ignorierte das amüsierte Zucken von Coles Mundwinkeln. »Ich bin in das Zimmer gegangen, damit du mich bestrafst.« Sie fuhr sich durchs Gesicht und hoffte, es brannte nicht so feuerrot, wie es sich anfühlte.

»Okay, Myra«, sagte Cole mit einem Ton, der gefährlich und sanft zugleich war. »Ich werde dich bestrafen.«

Mit einer schnellen Bewegung packte er sie und warf sie sich über die Schulter. Myra schrie vor Schreck auf und zappelte mit den Beinen, aber Cole hielt sie unerbittlich fest.

»Stillhalten, sonst fällst du runter«, ordnete er an, und während eine Hand ihre Beine umfasste, lag die andere auf Höhe ihres Hinterns und kniff in die Pobacke. Myra quiekte auf. »Stillhalten habe ich gesagt.« Coles Stimme klang fest und bestimmt. Eher so, als würde er eine Arbeitsanweisung erteilen, und nicht, als würde er eine halb nackte Frau durchs Haus tragen. Myras Shirt war hochgerutscht, und sie betete darum, dass sie nicht ausgerechnet jetzt Luisa oder Ronan begegneten. Das Schicksal verschonte sie knapp.

Cole bog gerade mit ihr in den Flur zum Schlafzimmer ein, als Ronans Stimme aus der Halle zu ihnen heraufdrang.

»Cole? Bist du da oben? Ich muss dich kurz sprechen.« Ronan klang angespannt, aber das war bei ihm nicht ungewöhnlich.

»Bin beschäftigt. Und zwar noch etwas länger.« Cole rieb über Myras Po, und sie wusste, dass die letzten Worte vielmehr ihr als Ron gegolten hatten.

»Wehe, jemand wagt es, zu stören«, rief Cole, jetzt wieder eindeutig in Ronans Richtung, bevor er die Schlafzimmertür aufstieß und Myra schwungvoll aufs Bett warf. Dann schloss er die Tür ab. Hatte er das sonst auch gemacht? Myra konnte sich nicht erinnern.

Mit langsamen Bewegungen kehrte Cole zum Bett zurück und musterte sie dabei mit dunklem Blick, den er ungeniert über ihren Körper wandern ließ. Myra fühlte sich wie ein Sahnetörtchen auf einem Büfett, das gleich genüsslich verspeist werden würde. Hitze schoss zwischen ihre Beine.

»Cole?« Dass er den Blick nach einer Weile noch immer nicht von ihr löste, verunsicherte sie.

»Pst«, gab er zur Antwort. »Du gehörst gerade mir, schon vergessen?« Er sah sie unverwandt an, und Myra wurde mulmig. Was war ihr bloß in den Sinn gekommen? Sie kannte den Mann kaum! Was wäre, wenn er auf irgendwelche abartigen BDSM-Sachen stand? Immerhin hatte er in den vergangenen Tagen keinen Zweifel daran gelassen, dass er gerne das Sagen hatte.

»Zieh dich aus.« Coles Worte waren leise und duldeten keinen Widerspruch. Sollte sie sich weigern? Behaupten, sie hätte ihn nur necken wollen? Was sollte er schon mit ihr machen, selbst wenn er die Wahrheit erführe? Ronans unheilvoller Blick und der kalte Schuppen stiegen vor ihrem geistigen Auge auf. Das wäre in der Tat eine unangenehme Alternative, aber vielleicht besser, als sich hier zum Spielzeug eines machtgeilen Doms zu machen. Sie holte tief Atem, als sie plötzlich zwei Arme um sich spürte und sanfte Küsse ihr Gesicht bedeckten.

»Myra? Alles okay? Du siehst so erschrocken aus?« Wärme war in Coles Stimme zurückgekehrt, seine Augen strahlten ohne jede Finsternis. Erleichtert ließ sich Myra gegen seine Brust sinken.

»Warum warst du wirklich im Arbeitszimmer, Myra?«, hörte sie ihn plötzlich fragen, und ihre Verspannung war schlagartig wieder da. Er hielt mit einer Hand ihr Kinn umfasst und zwang sie, ihn anzusehen. Die andere Hand schob er unter das Bündchen des Slips. Myra konnte es selbst nicht glauben, als sie das Pochen in ihrem Schambereich registrierte. Ihr war nicht bewusst, sich für irgendetwas entschieden zu haben, wie kam ihr Körper dazu, eigenmächtig so eindeutig Position zu beziehen?

»Myra, ich höre!« Cole unterstrich seine Aufforderung, indem ein Finger zwischen ihre Schamlippen wanderte.

»Das habe ich dir doch gesagt.« Myra merkte selbst, wie piepsig sie klang.

Er umkreiste ihren Kitzler mit den Fingerspitzen. »Ich glaube dir nicht.« Er übte Druck auf die intimste Stelle aus und zwängte Myra zwischen seiner Brust und der Hand ein.

»Es ist aber die Wahrheit«, beharrte Myra. Ihr Körper sehnte sich nach seinen Berührungen. Warum nicht versuchen, das Angenehme mit dem Nützlichen zu verbinden? Er war bislang bestimmend, aber behutsam mit ihr umgegangen. Wenn es zu heftig würde, konnte sie immer noch die Notbremse ziehen. Hoffentlich.

»Sieh mich an und sag es.«

Myra biss sich auf die Lippe, und Coles Augenbrauen zogen sich alarmierend zusammen. Jetzt oder nie. Wenn sie jetzt nicht in ihrer Rolle bliebe, würde er wissen, dass sie log. »Ich habe gegen deine Regel verstoßen, weil ich von dir bestraft werden wollte«, brachte sie schließlich hervor.

Statt einer Antwort ließ Cole seinen Finger tiefer wandern und versenkte ihn in ihr. Seine Stirn glättete sich. »Tatsächlich feucht. Du scheinst es ernst zu meinen.«

Myra hatte in den letzten Tagen gestaunt, wie schnell sie feucht wurde, sobald Cole sie nur berührte. Nun war sie dankbar dafür.

»Steh auf«, ordnete er an, und Myra kletterte mit wackeligen Beinen aus dem Bett. Cole stellte sich einige Schritte entfernt vor sie. »Jetzt zieh dich langsam aus.«

Myra gehorchte mit zitternden Fingern. Ihre Beine fühlten sich eigentümlich schwach an. Diese Mischung aus Angst und Verlangen war verwirrend. Ihr Puls raste, dabei hatte er noch nicht einmal angefangen. Nur die Stimmung hatte sich gewandelt. Er hatte etwas Strenges, fast schon Gebieterisches an sich, das in den vergangenen Tagen vielleicht unterschwellig vorhanden gewesen war, das Myra jedoch nie so deutlich wahrgenommen hatte. Und obwohl sie ihren spielerischen Machtkampf um die Oberhand im

Bett genossen hatte, fand sie es mit einem Mal überaus erregend,
sich seiner Führung anzuvertrauen.

Als ihr Höschen auf dem Boden landete, sah sie Cole fragend an.

»Bleib so stehen«, sagte er und fixierte sie mit seinen Augen. Sie
spürte seine Blicke wie Berührungen auf ihrer Haut. Das Pochen
in ihrer Scham wurde fordernder, ihre Brustwarzen reckten sich
begehrlich vor. Sie genierte sich plötzlich vor Cole, der die Reaktionen ihres Körpers mit einem zufriedenen Gesichtsausdruck
verfolgte.

»Denk nicht einmal daran!« Coles Worte erreichten sie, bevor
sie wirklich bemerkte, dass ihre Hand auf dem Weg in ihren Intimbereich war. Um ihre Blöße zu bedecken oder um ihr Verlangen
zu stillen, hätte sie selbst nicht sagen können. Regungslos verharrte
sie. Dass Cole vollständig bekleidet vor ihr stand, verstärkte das
Gefühl, sich ihm auszuliefern, doch mittlerweile überwog die Erregung bei Weitem ihr Unwohlsein. Dennoch presste sie unwillkürlich die Schenkel zusammen, als seine Augen sich nun mit einem begehrlichen Funkeln auf ihre Mitte richteten.

»Beine auseinander!« Der Befehl war leise und scharf. Myra
machte einen Ausfallschritt zur Seite, und Coles Mundwinkel um-
spielte ein Lächeln. Er weidete sich noch einen Moment an ihrem
Anblick, dann drehte er sich um und ging zu seiner Kommode.
Als er wieder vor ihr stand, hielt er ein Seidentuch in den Händen.
Er packte wortlos ihre Handgelenke und umschlang diese mit dem
kühlen Stoff. Dafür also. Sie hatte sich schon gefragt, woher das
Seidentuch kam, das ihr als Rockersatz diente, es dann aber der Ex-
Freundin zugeschrieben.

Myra glaubte, vor Erregung zu zerspringen, als Cole begann, sie
mit federleichten Berührungen zu streicheln. Er schob ihre Beine
noch etwas weiter auseinander und legte ihre gefesselten Handgelenke auf ihren Kopf. Sanft glitten seine Hände von dort über
ihre Wangen, ihren Hals hinunter, an den Außenseiten ihrer Brüste

entlang und verharrten schließlich an ihrer Taille. Er beugte sich vor und küsste ihren Mund, bevor seine Lippen der Spur seiner Hände folgten, jedoch den direkteren Weg wählten und an ihren Knospen verweilten. Sie spürte seine Zähne an ihren Nippeln, und einen Wimpernschlag lang mischte sich wieder Angst in ihre Gefühle, aber er knabberte nur an ihren Brustwarzen, bis ihr tiefer Atemzug einem Seufzen glich. Leckend und küssend arbeitete sich Cole langsam zu ihrer intimsten Stelle vor. Seine Hände ruhten an ihrer Hüfte und hielten sie mit festem Griff, während er ihr einen vielsagenden Blick zuwarf, bevor er die Zunge tief in ihrer Spalte versenkte. Myra zuckte zurück, so unvermittelt schoss die Empfindung wie ein Stromstoß durch ihren Unterleib, aber Coles Hände verhinderten ein Ausweichen.

»Schön stehen bleiben«, sagte er mit dunkler Stimme, »und hör auf, so herumzuzappeln.«

Myras Unterleib zuckte, als er immer wieder mit seiner Zunge durch ihre Spalte fuhr. Er beobachtete sie genau. Sobald ihr Keuchen ekstatischer wurde, legte er eine Pause ein, bis ihr Atem sich beruhigte. Myra verglühte innerlich. Sie sehnte sich nach Erlösung, aber Cole beherrschte das Spiel. Beherrschte sie.

Als sie es nicht mehr aushielt, presste sie die Hände an seinen Hinterkopf, um ihn nicht mehr von ihrem Schritt wegzulassen. Ein Fehler, wie sie sofort merkte, als er ihr nur kurz in die Augen sah. »Hände nach oben, Myra. Sonst binde ich sie fest.« Sein unheilvoller Blick sorgte dafür, dass sie die Unterarme schnell wieder auf den Kopf legte. Zur Belohnung umspielte seine Zungenspitze einige Male ihre Klit, und mit einem kehligen Geräusch streckte sich Myra ihm entgegen. Ihre Beine zitterten unkontrolliert. Sie musste die Hände erneut herunternehmen, um sich auf seinen Schultern abzustützen, anderenfalls wäre sie auf die Knie gegangen.

Cole wich zurück, fing sie aber auf, bevor sie tatsächlich zu Boden ging, und trug sie zum Bett.

»Myra, Myra, Myra … wusste ich es doch, dass du dich nicht an
meine Anweisungen halten würdest. Ich habe gesagt, du sollst die
Arme oben lassen. Jetzt muss ich dich wohl festbinden.« Sein liebevoller Ton stand im Gegensatz zu seinen drohenden Worten,
und noch während er redete, legte er Myras gefesselte Handgelenke
oberhalb ihres Kopfes ab. Sie konnte nicht sehen, was er tat, aber
als er fertig war und sich zu ihr herunterbeugte, um sie zu küssen,
zerrte sie probehalber an dem Seidentuch, das erwartungsgemäß
keinen Zentimeter nachgab.

Wieder flammte Unwohlsein auf. Sie lieferte sich an einen im
Grunde völlig Fremden aus. Nur weil sie unglaublich guten Sex
miteinander gehabt hatten, hieß das noch lange nicht, dass er kein
sadistischer Killer war.

Plötzlich lagen Coles Hände um ihr Gesicht. »Myra, sieh mich
an!«

Sie hatte gar nicht gemerkt, dass sie die Augen geschlossen, sogar
zusammengekniffen hatte. Zögerlich blinzelte sie. Coles besorgte
Miene schwebte über ihr. »Myra, ist alles okay? Wird es dir zu viel?«
Seine Stimme hatte alles Herrische verloren. Warm schmiegte sie
sich an ihre Synapsen und versicherte ihr, dass alles in Ordnung
war.

Myra lächelte zaghaft. »Ja, alles gut. Ich … ich wollte es ja.« Das
erneut aufkommende Pulsieren machte die Antwort sogar teil-
weise zur Wahrheit.

»Sicher?« Cole sah sie prüfend an. Er zeichnete mit der Spitze
seines Zeigefingers kleine Kreise um ihre Brust, und als sich eine
Gänsehaut über ihren Körper zog und Myra »Ja« seufzte, grinste
er sichtlich erleichtert, zwirbelte ihre Knospen zwischen Daumen
und Zeigefinger, bis sie sich ihm wieder entgegenreckten, und
kehrte mit einem düsteren Gesichtsausdruck in seine Rolle zurück.
»Dann spreiz die Beine für mich«, sagte er streng. »Ich bin noch
lange nicht fertig mit dir.«

Er hob Myra etwas an, schob ihr ein Kissen unter den Po und drückte ihre Knie auseinander und in Richtung Bauch, sodass sie weit geöffnet vor ihm lag.

Er sah sie einen Moment unverwandt an, betrachtete unbewegt ihren Schambereich, und nur weil seine Atemzüge tiefer geworden waren, wusste Myra, dass auch Cole erregt war. So vor ihm zu liegen, sorgte in ihrem Schritt erneut für ein drängendes Pochen, und sie gierte danach, dass er sie berührte. Allein der begehrliche Blick, mit dem er ihre geschwollenen Schamlippen musterte, schickte neue Hitze direkt zwischen ihre Beine, aber sie konnte nichts tun, als hilflos abzuwarten. Ob er wollte, dass sie bettelte?

Sie leckte sich über die trockenen Lippen. »Cole, bitte«, begann sie, doch ein kurzes Anheben einer Augenbraue brachte sie zum Schweigen.

»Es erregt dich, so vor mir zu liegen«, stellte Cole fest. »Du wirst nur von meinen Blicken feucht.« Seine Augen blitzten. Zur Bestätigung fuhr er mit der Fingerspitze um ihren Eingang, bevor er nur mit der Kuppe in sie eindrang und ein schmatzendes Geräusch erklang.

Myra erschauerte unter der Berührung und versuchte, sich seinem Finger entgegenzudrängen, doch ihre Arme waren bereits durchgestreckt, und sie musste es ertragen, dass er sie zwar mit der Fingerkuppe penetrierte, aber seinen Finger nicht einen Millimeter weiter in sie hineinschob. Sie rutschte auf dem Kissen hin und her.

»Bitte«, stöhnte sie noch einmal, erreichte damit jedoch nur, dass er seinen Finger ganz aus ihr zurückzog.

»Ja?«, entgegnete Cole liebenswürdig und schaute sie treuherzig an, doch seine Mundwinkel zuckten.

»Du Schuft«, keuchte Myra, als er sich vorbeugte und sanft über die feuchte Stelle blies, ohne sie zu berühren. Ihr Unterleib zuckte erwartungsvoll, doch Cole kostete seine Macht aus und gab ihr

nicht, wonach sie verlangte. Noch nie hatte sie so dringend ange-
fasst werden wollen. Die kleinste Berührung würde sie über die
Klippe stoßen. Und Cole wusste das und sah sie deshalb nur an.
Nach Augenblicken, die ihr endlos erschienen, näherte er sich mit
seiner Hand. Er nahm die Folter mit seinen Fingerspitzen wieder
auf, kreiste um den Eingang, neckte ihren Kitzler und drang eine
Winzigkeit in sie ein, während er sorgsam darauf achtete, dass sie
zwar stöhnte, unruhig über das Kissen rutschte und sich wand,
aber nicht kam.

Myras Nerven vibrierten von den Zehen bis in die Fingerspitzen.
Jedes Streicheln, jedes Kreiseln um ihre Perle jagte Stromstöße
durch den Körper. Sie krallte sich an das Seidentuch, bog den Rücken durch und bohrte ihre Fersen verkrampft in die Matratze. Die
kehligen Laute, die sie ausstieß, klangen fremd in ihren Ohren.
Und endlich hatte Cole ein Einsehen.

»Du darfst jetzt kommen«, eröffnete er ihr schlicht und tauchte
zwei Finger tief in ihre feuchte Mitte, während sein Daumen sanft
ihre Perle massierte.

Als hätte ihr Körper nur auf die Erlaubnis gewartet, ballte sich
eine nie gekannte Anspannung allein schon durch seine Worte in
ihrem Unterleib zusammen. Die ausdauernde süße Folter hatte aus
ihren Nervenbahnen überspannte Bogensehnen gemacht, die nur
darauf warteten, endlich gelöst zu werden. Sein Daumen an ihrer
Klit gab den Startschuss für eine Welle, die explosionsartig durch
ihren Körper schoss, eine fast schmerzhafte Hitze in ihr verteilte.
Der Orgasmus schüttelte sie, und Cole ließ erst von ihrer Perle ab,
als sie zitternd und schwer atmend auf die Matratze zurückfiel.
Ihre überdehnten Arme schmerzten. Sie hatte unkontrolliert an
dem Tuch gezerrt, während die Lust sie in der Gewalt hatte.

Matt lächelte sie Cole an, der sie mit verhangenen Augen betrachtete.

»Du bist unglaublich«, sagte er leise, beinahe zärtlich. Ein Grinsen erschien auf seinem Gesicht. »Ich hatte Angst um mein Bett.«

»Erstaunlich, was so dünne Seide aushält«, erwiderte Myra ein bisschen beschämt. »Machst du mich jetzt los?«

Cole rieb sich nachdenklich über das Kinn. »Nein, ich glaube nicht«, erklärte er schließlich. »Das war doch erst das Vorspiel.«

Myra verdrehte die Augen. »Ich habe es mir fast gedacht«, sagte sie mit anzüglichem Blick auf die Beule in seiner Hose und wunderte sich ein wenig, dass ihr Körper noch in der Lage war, mit einem nervösen Kribbeln auf seine Ankündigung zu reagieren. Sie bezweifelte, in den nächsten Tagen noch einmal einen Orgasmus erleben zu dürfen, nach dieser Gewalt, mit der die Welle der Lust gerade über sie hinweggefegt war.

»Du hast doch nicht geglaubt, ich mache es dir so einfach?«, fragte Cole mit einem teuflischen Blitzen in seinen Augen, als seine Hand langsam über die Innenseite ihrer Beine höher wanderte. Myras sensibilisierte Nerven reagierten sofort mit einer Gänsehaut.

»Einfach? Daran war nichts einfach!«, protestierte Myra und biss sich auf die Lippe, als Cole in diesem Moment mit zwei Fingern in sie eindrang und sie dehnte. Er würde sie gleich nehmen, während sie gefesselt war, doch sie spürte keine Angst mehr. Er hatte eine verwirrende Macht über sie, aber er benutzte sie nicht gegen sie, sondern nur, um ihr Lust zu bereiten.

Später lag sie in Coles Arme gekuschelt auf dem Bett, während er noch in ihr war. Cole hatte sie mit gefühlvollen Bewegungen geliebt. Kurz bevor er sich in sie ergoss, hatte er den Winkel verändert, bei jedem Stoß ihre Klitoris stimuliert und es so geschafft, dass beide zusammen kamen. Zufrieden blickte er auf Myra, die mit halb geschlossenen Augen unter ihm döste und unwillig grunzte, als er sich aus ihr herauszog.

»Du willst doch nicht behaupten, dass du noch immer nicht
genug hast?«, fragte Cole mit ungläubiger Miene.

Myra verzog das Gesicht, als sie sich bewegte und schmerzhaft
zwischen den Beinen spürte, wie ausgiebig der Sex gewesen war.
»Autsch. Doch, vielleicht brauche ich erst einmal eine Pause. Aber
du fühltest dich so schön nah an.« Sie grinste verlegen angesichts
dieses kitschigen Geständnisses. Sie wusste aus Erfahrung, dass
Männer nicht viel vom Kuscheln danach hielten, aber Cole überraschte sie auch in diesem Punkt.

»Nähe kannst du auch so haben«, sagte er liebevoll und zog sie
eng an sich. Sie lagen in Löffelstellung, eine Hand ruhte auf ihrer
Brust. Er küsste ihren Nacken und streichelte mit der anderen
Hand ihren Arm. »Bleib ruhig noch etwas liegen und erhol dich
von mir«, erklärte er nach einer Weile, und sie hörte Bedauern in
seiner Stimme. »Ich muss gleich wieder runter und sehen, ob beim
Bootshaus alles fertig und auch sonst alles für den Sturm vorbereitet ist.«

Er drückte ihr einen Kuss auf den Scheitel, rollte sich aus dem
Bett und verschwand im Bad. Myra sah ihm lächelnd hinterher.

Sie genoss das träge, entspannte Gefühl und wünschte sich, Coles Arme noch um sich zu spüren. Er war wirklich der perfekte
Sexpartner. Es war unglaublich, wie er mit ihr umzugehen wusste.
Er spielte auf ihr wie ein Violinist auf seinem Instrument und
brachte Saiten an ihr zum Schwingen, von denen sie nicht einmal
gewusst hatte, dass es sie gab. Myra seufzte wohlig, als sie an seinen
Blick dachte. An diese Augen, die ihr jedes Mal unter die Haut
gingen, bis in ihre Seele vorzudringen schienen und etwas in ihr
berührten, egal, ob sie begehrlich oder liebevoll über sie glitten.
Sie spürte die Wärme, die sich in ihr ausbreitete, und ein glückli-
ches Lächeln erschien auf ihrem Gesicht – bis ihr klar wurde, was
gerade passierte.

Mit einem Ruck setzte sie sich auf.

Das durfte keinesfalls geschehen. Niemals würde sie es zulassen. Und doch verriet ihr klopfendes Herz, dass es schon zu spät war. Sie war auf dem besten Weg, sich in Cole Hughford zu verlieben.

8.

Alles klar bei dir?« Cole stand vor Myra, ein Handtuch um seine Hüften gewickelt, mit dem anderen rubbelte er seine Haare trocken, die daraufhin in alle Richtungen abstanden.

Er sah unfassbar gut aus, und Myra konnte die Augen nicht von seinem Sixpack abwenden. Sie leckte sich über die trockenen Lippen, und Cole lachte laut auf.

»Ich fühle mich gerade wie ein Steak im Löwenkäfig.« Er ließ sich mit einer geschmeidigen Bewegung auf der Bettkante nieder und zog sie in seine Arme. Myra musste einfach über die Erhebungen seiner Muskeln fahren. Sein Duschgel roch männlich herb, und sie vergrub ihre Nase in der Beuge zwischen Schulter und Hals, als wollte sie nicht nur seinen Duft, sondern den gesamten Mann einatmen. Dass sie sich selbst eingestanden hatte, mehr als nur physisches Begehren für ihn zu empfinden, hatte einen Damm gebrochen, und sie hätte sich am liebsten in ihm vergraben und ihn nie wieder losgelassen. Irgendwann würde Cole alles herausfinden. Das Wissen um die wenige geborgte Zeit, die ihnen bis dahin blieb, brachte sie um den Verstand.

Andererseits – musste er die Wahrheit überhaupt erfahren? Niemand zwang sie, sein Geheimnis zu verkaufen. Mit etwas Glück würde Owens sie dennoch nicht entlassen. Wenn sie schwieg, würde Cole womöglich nie herausfinden, mit welchem Auftrag sie losgeschickt worden war. Sie konnten … ja, was eigentlich? Selbst wenn er niemals von ihrem geplanten Verrat Wind bekommen würde, so trennte sie mehr als die Distanz zwischen Elliottville und dieser Insel. Seine Welt war eine andere, umgeben von Reichtum und Macht. Solche Geschichten funktionierten nur in ihren Romanen. Die vermutlich aus dem Grund niemand kaufte, dass sie selbst für reine Fiktion zu verklärt waren. Sie war die Königin der Tagträumer, wenn sie auch nur eine Sekunde daran dachte, dieser extrem attraktive Multimillionär könnte ein Interesse an ihr haben, das über momentan leicht verfügbaren Sex hinausging.

Als er unter ihre Beine griff und sie auf seinen Schoß zog, klammerte sie sich wie eine Ertrinkende an seinen Hals und konnte die Tränen nicht mehr aufhalten. Sie weinte um den Verlust, der ihr bevorstand, und litt schon jetzt unter dem Liebeskummer, den ihr der Mann zufügen würde, der sie gerade wie ein Kleinkind in seinen Armen wiegte und beruhigend auf sie einredete.

»Hormone«, schniefte sie schließlich entschuldigend, »postkoital, du weißt schon.«

Er hob ihr Kinn und zwang sie, ihn anzusehen. Seine Mundwinkel zuckten bei ihren Worten amüsiert, aber in seinen Augen las sie Besorgnis.

»So heftig?«

»War ja auch heftiger Sex.« Sie versuchte ein Grinsen, das offenbar misslang, denn Coles Stirnfalte grub sich noch tiefer in sein Gesicht. Er küsste ihr die Tränen von der Wange.

»Sorry«, murmelte er dabei. »Ich wollte dich nicht durcheinanderbringen.«

Myra rutschte von ihm herunter. Wenn sie noch eine Sekunde länger seiner verständnisvollen Art ausgesetzt wäre, würde der Sturzbach an Tränen nie aufhören. Wie perfekt war dieser Mann eigentlich?

»Du hast nichts falsch gemacht«, sagte sie schnell. »Ich spring jetzt unter die Dusche.« Dass es vermutlich merkwürdig wirkte, wie sie mit verheultem Gesicht fluchtartig aus dem Schlafzimmer rannte, störte sie auch nicht mehr. Cole hielt sie mit Sicherheit nach dieser Szene ohnehin für ziemlich absonderlich.

Als sie aus dem Bad kam, war Cole gegangen. Auf dem Bett lagen ein frisches Shirt und ein weiteres Seidentuch. Jetzt, da sie wusste, wofür es Cole eigentlich benutzte, war es eigenartig, sich das Tuch

um die Hüfte zu knoten. Um wie viele Handgelenke oder Knöchel
er es wohl schon geschlungen hatte? Ein Stachel aus Eifersucht
bohrte sich unvermittelt in ihr Herz, und Myra schüttelte den Kopf.
Ihr Verhalten wurde immer lächerlicher. Erst nach einigen tiefen
Atemzügen fühlte sie sich für Cole gewappnet. Großer Gott, sie
hatten in den vergangenen Tagen nahezu ununterbrochen be-
rauschenden Sex miteinander gehabt, und plötzlich benahm sie
sich bei dem Gedanken, Cole gegenüberzutreten, gehemmt wie ein
Teenager beim ersten Date. Noch immer kopfschüttelnd, trat sie
auf den Korridor und lief zur Treppe. Von unten klang Ronans
Stimme zu ihr herauf.

»Cole, kann ich dich jetzt *bitte* sprechen. Es ist *dringend*.«

Irgendetwas an der Art, wie er sprach, ließ Myra aufhorchen.
Nicht, dass sich ihre Nackenhaare nicht ohnehin aufstellten, sobald er in der Nähe war. Im Augenblick schrillten allerdings sämtliche Alarmglocken. Es lag nicht nur an ihrem schlechten Gewissen, das eben wieder auf sich aufmerksam machte. Sie wusste einfach, dass sie Ronans dringendes Thema war. Da sie noch immer
keine Schuhe trug, war es ein Leichtes, sich an die Tür zum Wohnzimmer zu schleichen. Sie sah die Männer nicht, konnte jedoch
jedes Wort verstehen.

»Ich dachte, du wolltest nur kurz ins Haus zurück, um ihr zu
sagen, dass ihr Kanu angespült wurde«, sagte Ronan gerade.

Ihr Kajak war wieder da? Myras Freude überdauerte keine drei
Sätze, denn ihr war klar, was das bedeutete.

»So war der Plan, aber dann hatten wir einen intensiven Aus-
tausch«, erklärte Cole lakonisch, und Myra sah förmlich vor sich,
wie sich seine Mundwinkel bei diesen Worten kräuselten. »Aber
deshalb wolltest du mich vermutlich nicht so dringend sprechen?«,
fuhr Cole fort. »Also, was liegt an?«

»Ich habe mir das Boot noch einmal gründlich angesehen.«

Myras Herz rutschte in die Hose. Sie wusste, was kam, bevor Ronan es aussprach.

»Im Bug steckte ein Packsack. Wir haben ihn nicht sofort gesehen, weil er die gleiche Farbe wie das Boot hat.« Ronan machte eine dramatische Pause. »Ich habe ihren Führerschein gefunden. Ihr Name ist Myra Gregson. Sie stammt aus Elliottville.«

»Verdammt.« Cole stieß eine Reihe Verwünschungen aus, gefolgt von dem Geräusch einer Faust, die auf eine Tischplatte donnert. Gläser klirrten. »Ich wusste, dass sie etwas im Schilde führt. Das kann doch kein Zufall sein.«

»Ist es sicher nicht. Es tut mir leid, Cole.« Ronans normalerweise harte Stimme zeugte von echtem Mitgefühl. »Ich habe ihr von Anfang an misstraut, aber ich habe für dich gehofft, es wäre diesmal anders.«

»Die knöpfe ich mir gleich vor. Ich finde heraus, welche Nummer sie abzieht.« Coles Stimme war frostig, doch das folgende Seufzen war traurig. »Vielleicht ... ach, was weiß ich.« Eine kurze Pause. Dann wieder gefasster: »Die Hoffnung stirbt bekanntlich zuletzt.«

Ronan kommentierte das lediglich mit einem Grunzen. »Ich schätze, wir werden morgen Gewissheit haben.« Die übliche Kälte begleitete seine Worte. »Wegen des Hurrikans dauert alles etwas länger. Einige Telefon- und Stromleitungen sind durch die Unwetter der vergangenen Tage bereits beschädigt worden. Laut Prognose soll der Sturm am späten Abend den Höhepunkt erreichen. Wenn sich morgen alles normalisiert hat, werde ich dir Bericht erstatten.«

Sein knurrender Unterton riss Myra aus ihrer Erstarrung. Weder wollte sie sich von Cole ausquetschen lassen noch dem eiskalten Ronan in die Hände fallen. Noch hatte sie eine Chance, von der Insel zu verschwinden. Die Geräusche von draußen ließen darauf schließen, dass es zwar windig, aber noch nicht stürmisch war.

Wenn sie sich ins Zeug legte, brauchte sie für die Strecke zu ihrem Bungalow zwei, je nach Seegang vielleicht auch drei Stunden. In jedem Fall wäre das zu schaffen, bevor der Hurrikan sie erreichte. Ohne zu zögern, stürzte sie zur Tür. Aus einer Nische leuchtete ihr etwas Gelbes entgegen. Ihr Packsack. Erfreut warf sie ihn sich über die Schulter und rannte aus dem Haus.

Der Himmel lag bleiern über der Insel. Die höheren Palmwedel duckten sich unter einigen Windböen. Einladend war das Wetter nicht, aber noch nicht gefährlich und sogar noch trocken.

In der Hoffnung, ihr Kajak dort zu finden, sprintete Myra über die Wiese auf das Bootshaus zu. Den gebrochenen Ast oberhalb des Daches hatte jemand abgesägt, ebenso wie die Krone des beschädigten Baums. Wie skelettierte Krallen griffen die gekappten Äste in die grauen Wolken.

Myra musste aufpassen, wo sie ihre Füße hinsetzte. Überall lagen abgerissene Zweige und Holzsplitter herum. Mehr als einmal jammerte sie, weil sie auf etwas Spitzes getreten war.

Während sie ihr Kajak, das tatsächlich im Bootsschuppen lag, nach draußen zerrte, ein Paddel aus einem Ständer entwendete und Richtung Strand eilte, konnte sie die Vorstellung kaum ertragen, dass die verheulte Szene im Bett wahrhaftig Coles letzte zärtliche Geste für sie gewesen sein sollte. Wenn sie doch nur die Zeit zurückdrehen könnte. Niemals hätte sie diesen unsäglichen Auftrag annehmen dürfen. Sie würde für dieses heiße Abenteuer unzählige Tränen vergießen. Myra biss die Zähne zusammen und ignorierte das drückende Gefühl in ihrer Brust. Sie brauchte ihre Konzentration für die Strecke, die vor ihr lag. Nichts erinnerte mehr an das sanfte Plätschern auf dem Hinweg, das Meer hatte sich in den vergangenen Tagen verändert. Es brodelte und schäumte und riss wütend am Rumpf, während Myra das Kajak aufs Wasser schob und so schnell hineinsprang, als könnten Cole oder Ronan jeden Augenblick zwischen den Büschen hervorstürzen und sie gefangen nehmen.

Myra rechnete eigentlich mit ruhigerem Seegang, sobald sie den äußeren Gürtel hinter sich gelassen haben würde. Bald wurde jedoch klar, dass sie sich verschätzt hatte und deutlich mehr Zeit als geplant benötigen würde. Die Wellen waren nicht bedrohlich, doch die starke Strömung zerrte an dem Kajak, schluckte die Kraft ihrer Paddelschläge, und zu allem Überfluss frischte der Wind weiter auf. Bereits jetzt spürte sie jeden einzelnen Muskel im Körper. Der ausdauernde Sex hatte nicht unbedingt zur Erholung beigetragen, und jeder einzelne Paddelschlag laugte sie ein Stück weiter aus. Bald schon hatte sie das Gefühl, die Paddelblätter in zähflüssigen Beton zu tauchen. Der Druck auf ihre Schultern wurde unerträglich. Sie bemühte sich um eine korrekte Paddelhaltung; kämpfte darum, die Kraft aus dem Rücken und den Beinen zu holen, und musste doch mit jeder Minute, die verging, einsehen, dass sie sich übernommen hatte. Sie konnte das Tempo unmöglich durchhalten, das sie anschlagen musste, um rechtzeitig vor Eintreffen des Sturms ihre Bungalowanlage zu erreichen. Zurück konnte sie auch nicht mehr, dafür war sie bereits zu weit von Hughford Island entfernt, und die raue See dort war noch kräftezehrender als die Strecke, die vor ihr lag.

Sie verwarf die Idee sofort, eine der unbewohnten Inseln anzusteuern, die immer mal wieder auftauchten. Niemand wusste, mit welcher Stärke der Hurrikan über die Keys hinwegfegen würde, und falls er mit voller Wucht auf sie träfe, wäre es ein sicheres Todesurteil, sich irgendwo draußen aufzuhalten.

Nein, es blieb nur zu hoffen, rechtzeitig Big Torch Key zu erreichen. Mit Todesverachtung für ihre protestierenden Muskeln drückte Myra den Rücken durch und die Paddel ins Wasser. Sie schnappte nach Luft, trieb sich vorwärts und zwang den Sauerstoff

in ihre stechenden Lungen. Dieser Trip war ein einziges Desaster;
vom Anfang bis zum Ende war alles unfassbar schiefgelaufen.

Die ersten Regentropfen quittierte sie nur mit einem müden Kopfschütteln, sie war zu erschöpft, um sich darüber aufzuregen. Ihr gesamtes Denken richtete sie auf den Rhythmus der Paddelschläge. In ihrer Versunkenheit nahm sie das näher kommende Motorboot erst wahr, als es sich unmittelbar neben ihrem Kajak befand. Der Fahrer hatte das Tempo gedrosselt, doch die Wellen brachten ihr Boot trotzdem bedenklich zum Schaukeln. Myra wandte den Kopf nach oben – und zuckte zusammen, als sie direkt in die grimmige Miene von Ronan sah. Coles Sicherheitschef beugte sich mit ausgestrecktem Arm zu ihr. »Leine«, knurrte er, und Myra runzelte die Stirn. Es dauerte einen Moment, bis sie begriff, dass er die Bootsleine meinte. Er wollte sie offenbar in Schlepp nehmen.

»Myra, verdammt, mach schon!« Jetzt tauchte auch Coles Gesicht über ihr auf. Wasser perlte aus seinen Haaren und lief über die Zornesfalten auf seiner Stirn. Myras Gedanken überschlugen sich, aber im Grunde wusste sie, dass ihr keine Wahl blieb. Sie warf Ronan die Leine zu, der sie geschickt auffing und anknotete. Dann zog er das Kajak heran, bis es das Heck des Motorboots berührte, und reichte ihr die Hand. Cole hielt das Kanu, während Myra umständlich zu den Männern hinüberkletterte. Ohne Ronans Hilfe wäre sie im Wasser gelandet, doch sein fester Griff verhinderte nicht nur ihren Sturz, sondern zog sie sicher ins Boot.

»Danke«, stammelte Myra und erntete ein unwirsches Brummen. Ronans Blick teilte ihr unmissverständlich mit, dass er nicht ihr zuliebe auf diese Rettungsmission gegangen war. Auch Cole wirkte nicht besonders freundlich, als er Myra mit einer knappen Geste bedeutete, sich auf eine seitliche Bank zu setzen. Ronan warf einen skeptischen Blick auf die dunkle Wolkenfront und schob kommentarlos den Gashebel nach vorne. Myra wurde auf die Bank geschleudert und blieb der Einfachheit halber gleich in dieser halb liegenden Position. Von hier aus konnte sie das Profil beider Männer betrachten. Ronans Augen waren starr aufs Wasser gerichtet. Er wirkte nicht nur hoch konzentriert, sondern darüber hinaus noch übel gelaunter als sonst. Myra bekam es mit der Angst zu tun, als sie dieselbe Verärgerung auch in Coles Miene entdeckte. Seine Lippen bildeten einen dünnen Strich, und die harten Gesichtszüge erschienen wie in Marmor gemeißelt. Wurde sie gerade gerettet oder entführt?

Diesmal trug sie niemand zum Haus. Während Ronan sich um die beiden Boote kümmerte, schlurfte Myra hinter Cole her. Ihr Packsack schien eine Tonne zu wiegen, und ihre Beine fühlten sich wie Gummi an.

In der Halle blieb Cole stehen und warf einen Blick auf die sandigen Fußspuren, die Myra hinterließ.

»Déjà-vu«, murmelte er, und Myra schöpfte Hoffnung, als sich seine Miene etwas aufhellte, allerdings noch weit entfernt war von einer Versöhnung. Mit kühlem Gesichtsausdruck schob er Myra die Flip-Flops hin, die irgendwie den Weg hierher gefunden hatten. »Da, zieh an. Wo das Bad ist, weißt du ja. Du siehst durchgefroren aus.«

Myra nickte ergeben. Ihr fehlte die Kraft für lange Diskussionen, und wenn Cole sie unter die Dusche schickte, dann sollte ihr das recht sein. Immerhin besser, als irgendwo in einem Schuppen eingesperrt zu sitzen.

Ihre Unterwäsche lag neben den Handtüchern, und wenn nicht das schmerzliche Ziehen in der Brust gewesen wäre, hätte Myra sich einbilden können, es hätte die vergangenen Stunden nicht gegeben. So konnte sie jedoch an nichts anderes als die bösen Mienen der Männer denken, und ihr Unbehagen wuchs mit jeder Sekunde. Sie beruhigte sich damit, dass Cole sie nicht schnurstracks in den Lagerraum gesperrt hatte. Vielleicht würde alles nur halb so schlimm werden. Dennoch zitterten ihre Hände, als sie sich ab- trocknete und dann in die Unterwäsche und ihr Kleid schlüpfte, das die Tage im Packsack zwar zerknittert, aber trocken überstanden hatte.

Myra war bis zur letzten Synapse angespannt, als sie das Wohnzimmer betrat. Der Anblick ihres Rock-Ersatz-Seidentuchs, das vom Vorabend noch auf dem Sofa lag, stach so schmerzhaft, dass sie das Gesicht verzog.

»Alles in Ordnung?«, fragte Cole sofort. Er hielt sein Augenmerk auf sie geheftet, seit sie den Raum betreten hatte und unschlüssig stehen geblieben war. »Komm, setz dich.« Seine Züge waren nicht mehr so hart, als er Myra zu sich aufs Sofa zog. »Und nun erzähl mir, warum du weggelaufen bist.«

Verwirrt ließ Myra sich neben Cole auf dem Sofa nieder. Sie musterte sein Gesicht, das energische Kinn, die Lippen, die so wundervoll küssen konnten, gerade aber zusammengepresst waren, und die durchdringenden grünen Augen, die sie auch jetzt wieder bis auf den Grund ihrer Seele durchbohrten, ohne jedoch eine Ahnung von dem zu verraten, was Cole in diesem Moment dachte.

»Warum bist du mir gefolgt?« Fragen, die man nicht beantworten konnte, erledigten sich oft durch eine Gegenfrage, das hatte Myra in manchen Interviews erlebt.

»Ich wollte nicht, dass du das nächste Mal als Wasserleiche bei uns angespült wirst. Ich bevorzuge lebendige Meerjungfrauen. Hast du wirklich gedacht, du könntest bei diesem Wetter nach Big Torch zurückkehren?«

»So weit ist es doch gar nicht! Ich bin eine geübte Paddlerin …«

»… die offenbar die hiesigen Verhältnisse überhaupt nicht kennt.« Ernst sah Cole sie an. »Du hättest es niemals rechtzeitig geschafft, selbst wenn dich die Kräfte nicht auf halbem Weg verlassen hätten.«

Kleinlaut senkte Myra den Kopf. Er hatte ja recht. Aber wie sollte sie ihm erklären, dass ihr das als kleineres Übel erschienen war, verglichen mit der Inquisition durch Ronan und ihn, die ihr jetzt bevorstand.

»Warum wolltest du überhaupt weg?«, setzte er prompt sein Verhör fort.

Ihr Schulterzucken akzeptierte er nicht als Antwort. Er drehte sie an den Schultern zu sich und umfasste dann ihr Gesicht mit seinen Händen.

»Sieh mich an!«

Das Grün seiner Augen hatte sich verdunkelt. Myra versank in dieser Farbe eines schattigen Tannenwalds und wünschte, sein Blick wäre weniger durchdringend. Sie brauchte einen klaren Kopf, und den hatte sie auf diese Art nicht.

Cole verstärkte seinen Griff, als sie versuchte, den Kopf wegzudrehen. »Rede mit mir. Myra. Wovor hast du solche Angst, dass du kopflos in ein Unwetter paddelst?«

»Vor Ronan, vor deinem enttäuschten Blick, wenn du die Wahrheit erfährst, vor den Schmerzen meines gebrochenen Herzens, weil ich dich verlieren werde.« Die Liste war lang, aber nichts davon durfte sie Cole verraten.

»Ich habe keine Angst«, antwortete sie stattdessen achselzuckend.

»Doch, die hast du.« Cole schnaubte. »Glaube mir, ich erkenne Furcht, wenn ich sie sehe. Ich bin sozusagen ein Experte auf dem Gebiet.« Er spießte Myra förmlich mit seinen Blicken auf. »Also, Myra, wovor bist du weggelaufen?«

»Vor dir.«

Sie hätte ihm genauso gut ins Gesicht schlagen können – die Wirkung wäre nicht anders gewesen. Cole zuckte zurück und wurde blass.

»*Ich* habe dir Angst gemacht?«, fragte er ungläubig. »Aber wo-

mit?« Er fuhr sich mit den Händen durch die Haare. »Myra, hast
du dich bedrängt gefühlt? Warum hast du nichts gesagt? Du warst
so unglaublich feucht, ich hatte keine Ahnung, dass du es nicht …«

Myras Kuss brachte ihn zum Schweigen. Sie stürzte sich regelrecht auf ihn, weil sie seinen gequälten Gesichtsausdruck nicht
eine Sekunde länger ertragen konnte und ihn außerdem dringend
von seinen Fragen ablenken musste. Sie drückte ihm ihre Lippen
auf den Mund und zwängte ihre Zunge zwischen seine Lippen, bis
er schließlich nachgab und sie einließ. Myra kroch auf ihn, umfasste sein Gesicht mit ihren Händen und umspielte seine Zungenspitze hingebungsvoll, bis sie unter ihrem Bauch merkte, wie
er hart wurde. Cole stöhnte leise auf, aber das Fordernde der vergangenen Tage war verschwunden. Als Myra ihre Lippen löste und
die Augen öffnete, begegnete sie seinem fragenden Blick.

»Was war das?«

»Das nennt man einen Kuss.« Frech grinste sie ihn an und wollte
ihren Mund wieder auf seinen senken, doch er drehte den Kopf
weg.

»Warum küsst du mich?«

»Das hast du mich die vergangenen Tage doch auch nicht gefragt.« Sie schmunzelte, aber Cole schwieg mit ernster Miene.

Myra legte den Kopf an seine Schulter. Cole wich nicht aus,
sondern streichelte sanft über ihren Rücken. Die kleine Geste
machte Hoffnung.

»Ich will nicht, dass du dich schuldig fühlst«, sagte Myra leise.

»Du hast nichts falsch gemacht.« Sie lachte trocken auf. »Im Gegenteil. Ich bezweifele, dass ich jemals wieder so guten Sex haben
werde.«

»Und dennoch hattest du Angst?«

»Ich hatte keine …«

»Und ob du die hattest! Als du dachtest, ich bestrafe dich tatsächlich, hättest du dein Gesicht sehen sollen, während ich deine Hände festgebunden habe. Das sprach Bände.«

Myra schluckte. »Ich wusste doch nicht, ob du auf Schläge und Schmerzen stehst«, gestand sie leise. »Und ob du Grenzen respektierst, wenn du merkst, dass ich nicht darauf stehe. Du warst plötzlich so gebieterisch.«

Cole lachte trocken. »Nicht besonders klug, über so etwas erst nachzudenken, wenn man bereits gefesselt und nackt auf dem Bett liegt, oder?« Sein Blick blieb ernst, doch immerhin hob er die Mundwinkel andeutungsweise an. »Zu deiner Information: Ich stehe nicht auf Schmerzen. Weder auf eigene, noch möchte ich sie zufügen.« Sein Lächeln verbreiterte sich zu einem Grinsen. »Auch wenn ich mir fast sicher bin, dass du für deine Lügen ein paar Klapse verdient hättest.«

Myra sog scharf Luft ein.

»Das war ein Scherz.« Er strich ihr über den Rücken. »Entspann dich. Ich tu dir nichts.«

Das dumpfe Dröhnen des anschwellenden Sturms unterbrach sie. Cole richtete sich auf und schob Myra von sich. »Wir sollten allmählich in den Keller gehen. Es hört sich so an, als behalte die Wettervorhersage recht.«

9.

Zu Myras Verwirrung veränderte Cole sein Verhalten schlagartig, sobald sie den Schutzraum betraten. Er legte seine Reserviertheit ab und führte Myra wortlos zu dem Bett, das eine Hälfte des Kellerraums dominierte. Dort nahm er sie in den Arm, und so lagen sie eine Weile und genossen still die Nähe des anderen. Myra meinte, die Vibration des Hauses zu spüren, wenn es der Sturm durchschüttelte, aber sie fühlte sich in der Umarmung sicher und geborgen.

Sie wunderte sich, dass Cole das Verhör nicht fortsetzte, und überhaupt, wie wenig er von ihr wissen wollte. Sie selbst brannte vor Neugier auf ihn, umso mehr, da sie jetzt wusste, wer er wirklich war. Doch sie hatte vor, diese letzte gemeinsame Zeit auszukosten, und war froh, das nicht durch Reden zu gefährden.

An Coles Brust gekuschelt, sah Myra sich um. Der behaglich eingerichtete Schutzraum hatte nichts Kellerartiges an sich, wenn man vom Fehlen jeglicher Fenster absah. Ihr Bett auf der einen Seite, eine kleine Sitzecke auf der gegenüberliegenden.

Cole lehnte sich gegen das Kopfteil des Bettes, und Myra schmiegte sich mit dem Rücken an seine Brust. Er hatte sie mit seinen Armen umfangen, sein Kinn auf ihre Schulter gestützt, und gelegentlich drückte er ihr einen Kuss aufs Haar, ihre Wange oder ihren Hals. Während sie seine Zärtlichkeiten genoss, festigte sich in Myra der Entschluss, lieber ihren Job zu riskieren, als irgendetwas aus diesen Tagen an Barry Owens weiterzugeben. Diese Tage gehörten nur Cole und ihr – kein Zeitungsredakteur dieser Welt würde daran etwas ändern. Diese Entscheidung gestattete ihr in dieser geraubten Nacht, sich mit aller Inbrunst an ihn zu schmiegen und zu hoffen, seine Hände noch einmal auf ihr zu spüren, bevor die Seifenblase morgen zerplatzte. Ronan war mit den übrigen Angestellten in einem separaten Schutzraum untergekommen, nichts würde somit die friedliche Atmosphäre stören, die …

»Myra Gregson aus Elliottville.« Cole stellte die vier Worte emotionslos in den Raum, doch Myra zuckte wie von einem Hieb getroffen zusammen. Sie drehte sich zu ihm um, sodass sich ihre Blicke kreuzten. Cole war nicht anzumerken, ob er ihre heftige Reaktion wahrgenommen hatte.

»Ja«, sagte sie schlicht. Was sollte sie auch Dinge in Abrede stellen, die er ohnehin schon wusste. Die unausgesprochene Frage, die zwischen ihnen hing, bezog sich nicht darauf, ob diese Angaben stimmten, sondern auf die Fragezeichen, die mit diesem Umstand zusammenhingen.

Cole war nicht so naiv, an einen Zufall zu glauben, und Myra nicht dreist genug, ihm diese Lüge trotzdem aufzutischen. Die Wahrheit konnte sie ihm jedoch ebenso wenig sagen – nicht heute, nicht in diesen letzten gemeinsamen Stunden, die ihr das Schicksal gegönnt hatte. Sie würde ab morgen schmerzhaft für diese gestohlene Nacht bezahlen. Das wusste sie, und dennoch wollte sie seine Nähe noch einmal genießen.

»Myra? Möchtest du mir etwas sagen?« Coles Stimme riss sie aus ihren Überlegungen. Noch immer waren ihre Blicke ineinander verhakt, trotzdem konnte Myra nicht in seinen Augen lesen. Seine zusammengezogenen Brauen signalisierten allerdings deutlich, dass das Verhör nicht beendet war.

»Ja, ich komme aus Elliottville.«

»Wo sich auch der Stammsitz der Hughfords befindet.«

»Na ja, der liegt noch ein gutes Stück vor der Stadt und ist wohl eher ein Ort für sich.«

Cole verzog ungehalten das Gesicht. »Myra, bitte.«

Myra richtete sich auf und hockte sich vor Cole auf die Matratze. »Ja, ich komme aus Elliottville; ja, in der Nähe ist das Anwesen der Hughfords. Und?«

»Das ist doch kein Zufall. Warum bist du hier?« Seine Stimme
war gepresst.

»Ich war neugierig.« Myra legte ihre Hand an seine Wange und
sah ihn offen an. »Ich bin zum Paddeln hierhergekommen. Als ich
auf der Karte gesehen habe, dass Hughford Island in der Nähe ist,
wollte ich die Insel umrunden, um mal einen Blick zu riskieren.
Die Kenterung war ganz sicher nicht geplant.« Das war fast nicht
gelogen. Da sie beschlossen hatte, sein Geheimnis nicht zu verraten, fiel es ihr leichter, ihm nicht die ganze Wahrheit zu sagen. Sie
brachte sogar ein aufrichtiges Lächeln zustande.

Coles Gesichtszüge wurden weicher. An der Art, wie er die Luft
ausstieß, merkte Myra, wie angespannt er auf ihre Antwort gewartet hatte.

Er sah ihr in die Augen, dann nickte er. »Ich glaube dir«, sagte er,
umschlang sie mit seinen Armen und zog sie zu sich, bis Myra auf
seinem Bauch lag. Seine Hände wanderten unter ihr Kleid, legten
sich auf die Pobacken und massierten sie. Myra seufzte wohlig auf
und vergrub ihre Nase in seiner Halsbeuge. Sie wollte so viel wie
möglich von ihm inhalieren. Bis zu ihrem Lebensende würde sie
diese drei Tage nie vergessen und wollte sich alles einprägen. Seinen Geruch, die Grübchen, wenn er lächelte, seinen intensiven
Blick und vor allem, wie gut es sich anfühlte, wenn er sie berührte.
Noch einmal seufzte sie behaglich.

»Sag mal, war das ein Stöhnen?« Myra hörte das leise Lachen in
Coles Frage. »Sie sind doch nicht etwa schon wieder erregt, Ms
Gregson?«

»Nein, *noch* nicht. Im Moment genieße ich nur das Gefühl, dir
so nah zu sein.«

»Hmm, da geht aber noch mehr. Hüfte hoch«, kommandierte
Cole und schob eine Hand unter Myras Bauch, um sie anzuheben,
als Myra nicht sofort reagierte.

»Du bist schon wieder ganz schön gebieterisch«, beschwerte sich Myra.

»Ich habe nie behauptet, dass ich das nicht bin. Ich habe nur gesagt, dass ich keine Schmerzen zufüge. Widersetze dich nur weiter meinen Anordnungen, und ich werde dir beweisen, dass mir noch viele schöne Dinge für dich einfallen.«

Coles Stimme war eine Nuance dunkler geworden und traf damit bei Myra die Nervenbahn, die vom Gehör eine direkte Verbindung zu ihrem Schoß hatte. Sie atmete tief durch. Coles Brustkorb vibrierte, als er leise lachte. »Hüfte hoch«, sagte er noch einmal, und diesmal gehorchte Myra sofort und ließ ihn das Höschen ein Stück nach unten ziehen. »Geht doch«, hauchte er ihr ins Ohr, griff dann an ihre Oberschenkel und zog ihre Beine weiter auseinander, bevor er seine Hände wieder auf ihren Po legte. Myra entging nicht, dass seine Finger dabei etwas tiefer wanderten.

»Viel besser«, kommentierte er gelassen, doch Myra hörte, wie sich seine Atmung beschleunigte.

Ihr Herz galoppierte, als er immer häufiger wie beiläufig ihre Pforte streifte und schließlich die Finger zwischen ihre Schamlippen schob, um seine Massage dort fortzuführen. Sofort schoss ein Prickeln durch ihren Körper, und ein keuchender Laut entschlüpfte ihr, während ein Finger seinen Weg in ihren Eingang fand.

»Du bist feucht«, informierte er sie.

»Und du hart«, konterte Myra.

»Und was sagt uns das, Ms Gregson?«

»Ich weiß nicht. Vielleicht, dass wir gleich Sex haben werden, Mr Hughford?«

Myra brauchte einen Moment, um zu begreifen, was passierte. Eben hatte er sie noch gestreichelt, im nächsten Augenblick lag sie neben ihm. Weggestoßen und mit einem Ausdruck in seiner Miene bedacht, als wäre ihr vor seinen Augen ein Alien aus dem Bauch gestiegen.

»Also doch«, knurrte er und stand auf. »Der erste Eindruck ist doch immer der richtige. Du bist keinen Deut besser als all die anderen Schlampen.« Angewidert blickte er auf Myra herab.

Myra schlug die Hand vor den Mund. Es war wohl nicht der klügste Schachzug gewesen, ihm zu verraten, dass sie wusste, wer er war. Sie saß wie erstarrt auf ihrem Bett. Nur ihr Höschen, das auf Kniehöhe hing, erinnerte daran, dass dieser Mann vor wenigen Sekunden noch Sex mit ihr hatte haben wollen. Jetzt sah er allerdings aus, als würde er sein Versprechen, ihr keine Schmerzen zuzufügen, noch einmal überdenken.

»Was ist so schlimm daran, dass ich weiß, wer du bist?«, fragte sie schließlich nach einer Pause, in der Schweigen wie stacheliges Gestrüpp zwischen ihnen emporwuchs. Sie hasste ihre Stimme dafür, dass sie zitterte.

»Niemand hier hat dir meinen Namen genannt. Also wusstest du von vornherein, wer ich bin. Verdammt, Myra! Ich hatte so gehofft, du wärst anders.« Cole fuhr sich mit der Hand durch die Haare. Es wirkte eher ratlos als wütend. Ratlos und resigniert. Nur einen Augenblick später straffte er seine Haltung. Stocksteif, mit erstarrtem Gesicht, stand er vor ihr. »Ich habe dir angesehen, dass du etwas im Schilde führst, und doch wollte ich es nicht wahrhaben. Du bist wie all die anderen Flittchen, die etwas vom großen Kuchen abhaben wollten.« Cole musterte sie kalt. »Was war dein Plan? Dachtest du, es reicht, einmal die Beine breit zu machen, und du hast mich um den Finger gewickelt? Dann lass dir gesagt sein, dass das schon viele andere vor dir versucht haben. Zu viele andere, um darauf noch hereinzufallen. Der Fick war ganz okay, aber sicher …«

Weiter kam er nicht, weil eine schallende Ohrfeige in seinem Gesicht landete. Seine Worte hatten Myra aus ihrer Schockstarre gerissen, mit einem Satz war sie aus dem Bett gesprungen, bebend vor Zorn und mit hochrotem Kopf stand sie vor ihm.

Cole taumelte erschrocken zurück und starrte ungläubig auf
Myra, die sich vor ihm in voller Größe aufbaute und ihn anschrie:
»Wage es nicht, so mit mir zu reden! Nicht ich habe *dich* ange-
macht, *du* hast mich im Arbeitszimmer angegrapscht, schon vergessen? Nur zu deiner Information: Ich kannte dich nicht. Ich
dachte, Hughfords Sohn sei schon im Kindesalter gestorben. Bis
ich das Foto auf dem Schreibtisch gesehen habe, habe ich geglaubt,
du seist hier Verwalter oder so etwas.«

Schwer atmend funkelte sie Cole an, die Hände auf die Hüfte
gestützt und bereit, ihn sofort noch einmal zu ohrfeigen, sollte er
seine Vorwürfe wiederholen.

Mit einer langsamen Bewegung, als wollte er sie nicht noch
mehr reizen, legte er eine Hand an seine Wange. Mit schief gelegtem Kopf sah er sie lange an. Das Runzeln seiner Stirn war die
einzige Regung. Bis Coles Blick an ihr hinabglitt und an dem Slip
hängen blieb, der inzwischen zu ihren Knöcheln heruntergeru-
rutscht war. Sein Mundwinkel zuckte, er kämpfte sichtlich um Beherrschung. Hastig wandte er sich ab, aber Myra sah trotzdem, wie
er sich auf die Lippe biss, um nicht zu lachen.

»Was ist so lustig?«, fuhr sie ihn an und zog das Höschen hoch.

»Nichts, es tut mir leid.« Er wurde wieder ernst. »Du wusstest
wirklich nicht, wer ich bin?« Sein prüfender Blick ging ihr durch
und durch, doch sie hielt den Augenkontakt.

»Nein, ich wusste es wirklich nicht.«

Cole rieb sich mit den Händen durchs Gesicht. »Das Verrückte
ist: Irgendetwas sagt mir, dass das stimmt. Die gleiche Stimme
warnt mich jedoch davor, dass du trotzdem ein falsches Spiel mit
mir treibst. Bitte, Myra«, sein Blick wurde plötzlich traurig, »ich
bin so oft im Leben enttäuscht worden. Sag mir bitte, dass sich
diese Stimme irrt. Sag mir, dass du anders bist.«

Es schnitt Myra ins Herz, wie verletzlich Cole in diesem Augenblick wirkte. Nichts von dem dominanten Kerl, der im Bett den

Ton angeben musste, war in diesem Moment erkennbar. Sie trat
auf ihn zu und legte die Hände um sein Gesicht. »Ich würde dir
nie wissentlich schaden«, sagte sie und meinte es aufrichtig. »Ich
werde dein Geheimnis nicht verraten, auch wenn ich nicht verstehe, warum deine Familie alle Welt glauben lässt, du seist tot.«

Sie standen einander regungslos gegenüber. Myra umfasste
noch immer Coles Gesicht, und Coles Blick bohrte sich direkt in
ihre Seele. Das einzige Geräusch war ein leichtes Knacken des
Hauses. Draußen hatte der Sturm an Gewalt zugenommen, während in ihre Mienen Ruhe einkehrte.

Sie hätte nicht sagen können, wie lange sie so dastanden. Cole
legte seine Hand auf ihre und schmiegte seine Wange in ihre
Handfläche, während er sie unablässig ansah. Noch immer waren
seine Augen traurig, aber Myra las auch Zuneigung und Wärme
darin.

»Lass uns etwas essen«, sagte Cole irgendwann und löste die
Verbindung zwischen ihnen. Mit seiner Hand in Myras Rücken
dirigierte er sie zur Sitzecke. Aus einer Nische zog er einen Picknickkorb und begann, den Tisch vor ihnen zu beladen.

»Du lieber Himmel!« Myra konnte nicht fassen, was sich dort
alles türmte. »Hast du gedacht, wir müssten die nächsten Wochen
hier unten bleiben?«

»Luisa meint es immer viel zu gut mit mir.« Cole lächelte. »Sie
arbeitet schon eine Ewigkeit hier, und obwohl sie gerade mal zehn
Jahre älter ist als ich, versucht sie immer, mich zu bemuttern.«

Myra hätte ihn gerne nach seiner echten Mutter gefragt, aber
zügelte ihre Neugier. Sie wollte den neuen Frieden nicht gefährden,
von dem sie ohnehin vermutete, er werde den morgigen Tag nicht
überdauern, sobald Ronan herausfand, was sie beruflich machte.

»Mein Bruder ist tot.«

Seine Worte standen mit einem Ausrufezeichen im Raum. Myra

begriff, dass er ihr etwas ungeheuer Wichtiges gesagt hatte, konnte die Bedeutung jedoch nicht einordnen.

»Oh«, sagte sie deshalb nur.

»Ich kannte ihn nicht, meine Mutter war mit mir schwanger, als es geschah.«

Cole öffnete die Weinflasche und füllte zwei Gläser. Eines reichte er Myra, mit dem anderen in der Hand lehnte er sich auf dem Sofa zurück. Er nahm einen kleinen Schluck, schmeckte ihm nach und fuhr dann fort.

»Mein Bruder war mit seiner Nanny auf dem Spielplatz, als Paparazzi auf sie aufmerksam wurden. Sie stürzten sich wie die Hyänen auf meinen Bruder, der erschreckt davonrannte. Sein Kindermädchen sprang hinterher, aber sie kam zu spät. Er rannte auf die Straße.« Ein schmerzvoller Zug umspielte seine Lippen. »Ein Pickup erfasste sie und den Jungen, als sie ihn gerade von der Fahrbahn zerren wollte. Tolle Schnappschüsse für die Fotografen.« Er lachte bitter. »Als meine Mutter die Nachricht erfuhr, brach sie zusammen. Beinahe hätte sie ihren zweiten Sohn – mich – am selben Tag auch noch verloren. Danach war nichts mehr wie früher.« Cole trank den Wein in zwei großen Schlucken aus, bevor er das Glas mit einem Klirren auf dem Tisch absetzte und sich ins Polster zurückfallen ließ. Mehr zu sich selbst als zu Myra sagte er: »Meine Eltern zogen sich aus der Öffentlichkeit zurück. Die Schwangerschaft meiner Mutter war noch nicht publik, und mein Vater setzte alles daran, dass es so blieb. Kaum jemand erfuhr von meiner Geburt. Mein Vater war vorher ein lebenslustiger Mann. Fröhlich und offen. Das haben mir jedenfalls die wenigen Freunde erzählt, die ihn von früher kennen und heute noch zu ihm stehen. Nach diesem Vorfall hat er sich verschlossen. Er mied die Menschen. Die neuen Telekommunikationsmöglichkeiten erlaubten ihm, seine Geschäfte von zu Hause aus zu führen. Er verkroch sich immer mehr auf seinem Anwesen. Die einzige Form von Freiheit aus seinem

selbst gewählten Gefängnis ist diese Insel. Er bezog auch meine
Mutter und mich in seine schon beinahe paranoide Angst vor der
Öffentlichkeit und insbesondere den Medien ein. Keinen Schritt
durften wir vor die Tore des Anwesens machen, ich wurde von
Nannys und Privatlehrern erzogen und unterrichtet. Niemand
sollte von meiner Existenz erfahren. Wenn die Leute denken, Conrad Hughfords Sohn sei gestorben, so bezieht sich diese Information auf meinen Bruder. Dass es mich gibt, weiß kaum jemand. Es
wäre schön, wenn das noch ein paar Wochen so bleiben könnte.«
Sein Blick war bittend. »Ich weiß auch nicht, warum ich dir das
alles erzähle. Vielleicht denke ich, ich müsste etwas wieder gut-
machen, nachdem ich dich so angefahren habe. Es tut mir leid, was
ich dir an den Kopf geworfen habe. Verzeih mir.«

Myra nickte. »Ich werde nichts verraten, darauf habe ich dir
doch schon mein Wort gegeben.« Sie sah ihn stirnrunzelnd an.
»Dein Vater versteckt euch also aus Angst vor der Welt?«

»Ich habe ja gesagt, dass ich mich mit Angst auskenne.« Cole
lachte trocken auf. »Ja, mein Vater war wie besessen von dem Gedanken, uns vor der bösen Welt zu beschützen. Er hat uns wie
Gefangene behandelt. Zwar war es eine äußerst luxuriöse Gefan-
genschaft, dennoch war es eine.« Cole schüttelte bei der Erinnerung den Kopf. »Meine Mutter hielt es in diesem goldenen Käfig
nicht mehr aus. Sie trank zu viel, nahm zu viele Tabletten und
kehrte nach einem Aufenthalt in einer Entzugsklinik nicht zu ihm
zurück. Sie lebt jetzt in Europa, mein Vater sorgt dafür, dass es ihr
finanziell gut geht, aber sonst haben sie keinen Kontakt mehr.«

»Aber du bist geblieben und hast dich gefügt?«

Cole zuckte mit den Schultern. »Anfangs hatte ich keine Wahl.
Ich wusste doch gar nichts von der Welt da draußen. Meine einzigen Sozialkontakte waren meine Nannys, Privatlehrer und andere Angestellte. Später habe ich mir Stück für Stück Freiheit er-
kämpft. Ich war viel in Europa, habe dort ein Internat besucht und

hatte zum ersten Mal Freunde. Trotzdem habe ich mich immer bedeckt gehalten, habe Partys mit Paparazzi gemieden und die meisten Menschen auf Abstand gehalten. Nur wenige wissen, wer ich bin. Es hat lange gebraucht, bis mein Vater eingesehen hat, dass ich auch hier in den Staaten Freiheiten benötige. Bis ich das erste Mal mit seinem Segen – und nur in Ronans Begleitung – das heimische Anwesen verlassen durfte, war ich schon ein erwachsener Mann! Weiß Gott, wie viel Glück ich hatte, dass ich mich trotz allem normal entwickelt habe und nicht in jedem Menschen einen Feind sehe.«

»Hmm, den Eindruck hatte ich gerade nicht unbedingt«, brummte Myra.

Cole rückte näher zu Myra, legte den Arm um sie und lehnte seine Stirn an ihre. »Es tut mir wirklich leid, was ich gesagt habe. Allerdings ist meine skeptische Haltung Frauen gegenüber weniger dem Einfluss meines Vaters als vielmehr ungezählten schlechten Erfahrungen geschuldet.«

»Aber wie kann es sein, dass dich die Frauen angeblich verführen wollen, um an das Hughford-Vermögen zu kommen – wenn doch niemand weiß, wer du bist?«

»Glaubst du, eine von denen interessiert sich für den Namen, der auf der Centurion Card steht? Die Hyänen werden von der schwarzen Kreditkarte angezogen wie Motten vom Licht.« Er lachte trocken auf.

»Und nicht eine von denen ist je dahintergekommen, wer du bist?«

»Natürlich kannten ein paar meinen Namen. Keine Ahnung, ob sie wussten, wer und wie vermögend mein Vater ist, oder ob ihnen die Farbe meiner Kreditkarte genügte.« Coles Blick verdunkelte sich. »Bislang habe ich nur eine Frau nah genug an mich herankommen lassen.« Cole schloss einen Moment die Augen. »Bei meiner Ex-Freundin war ich mir so sicher, dass sie die Richtige ist,

dass ich sie sogar mit hierhergenommen habe. Auf diese Insel dürfen nur engste Freunde und Verwandte.«

»… und die anderen schubst Ronan ins Meer zurück«, konnte sich Myra nicht verkneifen.

Coles Mundwinkel zuckten kurz, bevor sein Ausdruck wieder ernst wurde. »So ungefähr. Jedenfalls wurde sie kein zweites Mal hierher eingeladen, und meine Ansicht über Frauen hat sich bestätigt.«

»Du hast aber in den vergangenen Tagen schon mitbekommen, dass ich auch eine Frau bin?« Myra blitzte ihn empört an und fragte sich gleichzeitig, warum sie sich derartig gekränkt fühlte – denn im Grunde hatte er ja recht damit, ihr ebenfalls zu misstrauen. Ihre Motive waren nicht die von ihm unterstellten, dabei allerdings nicht weniger egoistisch.

»Ja, das ist mir nicht verborgen geblieben.« Ein hungriges Funkeln erschien in Coles Augen. »Doch zwingt mich das nicht, meine Meinung zu ändern. Denn auch wenn ich dir glaube, dass du nicht wusstest, wer ich bin, so bin ich nicht sicher, ob du nicht doch etwas im Schilde führst.«

»Ich schwöre dir, ich führe nichts im Schilde«, erwiderte Myra und beugte sich zu ihm, um ihn zu küssen.

Coles Miene verriet Zweifel. »Vergiss nicht, dass ich in dir lesen kann wie in einem offenen Buch«, murmelte er, »irgendetwas verbirgst du vor mir.« Trotzdem öffnete er seine Lippen, um ihr Einlass zu gewähren. »Ich denke, ich sollte dich einem intensiven Verhör unterziehen«, sagte er, und sein diabolisches Grinsen sandte heiße und kalte Schauer Myras Rücken hinunter. »Ich habe da meine ganz eigenen Befragungsmethoden.« Er fasste unter ihre Beine, legte den Arm in ihren Rücken und trug Myra wieder zum Bett. »Wo waren wir vorhin noch stehen geblieben?«

Es war beinahe Mittag, als Myra und Cole den Kellerraum verlie-
ßen. Ronan hatte schon vor Stunden eine SMS geschickt, dass sich
das Wetter beruhigt und die Insel die Ausläufer des Hurrikans ohne größere Schäden überstanden hatte. Nach einem kurzen Blick
auf sein Handy hatte Cole es achtlos zur Seite gelegt und sich stattdessen noch einmal Myra gewidmet. Beide hatten in der Nacht
wenig Schlaf bekommen. Nachdem Cole ihr zunächst wieder süße
Qualen bereitet und endlos mit ihr gespielt hatte, überraschte er
Myra danach mit einer zärtlichen Seite und hatte sie gefühlvoll und
langsam geliebt. Immer wieder waren ihnen die Augen zugefallen,
und dennoch konnten sie nicht die Finger voneinander lassen –
zu gegenwärtig war der Gedanke an den bevorstehenden Abschied.
Selbst wenn ein kleiner törichter Teil in Myra hoffte, Ronan würde
nichts über ihren Job herausfinden oder Cole nicht so erbost wie
befürchtet reagieren, so wusste sie im Grunde ihres Herzens, dass
diese Nacht ihre letzte war. Auch Cole schien das zu ahnen. Myra
fing einige fragende Blicke auf, doch Cole spürte wohl, dass ihm
die Antworten nicht gefallen würden, und quetschte Myra nicht
weiter aus. In stillem Einverständnis liebten sich beide hingebungsvoll und ignorierten den kommenden Tag sowie alle, die
noch folgen sollten.

Die Realität holte sie schneller ein, als Myra gedacht – oder vielmehr gehofft – hatte. Kaum erklommen sie die Stufen, die in die
Halle führten, baute sich Ronan vor ihnen auf. Sein unheilvoller
Blick blieb an Myra hängen, die sofort wusste, was er herausgefunden hatte. Cole deutete die Miene seines Sicherheitschefs richtig und trat stirnrunzelnd einen Schritt von Myra weg. Sie nahm
Ronans Worte nicht wahr, ihr Blut rauschte zu laut in den Ohren,
aber sie sah, wie Cole und Ronan ins Esszimmer gingen, sie hörte
Geschirr klirren, als jemand auf eine Tischplatte schlug, und dann
Coles schneidende Stimme: »Schaff diese Schlampe bloß von hier
weg.«

Myra flog geradezu die Treppe hinauf, um ihre Tasche zu holen und so schnell wie möglich zu verschwinden.

Mit Glück schaffte sie es zu ihrem Kajak, ohne Ronan oder Cole noch einmal unter die Augen treten zu müssen. Diese Hoffnung zerschlug sich auf ihrem Weg zur Haustür. Mit hüftbreit auseinandergestellten Beinen erwartete Ronan sie am Fuße der Treppe, die Arme vor der Brust verschränkt und einer Miene, die auch ohne die übrige Körpersprache gereicht hätte, ihr das Blut in den Adern gefrieren zu lassen. Myras Knie wackelten bedenklich, als sie die letzten Stufen hinter sich brachte. Im Augenwinkel nahm sie eine Bewegung wahr. Zu ihrer Überraschung baute Cole sich neben seinem Sicherheitschef auf, der zur Seite trat.

»Cole, bitte, lass es mich erklären.« Myra streckte die Hand nach ihm aus, doch er hob abwehrend die Arme.

»Fass mich nicht an.« Er blickte sie an, als habe sie eine hochinfektiöse Krankheit. »Was soll es da noch zu erklären geben? Von allen falschen Schlangen, die je meinen Weg gekreuzt haben, bist du die schlimmste. Ich hätte dich wirklich nur als netten Fick ansehen und ansonsten meiner inneren Stimme mehr vertrauen sollen.« Angewidert verzog er das Gesicht. »Die Beine für eine Story breit machen, wie tief kann man sinken.« Er spie ihr die Worte entgegen, und jedes einzelne davon ätzte sich durch ihre Nervenbahnen und brannte sich in ihr Herz. Myra schloss die Augen, weil sie die Abscheu in seinen Zügen nicht ertragen konnte.

»So war das nicht. Du tust mir unrecht. Hör mir doch …«, setzte Myra zu einer schwachen Erklärung an, kam damit jedoch nicht weit.

»Halt den Mund!«, fuhr er sie an. »Ich will deine Lügen nicht mehr hören. Ich bin froh, dass ich dich durchgevögelt habe, was das Zeug hält. So hatte ich wenigstens auch etwas davon.«

Er drehte sich wortlos um, gab Ronan mit einem Nicken ein Zeichen und verließ die Halle.

Schwer atmend und am ganzen Körper zitternd sah Myra ihm nach, bis ein grollender Laut ihre Aufmerksamkeit auf Ronan lenkte. Er deutete mit einer knappen Drehung des Kopfes zur Ausgangstür, und Myra setzte sich automatisch in Bewegung. Tränen brannten in ihren Augen, doch sie würde sie niederkämpfen, bis sie in ihrem Kajak saß. Dann allerdings – das wusste sie jetzt schon – gäbe es kein Halten mehr. Coles Worte hatten sie tief verletzt. Eine kleine bitterböse Stimme flüsterte »das hast du verdient«, aber ihr Herz protestierte heftig. Sie hatte sich schließlich von ihrem Auftrag distanziert. Und es war mehr zwischen ihnen gewesen als ein schneller Fick, wie Cole es so hart ausgedrückt hatte. Sie hatte die Zärtlichkeit in seinem Blick gesehen, und wenn er lachte, hatten seine Augen mitgelacht. Das war echt gewesen. Leider war der Ausdruck von Abscheu und Ekel in seinem Gesicht vor wenigen Minuten genauso echt gewesen, und seine abfälligen Worte trafen sie tief.

»Ronan, hat er mich wirklich nur für Sex benutzt?« Die Worte waren herausgepurzelt, bevor Myra sie zu Ende gedacht hatte.

Der Mann blieb stehen und sah sie lange an. »Was denkst du denn?«, brummte er, als Myra schon gar nicht mehr mit einer Antwort rechnete. »Er hat schmerzlich erfahren müssen, dass Frauen nur dann die Beine breit machen, wenn sie etwas erreichen wollen, und hat gelernt, sich im Gegenzug von ihnen zu nehmen, was er will.«

»Nein, da war mehr zwischen uns. Ich habe es gespürt und in seinen Augen gesehen.« Myra schüttelte störrisch den Kopf.

»Glaub, was du willst.« Ronan machte einen Schritt, aber Myra hielt ihn fest. Ein Blick von ihm genügte, und sie zog den Arm zurück und den Kopf ein. Dennoch gab sie sich nicht geschlagen.

»Wenn er doch angeblich wusste, dass ich etwas im Schilde führe, und wenn er mich nur benutzt hat – warum ist er dann so ausgerastet, als du ihm die Wahrheit über mich gesagt hast?«

»Auch wenn man wissentlich mit dem Feuer spielt, ist es schmerzhaft, wenn man sich verbrennt.« Er wirkte so, als wollte er noch etwas hinzufügen, zuckte dann aber nur mit den Schultern. »Komm jetzt«, sagte er streng, »oder muss ich dich tragen?«

Myra seufzte, folgte Ronan jedoch ergeben zum Bootshaus. Er scheuchte sie dort in das bereitliegende Motorboot. »Hinsetzen«, befahl er. Da im hinteren Teil ihr Kajak festgebunden war, schlüpfte sie auf den Sitz neben dem Fahrerstand. Sie wollte eigentlich protestieren und darauf hinweisen, dass sie in ihrem Kanu zurückpaddeln könnte, doch Ronans »Ich bringe dich zurück« hatte etwas an sich, das keine Widerrede duldete.

Mit einem satten Geräusch startete der Motor, und sie tuckerten auf das Meer, das im Sonnenlicht wesentlich einladender wirkte als all die Tage zuvor. Myra blinzelte in den Himmel, wo sich die letzten dunklen Wolken in der Mittagshitze auflösten und einem strahlenden Tag Platz machten, der mit seiner Fröhlichkeit Myras Kummer zu verhöhnen schien.

Der Fahrtwind trocknete ihre Tränen, die dammbrucharig über ihre Wangen stürzten, seit Ronan den Gashebel nach vorne drückte und sie über das offene Wasser schossen. Ab und zu bemerkte sie aus den Augenwinkeln, wie Ronan ihr einen Seitenblick zuwarf, aber das war ihr egal. Sollte er doch von ihr halten, was er wollte.

Als sie Big Torch Key erreichten, drosselte Ronan die Geschwindigkeit und näherte sich einem der hölzernen Anleger, der zu ihrer Ferienanlage gehörte. Myra wunderte sich nicht einmal, dass es der Steg war, der ihrem Bungalow am nächsten lag. Vermutlich hatte das Sicherheitsteam inzwischen auch schon ihre Schuhgröße und den Namen ihres ersten Goldhamsters herausgefunden.

Geschickt manövrierte Ronan das Boot heran und legte die Leine um den Poller, bevor er mit einer geschmeidigen Bewegung auf den Holzplanken landete. Er reichte Myra die Hand und half ihr an Land. Dann sprang er zurück ins Boot, befreite das Kajak aus der Verschnürung und hievte es auf den Steg.

Myra überlegte gerade, wie sie das Kanu wohl am besten zum Bootsschuppen bekäme, als Ronan wieder vor ihr stand. Er hob das Heck des Kajaks an.

»Pack du vorne an«, kommandierte er, und Myra ließ sich kein zweites Mal bitten.

Als das Boot sicher im kleinen Schuppen bei ihrem Bungalow vertäut war, drehte Ronan sich wortlos um.

»Ronan!«

»Hmm?«

»Danke.«

Er grunzte und wandte ihr wieder den Rücken zu.

»Noch was!«

Er blieb stehen und sah fragend über seine Schulter.

»Ich habe Cole gestern etwas versprochen. Bitte sag ihm, er soll sich keine Sorgen machen. Ich halte mein Wort.«

»Hmm.« Sein Brummen klang zustimmend. Er wollte weitergehen, hielt jedoch inne und drehte sich noch einmal zu Myra um. »Er hätte damit umgehen können, wenn du es für Schampus, Klunker und teure Fummel getan hättest. Er ist Zyniker genug, um damit zu rechnen. Du aber hintergehst ihn für eine Story. Du lügst ihm ins Gesicht, verschweigst, dass du von der Presse bist, obwohl er dir das mit seinem Bruder erzählt hat. Was immer du erreichen wolltest, ich hoffe, das war es wert.«

Das Geräusch seiner Schritte war längst schon verklungen, als Myra ihm noch immer mit brennenden Wangen nachstarrte.

10.

Es war nicht das erste Mal, dass Myra Liebeskummer hatte. Schon als Steven sie zum Abschlussball der Highschool eingeladen, aber am Ende des Abends mit der hübschen Sandra herumgeknutscht hatte, war das kein schönes Gefühl gewesen. Dieser und jeder andere Herzschmerz, der folgte, war allerdings nichts im Vergleich dazu, was Myra in den Wochen durchmachte, seit sie aus Florida zurück war.

In den ersten Tagen nach ihrer Heimkehr war sie beschäftigt gewesen. Sie musste die Wohnung putzen, Wäsche waschen – und sich einen neuen Job suchen.

Barry Owens hatte seine Drohung wahr gemacht und sie mit zornesrotem Kopf aus dem Redaktionsgebäude gebrüllt. Fast rechnete Myra damit, er werde ihr die Abrechnung für diesen missglückten Aufenthalt hinterherwerfen, doch so weit hatte er sich gerade noch unter Kontrolle. Dennoch war die finanzielle Lage alles andere als gut und Myra dankbar, dass sie ihre Schichten im Diner ausdehnen konnte. Diese Sorgen hatten sie lange von ihrem Gefühlschaos abgelenkt, aber nach und nach sickerte die Erkenntnis in ihr Bewusstsein, dass es nicht Kränkung, Wut oder Scham waren, die sie beherrschten – obwohl die in der Gemengelage ihrer Emotionen ebenfalls in unterschiedlichen Anteilen eine Rolle spielten. Es war schlicht und einfach Liebeskummer, der auf die Brust drückte und ihre Tage grau und trostlos machte.

Eingerollt auf der Couch, vergrub Myra ihr Gesicht im Sofakissen. Das Leben geht weiter, hieß es immer, aber das stimmte nicht. Nur die Tage vergingen irgendwie. Warum schmerzte es diesmal so viel mehr? Die Antwort war so quälend wie simpel: weil sich diesmal noch etwas daruntermischte – das Gefühl, es verdient zu haben. Leiden zu müssen, um Buße zu tun. Sie hatte sich das kurze Glück mit Cole erschlichen, mit einer List gestohlen, durch Betrug an sich gerafft. Jetzt zahlte sie den Preis dafür. Dass sie ihn zahlen würde, hatte sie gewusst. Dass es sie so heftig von den Beinen holen würde, hatte sie nicht erwartet. Leise schluchzend drückte sie das Sofakissen an sich und hätte beinahe überhört, wie ihre Wohnungstür mit einem »Klack« ins Schloss gedrückt wurde. Myra zuckte zusammen. Sie wohnte allein, einen Schlüssel hatte nur …

»Hallo Liebes«, grüßte ihre beste Freundin, als sei es völlig normal, an einem Samstagmorgen voll beladen bei anderen Leuten hereinzuplatzen.

»Annie.« Myra rieb sich über die feuchten Wangen und gab sich keine Mühe zu verbergen, wie genervt sie von dem Überfall war. »Was soll das? Den Schlüssel habe ich dir für Notfälle gegeben!«

»Schau mal in den Spiegel. Wenn *das* kein Notfall ist!« Annie grinste gut gelaunt. Ihr Strahlen war für gewöhnlich unerschütterlich, wenn sie sich in den Kopf gesetzt hatte, fröhlich zu sein. Und das war sie fast immer. Myra liebte sie dafür, doch in diesem Augenblick fiel Annie ihr einfach auf die Nerven. Sie verzog das Gesicht und streckte ihr die Zunge heraus.

Annie ließ sich unbeeindruckt Myra gegenüber in den Sessel fallen. »Ich habe Kaffee Latte, Donuts, Sekt, Schokolade und einen riesigen Becher Eis mitgebracht. Oh, den sollte ich vielleicht in den Kühlschrank stellen.« Sie sprang auf, räumte in der Küche herum und saß kurz darauf wieder mit gespannter Miene vor Myra. »So, und nun lass hören.«

»Nicht heute, Annie. Ich will meine Ruhe.« Myra zupfte imaginäre Fussel von ihrem zerknautschten Sofakissen.

»Du hattest jetzt fast einen Monat deine Ruhe. Das muss reichen.« Resolut knallte sie den Kaffeebecher vor Myra auf den Tisch. Tropfen sprenkelten den Tisch und bekleckerten die darauf verteilten Zeitungsausschnitte.

Annie wollte sie zur Seite räumen, aber Myra war schneller. »Nein, nicht! Ich mache schon.« Hastig sammelte Myra die Blätter zusammen, bevor Annie am Ende noch merkte, dass es überall um dasselbe Thema ging. Doch Annie kannte Myra viel zu gut. Sie wartete scheinbar unbeteiligt, bis Myra den Stapel weggelegt hatte, um sich im gleichen Moment wie ein Habicht darauf zu stürzen. Ehe Myra noch reagieren konnte, hatte sie die Überschriften und Fotos überflogen.

»Was zur Hölle ist an diesem Hughford so interessant?«, fragte ihre Freundin stirnrunzelnd. »Gut, ich gebe zu, selbst mir ist nicht entgangen, dass es eine Riesengeschichte war, dass der reiche Knacker einen Sohn hat, der jetzt sein Nachfolger werden soll. Aber bist du dem Groupie-Alter nicht entwachsen?« Sie betrachtete eines der Fotos, das Cole in Großaufnahme zeigte, mit schief gelegtem Kopf und schürzte anerkennend die Lippen. »Wobei der Typ ziemlich heiß ist. Vielleicht lohnt es sich für den tatsächlich, ein bisschen die weiblichen Reize einzusetzen.« Ihr Lachen gefror zu einer Maske, als Myra aufsprang.

Mit glühenden Wangen stürzte Myra sich wie eine Furie auf Annie und riss ihr die Artikel aus der Hand. »Gib das sofort wieder her«, schrie sie ihre verdatterte Freundin an. »Und halt bloß den Mund, du hast doch keine Ahnung. Jetzt sieh, was du angerichtet hast.« Anklagend hielt sie das Zeitungsfoto hoch, das bei der Rangelei beschädigt worden war. Mitten durch Coles Antlitz zog sich ein breiter Riss. »Es ist kaputt«, schluchzte Myra. »Du hast es kaputt gemacht!« Sie drückte die beiden Hälften an ihre Brust, als gelte es, einen wertvollen Schatz zu behüten. Nachdem sich seit Tagen eine gefühllose Leere in ihr ausbreitete, hatte Myra gehofft, nicht mehr so viele Tränen wegen Cole zu vergießen. Der Blick auf das zerrissene Foto, das ihr wie ein Sinnbild erschien, belehrte sie eines Besseren. Kaum hatte sie sich auf die Couch zurückfallen lassen, brachen die Tränen erneut aus ihr heraus, und ihr fehlte die Kraft, dagegen anzukämpfen. Das hatte sie in den vergangenen

Wochen zur Genüge getan, und nun ließ Myra sie einfach laufen, bis sich Annie irgendwann zu ihr setzte und sie in den Arm nahm.

»Hey, was ist denn los?«, fragte Annie sanft. »Warum ist dir dieser Kerl so wichtig?«

Myra ließ sich gegen Annies Schulter sinken und schluchzte weiter. Entgegen ihrer üblichen Art blieb Annie still neben ihr sitzen, streichelte Myras Oberarm und wartete, bis das Schluchzen verebbte.

»So, ich öffne uns jetzt den Sekt«, entschied sie mit einer Stimme, die Widerspruch im Keim erstickte. »Und dann erzählst du mir alles von Anfang an.«

Nachdem sie Myra ein Glas Sekt in die Hand gedrückt hatte, setzte Annie ein strenges Gesicht auf. »Rede.«

Myra verzog das Gesicht. »Guck nicht so böse, du siehst fast so grimmig aus wie Ronan.«

»Ronan?«

»Der Sicherheitschef der Hughfords. Der guckt auch immer so finster. Ich glaube, der kann gar nicht anders.« Schon wieder wurden Myras Augen feucht.

»Woher kennst du den Sicherheitschef der Hughfords?« Annie starrte Myra an. »Moment – du kennst die Hughfords! Deshalb diese groteske Sammlung hier auf dem Tisch, die jedem Stalker Ehre machen würde. Du bist nicht der Typ für eine Schwärmerei. Aber wenn du diesen schnuckeligen Kerl kennst, ergibt dein Verhalten plötzlich Sinn.« Annie setzte sich aufrecht, ihre Augen blitzten. »Schieß los, von Anfang an. Und wehe, du lässt auch nur ein Detail aus.«

Myra wusste, dass ihre Freundin keine Ruhe geben würde. Die Wochen seit ihrer Heimkehr hatte sie sich eingeigelt, Annie hingehalten, wann immer sich diese mit ihr treffen wollte, doch jetzt sehnte sie sich danach, ihren Kummer und auch ihre Reue mit jemandem zu teilen. Also erzählte sie von ihrem Auftrag, wie sie

als Gestrandete von Ronan aufgegriffen wurde, sie gestand, wie sie
die Gelegenheit nutzen wollte, um die Hughfords auszuspionieren,
und dass sie irgendwann entschieden hatte, das nicht zu tun, aber
Ronan und Cole sie trotzdem hochkant hinausgeworfen hatten,
als die Wahrheit ans Licht kam.

»Oha.« Annie legte die Stirn in Falten. »Der Typ sieht nicht so
aus, als wäre mit ihm gut Kirschen essen, wenn man versucht, ihn
zu betrügen. Hat er dich etwa übers Knie gelegt?« Sie zwinkerte
Myra zu, die bei dem Gedanken an den Vormittag, als sie einen
Moment fürchtete, Cole werde ihr den Hintern versohlen, einen
hochroten Kopf bekam. Und eine gewisse Hitze zwischen den Beinen spürte, die ihr noch mehr Schamesröte ins Gesicht trieb.

»Myra. Mein Gott! *Hat er?*« Annie war die Reaktion natürlich
nicht entgangen.

»Nein! Wo denkst du hin!« Myra biss sich auf die Unterlippe
und schluckte herunter, was sie beinahe hinzugefügt hätte. Dass er
andere Arten hatte, sie zu bestrafen. Das Ziehen in ihrem Unterleib
wurde drängender.

»Myra Gregson! Ich kenne dich! Du bist nicht am Boden zerstört,
weil du deinen Job verloren hast oder weil dieser Typ sauer auf
dich ist. Myra, sieh mich an … bist du etwa in Cole Hughford
verliebt?«

Myra betrachtete intensiv die Hände, die sie in ihrem Schoß
knetete. Genau das war eine gute Frage. Hatte sie sich in Cole verliebt? Auf der Insel war sie auf bestem Wege dazu gewesen, aber
danach war viel passiert …

»Selbst wenn.« Sie schüttelte energisch den Kopf. »Cole hat so
hässliche Dinge zu mir gesagt. Wenn da etwas gewesen wäre, hätte
er es im Keim erstickt.«

»Wieso? Was hat er zu dir gesagt?«

»Er hält mich für eine Schlampe, die für eine Story die Beine breit gemacht hat.« Myra biss sich auf den Zeigefinger, um sich von dem Schmerz abzulenken, den dieser Satz in ihr wachrief.

»Oje, harte Worte.« Annie zog eine Grimasse. »Also hattet ihr Sex?« Ihre Augen funkelten. »Hat sich das ganze Drama dafür wenigstens gelohnt?«

»Und wie! Der Sex war unglaublich.« Myra merkte verärgert, wie schwärmerisch das herauskam. »Aber das ist unwiderruflich vorbei!«, setzte sie rasch mit fester Stimme hinzu.

Annie nippte nachdenklich an ihrem Sekt. »Was Cole gesagt hat, war nicht okay, aber meinst du nicht, ihr solltet euch aussprechen? Was du abgezogen hast, war schließlich auch eine fiese Nummer, da hat er wohl ein gewisses Recht, sauer zu sein.«

»Aussprechen?« Myra schnaubte empört. »Wozu? Ich habe sogar versucht, es ihm zu erklären. Aber hat er mir zugehört? Nein! Stattdessen hat er mich als falsche Schlange, Schlampe und netten Fick bezeichnet und von seinem Sicherheitschef wegschaffen lassen!« Myras Zorn gewann die Oberhand. »Für den reichen Bonzen ist es vielleicht nicht vorstellbar, doch mein Leben hing von dem verflixten Job bei dieser Zeitung ab. Jetzt muss ich Doppelschichten im Diner schieben, um irgendwie über die Runden zu kommen, und bin danach zu kaputt, um auch nur eine Zeile zu schreiben. Meinen Traum von der Schriftstellerei kann ich begraben, und an allem ist nur dieser verdammte Cole Hughford schuld!« Brodelnde Wut fühlte sich eindeutig besser an als der nagende Kummer, der sie immer wieder in Gefahr brachte, in sinnlose Tränen auszubrechen. Jetzt musste sie es nur noch schaffen, Cole vollständig aus ihren Gedanken zu verbannen.

»Urteilst du nicht ein klitzekleines bisschen ungerecht?«, wagte Annie einzuwenden, verkniff sich jedoch weitere Kommentare, als sie einen Unheil verkündenden Blick von Myra erntete. Mit grimmiger Entschlossenheit raffte Myra demonstrativ die Zeitungs-

ausschnitte zusammen und knüllte sie zu einem großen Papierball,
den sie in der Küche in den Mülleimer warf.

Ihre guten Vorsätze hielten einige Tage. Sie durchblätterte im Diner nicht mehr als Erstes die Gazette, in der Hoffnung, einen Bericht über Cole zu finden. Solche Artikel hatte es in den vergangenen Wochen viele gegeben, seit Conrad Hughford die Bombe hatte platzen lassen und seinen bis dato weitgehend unbekannten Sohn als seinen offiziellen Nachfolger vorgestellt hatte. Barry Owens hatte die Hughfords daraufhin zu seinem persönlichen Topthema erkoren. Cole konnte nicht einmal die Straße überqueren, ohne dass am nächsten Tag ein Foto davon auf Seite eins prangte. Er hielt sich gut – seit er der neue Liebling der Medien war, hatte man ihm nicht ein einziges Mal angemerkt, wie widerwillig er sich den Journalisten stellte, aber Myra, die ahnte, wie es in seinem Inneren aussah, hatte Mitleid mit ihm.

Langsam ebbte der Medienrummel ab. Sein Foto war nicht mehr jeden Tag auf der Hauptseite zu sehen, und nur noch selten musste Myra panisch umschalten, weil ein lokaler Fernsehsender unverhofft einen Bericht über die Hughfords brachte. Sie entspannte sich allmählich, schlief nachts wieder besser, und als ihr Cole eines Tages von dem Cover einer Society-Illustrierten entgegenlächelte, machte ihr Herz nur einen kleinen Satz, als sie in das Grün seiner Augen blickte. Sie verspürte dabei auch nur noch ein bisschen den Drang, durch seine Haare zu fahren, während sie feststellte, dass sie ihn nackt zwar lieber mochte, er in diesem maßgeschneiderten Anzug jedoch trotzdem umwerfend aussah.

Sie kaufte die Zeitschrift.

Natürlich nur, um sich zu beweisen, dass sie ganz locker mit dem Hochglanzfoto umgehen konnte, und nicht, um alle paar Minuten unter die Theke im Diner zu greifen und einen schnellen Blick auf das Grün mit goldenen Sprenkeln zu werfen.

Das befriedigende Gefühl, auf dem Wege der Besserung zu sein, fiel jäh in sich zusammen, als Myra am Nachmittag aus dem Diner trat. Nach der anstrengenden Schicht wollte sie nur noch auf ihre Couch. Auf dem Weg zum Auto klingelte ihr Handy. Annie versuchte, sie zu einem Mädelsabend mit ihr und ihrer gemeinsamen Freundin Livia zu überreden, aber wie so häufig in den letzten Wochen redete sich Myra unter einem Vorwand heraus. Sie war einfach noch nicht so weit, sich wieder für andere Männer zu interessieren, und sowohl Annie als auch Livia hatten deutlich gemacht, ihre Fühler ausstrecken zu wollen.

»Wir enden noch als alte Jungfern, falls das der nächste männerlose Sommer wird«, unkte Annie. »Selbst Liv will ihren ewigen Singlestatus aufgeben.«

Myra gab dem Sofa den Vorzug. »Sorry, Liebes, ein anderes Mal. Ich habe mir fest vorgenommen, mich endlich wieder an mein Manuskript zu setzen.«

Ein Seufzen ertönte aus dem Hörer. »Also gut, wenn du wirklich vorhast zu schreiben, dann will ich dich nicht abhalten. Du hast lange genug deine Wunden geleckt. Hau wieder in die Tasten.« Annie zögerte kurz. »Sag mal: Hast du noch mal irgendetwas von deinem Millionär gehört?«

»Ich habe dir doch gesagt, dass die Sache aus und vorbei ist! Geschichte. Finito! Selbst wenn er …« Myra stockte. »Du, ich muss auflegen. Wir telefonieren später.«

Sie drückte das Gespräch weg und näherte sich ihrem Auto mit einer Vorsicht, als lauere davor ein Löwenrudel. Allerdings wartete dort keine Raubkatze. Sondern Ronan.

Myra starrte Coles Sicherheitschef an. Hätte man sie gefragt – sie hätte das Löwenrudel bevorzugt. »Was machst du an meinem Auto? Hast du eine Bombe deponiert?«

»Sicher.« Ronans Mundwinkel zuckten. »Und dann habe ich

mich seelenruhig danebengestellt, damit niemand Verdacht
schöpft.« Jetzt grinste er breit.

Myra schnaubte. »Was willst du dann? Du stehst doch nicht zufällig hier herum.«

»Richtig.« Er sah sie ernst, aber ungewohnt freundlich an.
»Komm mit auf das Hughford-Anwesen. Rede mit Cole.«

Myra starrte Ronan mit offenem Mund an. »Er schickt seinen
Sicherheitschef, um … ja, um was eigentlich? Was will er?«

Ronan rieb sich über den Nacken. »Also, er *schickt* mich nicht
direkt.« Seine Hand fuhr durch sein Haar am Hinterkopf. »Es ist
vielmehr so … ich glaube, er vermisst dich. Nachdem du Hughford
Island verlassen hattest, war er wütend und enttäuscht, aber je
mehr Zeit verging, ohne dass seine Story in der Presse erschien,
desto häufiger fragte er sich, ob er sich richtig verhalten hatte.«

»Hat er nicht!« Myra funkelte Ronan an. »Wie konnte er mir
solche Dinge an den Kopf werfen!«

»Tu nicht so empört! Wem willst du verkaufen, dass du nicht
auf die Insel gekommen bist, um Cole auszuspionieren?«, erwiderte Ronan scharf. »Du hast dich im Auftrag der Elliottville Gazette bei uns eingeschlichen. Wage nicht, das zu leugnen!« Mit den
zusammengezogenen Augenbrauen erinnerte Ronan wieder an
den Mann, der sie am Strand aufgelesen hatte.

»Das leugne ich doch gar nicht. Aber den Rest. Ich habe nicht
mit Cole geschlafen, um Informationen von ihm zu erhalten. Verdammt, ich bin nicht Mata Hari! Als ihr mir auf die Schliche gekommen seid, hatte ich schon längst beschlossen, dass die Tage auf
Hughford Island nicht in der Zeitung landen.«

»Dafür hast du sogar deinen Job riskiert.« Das war keine Frage.

»Du weißt davon? Cole auch?«

Ronan nickte. »Trotzdem kann er nicht über seinen Schatten
springen und den ersten Schritt machen. Deshalb bin ich hier.«

»Er schickt seinen Sicherheitschef vor?«

»Genau genommen weiß er gar nicht, dass wir reden. Ich bin nicht als sein Sicherheitschef, sondern als sein Freund hier. Ich kenne Cole ziemlich gut und sehe, dass ihr euch aussprechen solltet. Ihr habt euch beide falsch verhalten, aber wenn jeder von euch stur auf die Entschuldigung des anderen wartet, wird das nie etwas.«

Myra fuhr sich mit den Händen durchs Gesicht. »Ich habe Wochen darum gekämpft, Cole aus dem Kopf zu bekommen, und plötzlich tauchst du hier auf und reißt die Wunden wieder auf.« Myra schüttelte den Kopf. »Nein, es ist besser, ihn zu vergessen.«

»Und weil das so ist, trägst du sein Foto mit dir herum?« Ronans Blick glitt zur Seitentasche ihres Rucksacks, aus der die zusammengerollte Zeitschrift ragte.

»Da sind leckere Rezepte drin. Das hat nichts mit Cole ...« Myra schwieg, als sie Ronans wissendes Grinsen bemerkte. »Hör zu«, versuchte sie es anders. »Es ist zu viel passiert. Er ist jetzt Boss eines wichtigen Konzerns, während meine verantwortungsvollste Tätigkeit die ist, nicht die lactosefreie mit der Sojamilch zu verwechseln. Nein, Ronan, es ist besser so.« Sie lächelte ihn entschuldigend an, und zu ihrer Überraschung lächelte er mit einem traurigen Ausdruck zurück. Dennoch unternahm er keinen Versuch, sie aufzuhalten, als Myra sich an ihm vorbeischob, um in ihr Auto zu steigen. Mit zitternden Händen konnte sie den Zündschlüssel kaum ins Schlüsselloch stecken und hätte hinterher nicht sagen können, wie sie es geschafft hatte, den Wagen bis vor ihre Haustür zu steuern.

Aufatmend drückte sie in ihrer Wohnung die Tür ins Schloss und ließ sich auf das Sofa fallen. Ihre Gedanken jagten sich. Sie hatte nicht erwartet, dass sie ein Treffen mit Ronan so aufwühlen würde. Wie wäre es erst, Cole wiederzusehen? Sie hatte genau zwei Möglichkeiten: Entweder sie würde alle Bedenken über Bord werfen, dazu den Stolz herunterschlucken und sowohl vergessen, wer

Cole war oder was er zu ihr gesagt hatte. Oder sie würde sich endlich aufraffen und ihr Schneckenhaus verlassen müssen, um über die Sache hinwegzukommen.

Einen tiefen Atemzug später straffte Myra die Schultern und griff nach ihrem Telefon.

Es fühlte sich ungewohnt an. Myra war lange nicht mehr mit ihren Freundinnen ausgegangen, schon vor der Sache mit Cole hatte sie es sich lieber mit einem Buch auf der Couch gemütlich gemacht. Da es jedoch keinesfalls so weitergehen konnte, zwang sie sich ein Lächeln ins Gesicht und stöckelte auf ihre beiden Freundinnen zu, die vor den Türen des neu eröffneten Klubs »Peak« auf sie warteten.

»Prima, dass du es dir doch noch anders überlegt hast.« Annie strahlte sie an.

Liv umarmte sie herzlich. »Das ist perfekt.« Ihre Augen leuchteten. »Ich muss euch unbedingt etwas erzählen. Es ist etwas Unglaubliches passiert, und zwar ...«

»Wollen wir nicht erst einmal reingehen? Schaut euch die Schlange an! Wenn wir noch länger warten, wickelt die sich einmal um den Block.« Annie trat von einem Bein auf das andere.

Myra, die die Ungeduld ihrer Freundin kannte, grinste. »Okay, während wir uns anstellen, können wir immer noch quatschen.«

Die drei marschierten an den wartenden Menschen entlang, als ihnen ein Mann entgegenkam. Er musterte sie mit unverhohlenem Interesse, wobei sein Blick einen Moment länger als schicklich auf Annies Oberweite ruhte. Dann grinste er ein breites Zahnpastalächeln. »Ihr wollt doch nicht am schärfsten Klub der Stadt vorbeigehen?«, fragte er mit gespielter Entrüstung.

»Natürlich nicht«, entgegnete Annie mit einem kecken Lächeln. »Wir wollten uns gerade in die Schlange einreihen.«

Myra beobachtete amüsiert, wie sich Annies Haltung fast unmerklich veränderte. Sie stand etwas aufrechter, ihr Busen wölbte sich eine Kleinigkeit weiter vor, und ihre Augen wurden kugelrund. Ihr gefiel offensichtlich, was sie vor sich hatte, auch wenn Myra schleierhaft war, warum. Der Typ war ungefähr Mitte dreißig, dunkelhaarig, groß und schlank und passte damit zwar perfekt in Annies Beuteschema, für Myras Geschmack hatte er jedoch eine viel zu arrogante Ausstrahlung. Die freche Musterung war ihr unangenehm gewesen, der dicke Ring an seinem Finger und die goldene Uhr zu protzig. Fehlte eigentlich nur noch ein Goldkettchen, das war allerdings – sofern vorhanden – durch das erstaunlicherweise bis oben zugeknöpfte Hemd unter dem Sakko verborgen. Wenn es so weiterging, würde Annie dieses Detail im Laufe des Abends jedoch herausfinden, denn beide tauschten intensive Blicke, während der Kerl sich zwischen sie schob und Annie mit einer besitzergreifenden Berührung am Rücken in Richtung Eingangstür dirigierte.

»Ihr seid heute meine Gäste«, konstatierte er und machte sich erst gar nicht die Mühe, die Einladung als Frage zu formulieren. Als Myra Livs genervten Blick auffing, rollte sie mit den Augen. Liv zuckte mit den Schultern. Sie dachten beide das Gleiche. Sobald Annies Jagdtrieb ausbrach, gab es wenig, was man dagegen tun konnte. Die stille Livia und Myra tickten in diesem Punkt völlig anders. Myra hatte sich früher oft gewünscht, etwas mehr wie Annie zu sein und ein bisschen lockerer mit Männern umgehen zu können. Jetzt wusste sie es besser. Ihr wäre vieles erspart geblieben, wenn sie Cole sofort in die Schranken gewiesen hätte.

Sie folgten Annie und dem Mann in den Klub. Die Türsteher hielten ihnen die Türen auf, und spätestens als der Typ sie in einen separierten VIP-Bereich führte, von dem aus man die gesamte Tanzfläche überblicken konnte, ohne selbst der Öffentlichkeit preisgegeben zu sein, wusste Myra, dass sie es mit dem Klubbesitzer zu tun hatten.

Und richtig: »Ich bin Tyler Hill, mir gehört der Laden«, stellte er sich vor, als sie Platz genommen hatten. Er vollführte eine lässige Handbewegung, und nach wenigen Augenblicken kam eine Bedienung mit Champagner und Gläsern herbeigeeilt. Wie auf Bestellung erschienen ihr auf den Fersen zwei blonde Typen, die ein ähnliches Zahnpastalächeln wie Tyler zeigten, als sie diesen schulterklopfend begrüßten.

»Ty, alter Junge! Hätte ich mir ja denken können, dass du dir gleich die hübschesten Ladys der Stadt angelst.« Obwohl er Tyler angesprochen hatte, wanderten die Augen des Größeren der beiden zu Myra. Sofern das ging, wurde sein Lächeln noch etwas breiter. »Hallo, ich bin Damon.« Er machte eine knappe Verbeugung in Richtung der drei Freundinnen und ließ sich dann ganz selbstverständlich neben Myra auf das Sofa fallen. Als hätten sie den Ablauf schon hundertmal geübt, drückte ihm Tyler nahezu zeitgleich zwei Champagnergläser in die Hand, von denen er eins an Myra weiterreichte. »Und du bist?«

Myra starrte unbehaglich auf das Glas in ihrer Hand. Jahrelang hatten ihre Eltern ihr eingebläut, keine Getränke von Fremden anzunehmen. Aus den Augenwinkeln sah sie, wie sich der Dritte im Bunde, der sich als Bradley vorstellte, neben Liv setzte und Tyler auch ihm zwei Gläser reichte, die beide aus derselben Champagnerflasche gefüllt wurden.

Als sie wieder zu Damon sah, trafen sich ihre Blicke. Seine Mundwinkel zuckten amüsiert.

»Wir können auch gerne unsere Gläser tauschen«, bot er ihr an. »Schon gut«, schob er lächelnd nach, als er Myras betretene Miene bemerkte. »Man kann nicht vorsichtig genug sein, das verstehe ich. Ich verspreche dir, ich bin kein Axtmörder, okay?«

Sein Lächeln war entwaffnend. Myra wagte einen genaueren Blick in sein Gesicht, obwohl Damon sie weiterhin betrachtete und folglich mitbekam, dass sie ihn ihrerseits intensiver unter die Lupe nahm. Was sie sah, gefiel ihr. Er trug seine blonden Haare kurz geschnitten und akkurat gescheitelt. Seine Züge waren gleichmäßig, die Nase war vielleicht etwas zu groß, gab ihm jedoch etwas sehr Kraftvolles. In seinen blauen Augen blitzte es vergnügt, während er die Musterung gelassen über sich ergehen ließ. Er war zwar schlank und groß, aber nicht ganz so muskulös wie Cole und auch sonst optisch eher das Gegenteil von ihm. Kurz gesagt, das geeignete Gegenmittel, um auf andere Gedanken zu kommen.

»Habe ich die Inspektion bestanden? Zumindest so weit, dass wir anstoßen können?«, fragte Damon augenzwinkernd.

Ja, hatte er. Myra schenkte ihm ein strahlendes Lächeln, entschlossen, sich von Cole abzulenken, und Damon war für diesen Zweck vielversprechend. Vielleicht würde der Abend unerwartet nett werden.

Die Männer waren ein erprobtes Team. Sie achteten darauf, dass die Gläser nicht leer wurden, spielten sich gegenseitig die Bälle zu und unterhielten die drei Freundinnen gekonnt. Annie hing hingerissen an Tylers Lippen und machte keinen Hehl daraus, wie sehr er ihr gefiel.

Livia benahm sich zurückhaltender, hatte Bradley jedoch immerhin gestattet, seinen Arm hinter ihr auf die Rückenlehne des Sofas zu legen. Myra grinste in sich hinein. Falls Bradley auf einen One-Night-Stand aus war, würde das ein frustrierender Abend für ihn werden. Livia sah mit ihren Modelmaßen zwar nicht danach aus, aber sie war Jungfrau und würde das wohl noch eine Weile bleiben, zumindest wenn es nach Mr Riggs und seinem Schrotgewehr ging, mit dem er jeden Mann von der Farm jagen würde, der seiner Tochter vor der Hochzeitsnacht zu nahe kam.

Myra hatte sich vom Champagner angenehm einlullen und in die weichen Polster zurücksinken lassen, um von hier aus den Geschichten der Männer zu lauschen, die sich gegenseitig mit lustigen Anekdoten aus ihrer ereignisreichen Vergangenheit überboten. Sie beobachtete die großspurigen Gesten, mit denen sie ihre Worte untermalten, und konnte nicht anders, als Vergleiche zu Coles Verhalten anzustellen. Auch wenn die drei mit Sicherheit nicht arm waren, hatte Cole vermutlich mehr Vermögen als alle drei zusammen, und dennoch konnte Myra sich Cole in dieser Runde nicht vorstellen. Sein Umgang mit Luisa und Ronan war stets höflich gewesen, er hatte nie jemanden so gescheucht wie Tyler vorhin, als die zweite Flasche Champagner nicht schnell genug gebracht worden war. Sein Selbstbewusstsein kam von innen heraus. Er benötigte keine großspurigen Gesten. Er strahlte eine ruhige Autorität aus. Wahrscheinlich würde er Menschen in einem Raum dominieren, wenn er nur das Zimmer betrat. Eine Gänsehaut prickelte Myras Rücken hinab, als sie daran dachte, dass er sie nur ansehen musste und schon …

»Myra, bist du noch bei uns?« Damons Stimme holte sie ins Peak zurück. »Möchtest du noch ein Glas Champagner?«

»Ja, ich bin noch da, aber ich fürchte, nicht mehr lange.« Entschuldigend lächelte sie ihn an. »Noch ein Glas, und ich schlafe ein.« Sie erhob sich und ignorierte die erstaunten Blicke von Annie und Liv. »Ich hatte einen langen Tag im Diner, tut mir leid«, erklärte sie und wollte sich zum Gehen wenden, als sie Damons Arm in ihrem Rücken spürte.

»Ich bringe dich nach Hause«, erklärte er und dirigierte sie die Treppe hinunter und zum Ausgang. Draußen atmete Myra die frische Luft gierig ein. Sie war den Alkohol nicht mehr gewohnt, die Luft war stickig gewesen, und auch in der schallgeschützten Lounge waren ihr die wummernden Bässe irgendwann auf die Nerven gefallen.

»Nicht so dein Ding?«, fragte Damon.

»Ich bin nicht so der Partytyp«, erwiderte Myra. »Liegt nicht am Klub deines Freundes«, fügte sie schnell hinzu.

Damon lachte. »Solange es nicht an mir liegt.«

»Nein, tut es nicht«, sagte Myra. »Eher daran, dass sich Cole immer wieder in meine Gedanken schleicht«, dachte sie und lief in Richtung Taxistand. Damon blieb an ihrer Seite.

»Mein Wagen steht hinter dem Peak, ich kann dich fahren«, bot er an.

Myra blieb stehen und sah ihn an. »Damon, sei nicht böse, aber ich glaube, ich nehme ein Taxi. Allein.« Sie erwartete, dass er sich beleidigt zurückziehen würde, doch er ging weiter neben ihr her, während sie ihre Schritte um die Ecke zu einem wartenden Taxi lenkte. Bevor Myra einsteigen konnte, hielt er sie an den Oberarmen fest und drehte sie zu sich. Er nahm eine ihrer blonden Locken und wickelte sie sich um den Finger.

»Du bist wunderschön, weißt du das?«, sagte er mit leiser Stimme und beugte sich vor. Schnell drehte Myra den Kopf zur Seite, sodass sein Kuss auf der Wange landete.

Damons Augen wurden traurig. »Also liegt es doch an mir?«

»Nein!« Myra wollte ihn nicht kränken, er hatte sich so bemüht, ihr einen unterhaltsamen Abend zu bereiten. »Das ist nur … also … vielleicht etwas zu schnell für mich.« Irgendwie stimmte das sogar. Damon war attraktiv. Wer wusste schon, was passiert wäre, wenn nicht Coles Bild ständig vor ihrem inneren Auge auftauchen würde.

»Dann darf ich dich wiedersehen? Sagen wir, nächsten Freitag, ich hole dich nach deiner Schicht am Diner ab, okay?« Sein zuversichtliches Strahlen wollte sie nicht zum Erlöschen bringen, also nickte Myra und zwang sich eine fröhliche Miene ins Gesicht.

»Ja, gut. Nächsten Freitag, ich freue mich.« Mit diesen Worten schlüpfte sie ins Taxi, ehe er doch noch einen Versuch starten konnte, sie erneut zu küssen.

11.

Hätte Myra in einem ihrer Romane einen Albtraum skizzieren müssen, es wäre wohl diese Woche gewesen. Im Diner machte sie ständig Fehler, die Beschwerden der Gäste häuften sich, und ihr Chef musste sie mehrfach zurechtweisen, bis sie sich zusammenriss und sich auf ihre Arbeit konzentrierte. Wenn sie nachmittags auf die Straße trat, fühlte sie sich wie gerädert. Sie hatte mehrere Nächte kaum geschlafen. Ronans Besuch hatte die alten Wunden wieder aufgerissen. Wie unmittelbar nach ihrer Rückkehr aus Florida, wälzte sie sich unruhig auf dem Laken, und sobald sie wegdämmerte, sah sie Cole vor sich. Seinen Körper, seinen intensiven Blick. Manchmal beschwor sie das Gefühl seiner Hände herauf, wie sie ihre Brüste umfassten, mit den Knospen spielten, langsam an ihrem Körper entlangglitten, bis sie ihre intimste Stelle erreichten. Sie hatte versucht, ihren Kopf zu überlisten, und sich selbst gestreichelt, aber damit nur ihre Erinnerung an Coles Verbot, sich selbst zu berühren, geweckt und ihre Sehnsucht nach ihm noch angestachelt.

Hin- und hergerissen zwischen ihren Gefühlen, war sie Mittwoch so weit, Damon abzusagen. Er war kein ausreichend großes Trostpflaster für ihre Wunden. Er mochte witzig und gut aussehend sein, aber sie fühlte in seiner Gegenwart nichts. Der einzige Weg aus dieser Misere war eine Aussprache mit Cole. Sie wusste nicht, wie sie ihn erreichen konnte, aber sie wollte zum Hughford-Anwesen hinausfahren und dort nach Ronan fragen. Zu Cole würde man sie sicherlich nicht vorlassen, doch vielleicht konnte sie ihm über den Sicherheitschef eine Nachricht zukommen lassen.

Bei dem Gedanken, Cole womöglich bald wiederzusehen, fühlte sie sich zum ersten Mal seit Tagen beschwingt. Sie würde sich vorsichtshalber sorgfältig zurechtmachen, falls sie Cole doch heute noch sehen dürfte – ihr Herz machte bei dieser Vorstellung einen

Satz –, und dann müsste sie Annie nach Damons Telefonnummer fragen. Sie wollte bei ihm reinen Tisch machen, bevor sie zu Cole fuhr. Es sollte nie wieder Missverständnisse oder Täuschungen geben – nur noch klare Linien, ehrliche Worte und ganz viel Offenheit und Vertrauen.

Lächelnd stieg Myra unter die Dusche und ertappte sich anschließend dabei, laut mitzusingen, während sie ihre Augenringe mit Concealer verschwinden ließ, mit Rouge frische Farbe ins Gesicht zauberte und ihre Lippen mit Gloss verführerisch zum Glänzen brachte. Nur ihre Augen schminkte sie nicht. Niemand konnte vorhersagen, wie ihr kleiner Ausflug endete, und verlaufene Wimperntusche und verschmierter Kajal sollten nicht das Letzte sein, das Cole von ihr in Erinnerung behielt.

Als sie mit ihrem Aussehen zufrieden war, schnappte sie sich das Telefon und wählte Annies Nummer. Ihre Freundin war zu Hause, denn Tyler war geschäftlich unterwegs. In den vergangenen Tagen hatten Myra und Annie nur kurz gesprochen oder Textnachrichten geschrieben, denn Tyler und Annie waren Freitagabend nach dem Besuch im Peak übereinander hergefallen und schienen seitdem die Tage ununterbrochen im Bett verbracht zu haben. Noch vor wenigen Wochen hätte Myra diese Schilderungen ins Reich der Fantasie verwiesen, doch jetzt wusste sie, dass es so etwas gab, und der Stachel bohrte sich tiefer in ihr Herz, als Annie ihr erzählte, wie Tyler sie gepackt, ihre Beine gespreizt und sie hingebungsvoll verwöhnt hatte, kaum dass sie in seinem Schlafzimmer angekommen waren.

»Du ahnst nicht, was er mit seiner Zunge anrichten kann. Noch nie bin ich so gründlich geleckt worden«, schwärmte Annie. »Du kannst dir nicht vorstellen, welch süße Qualen ein Mann nur mit seiner Zungenspitze bereiten kann.«

Doch, das konnte sie – und genau das war Myras Problem. Deshalb hielt sie die Telefonate kurz und war froh, dass Tyler Annie

in Beschlag nahm. Myra wollte im Moment keine Bettgeschichten
von anderen Leuten hören. Auch von ihrer besten Freundin nicht.
Jetzt kam sie jedoch nicht um den Anruf herum. Sie musste Annie
bitten, Tyler nach Damons Telefonnummer zu fragen.

»Liebes, du hast es also schon gesehen?«, fragte Annie statt einer
Begrüßung. »Es tut mir so leid.«

»Wie? Was? Was soll ich gesehen haben?« In Myra kroch eisig
eine unbestimmte Vorahnung hoch.

»Oh – ich dachte, deshalb rufst du an. Du weißt es also noch
nicht?«

»Annie! Was soll ich wissen?«, fragte Myra scharf.

»Cole. Es war gerade im *Magazine*.«

Das »Magazine« war die Klatschsendung des hiesigen Lokal-
senders und seit Wochen voller Berichte über Cole, weshalb Myra
den Fernseher seitdem zu dieser Sendezeit nicht anschaltete, aus
Sorge, nicht schnell genug wegzappen zu können. Oder es gar nicht
erst zu versuchen. Cole zu sehen, hatte auf sie die gleiche Wirkung
wie gleißendes Licht auf eine Motte. Was die Anziehungskraft betraf, ebenso wie die anschließenden Schmerzen.

»Annie. Was – ist – mit – Cole?« Myra presste die Worte hervor,
die sie aus Angst vor der Antwort eigentlich gar nicht aussprechen
wollte.

»Myra, Liebes, ich weiß nicht, wie ...« Ein tiefes Atemgeräusch
kam aus dem Hörer. »Nach Angaben des Magazins hat Cole eine
neue Freundin. Der Reporter nahm sogar das Wort ›Verlobung‹
in den Mund.«

Die Zeit blieb stehen.

Irgendwo aus der Ferne hörte sie Annies Stimme.

»Myra? Myra! Sag doch etwas! Bist du noch dran? Myraaaa!«

In Zeitlupe streckte Myra ihre Hand nach dem Telefon aus, das
vor ihr auf dem Fußboden lag, ohne dass sie hätte sagen können,
wie es dort hingekommen war. Ihr Atem ging stoßweise, als arbeite

ihr Herz nur noch unter Protest. Kein Wunder, war es doch gerade in tausend Stücke zersprungen.

»Wie sicher?«, krächzte sie in den Hörer.

»Gott sei Dank, du bist noch dran. Ich dachte schon, du wärst umgekippt.« Annie hörte sich besorgt an. Sie hatte zum Glück keine Ahnung, wie nah an der Wahrheit sie mit ihrer Vermutung lag. In Myras Kopf wirbelten die Gedanken durcheinander.

»Na ja«, sagte Annie. »Der Reporter klang sehr sicher. Aber du weißt ja selbst, was die sich immer aus den Fingern saugen.«

»Aber … aber … Ronan hat doch gesagt …« Weiter kam Myra nicht, dann brach sie in Tränen aus.

Annie wartete, bis Myras Schluchzen weniger wurde.

»Was hat Ronan gesagt?«

»Egal. Er hat sich offensichtlich geirrt.« Myra nahm einen tiefen Atemzug und warf einen frustrierten Blick auf das Kleid, das auf der Sessellehne bereitlag. Bereit, um es anzuziehen und zu Hughfords Anwesen zu fahren. Bereit, um dort von Cole gesehen zu werden. »Weißt du was – das war es jetzt endgültig. Ich werde diesem Typen nicht hinterherlaufen, wenn er es gar nicht abwarten konnte, sich gleich der Erstbesten an den Hals zu werfen. Verlobung!« Myra schnaubte. »Wenn ich so etwas schon höre.«

»Ach, Myra, es tut mir so leid. Soll ich vorbeikommen? Ich wollte Liv eigentlich bei ihrer Zimmersuche helfen, aber …«

»Zimmersuche? Zieht Liv etwa aus?« Das konnte sich Myra bei ihrer braven Freundin nicht vorstellen. Livia stand unter der Fuchtel ihrer liebenswerten, aber sehr konservativen Eltern.

Annie lachte. »Ihr winkt zumindest vorübergehende Freiheit. Ihre große Neuigkeit, die sie uns Freitag erzählen wollte. Stell dir vor – sie hat ein Stipendium erhalten. Nun sucht sie ein günstiges Zimmer. Wenn's klappt, wird sie bald Vorlesungen in kreativem Schreiben an der Armstrong Atlantic State University belegen.«

Myra schnappte nach Luft. »Du machst Witze! Liv zieht nach

Savannah?« Das waren tatsächlich große Neuigkeiten, doch Myra war nicht sicher, was sie davon halten sollte. Alles brach weg. Liv verließ die Stadt, Annie hatte nur noch Tyler im Kopf, und sie sah sich zu einem Kellnerinnendasein verdammt. Alle hatten plötzlich ein Leben, nur sie saß in ihrer kleinen Bude ohne Perspektive.

»Annie, ich glaube, ich will heute lieber allein sein, grüß Liv von mir.«

»Bist du sicher? Wieso hattest du eigentlich angerufen, wenn es nicht wegen Cole war?«

»Ach, nichts«, antwortete Myra und legte auf.

Als Annie später noch einmal anrief, hatte sich Myra wieder gefangen.

Sie hatte im Internet das Video gesehen und Bilder von Cole an der Seite einer wunderschönen Frau gefunden: blonde lange Haare, schmale Taille und üppige Brüste. Nachdem sie den Brechreiz niedergekämpft hatte, war Myra mehr denn je entschlossen, Cole nicht länger hinterherzutrauern. Ihr Lachen klang künstlich in ihren Ohren, dennoch schaffte sie es, ihre Freundinnen zu überzeugen, dass es ihr besser ging. Annie hatte auf Lautsprecher gestellt, und so erzählte sie beiden, wie sehr sie sich auf das Date mit Damon am Freitag freue, und hoffte, dabei nicht übertrieben enthusiastisch zu klingen. Liv würde ohnehin nichts bemerken, sie war völlig überwältigt von ihrem bevorstehenden Kurs an der Uni und hätte in diesem Zustand wahrscheinlich nicht einmal einen drohenden Weltuntergang zur Kenntnis genommen. Myra ließ sich von der Freude mitreißen und fühlte sich nach dem Telefonat in der Tat etwas besser. Der Trick war, sich auf andere Gedanken bringen zu lassen. Sie würde häufiger wieder ausgehen, flirten und andere Männer kennenlernen. Wer brauchte schon einen Cole Hughford!

Und Freitag wäre der Anfang. Damon würde sicherlich nicht zögern, mit ihr ins Bett zu gehen, wenn sie die passenden Signale sendete. Nichts würde die Erinnerung an Cole besser ausradieren als heißer Sex mit einem anderen. Damon sah aus, als wäre er der Richtige dafür.

Am späten Freitagnachmittag trat Myra auf den Parkplatz vor dem Diner. Sie hatte ihre Schicht verlegt und es so eingerichtet, dass sie noch kurz zu Hause vorbeifahren und sich duschen und umziehen konnte. Ein Date in einer Aura von Frittenfett wäre bestimmt nicht sonderlich sexy geworden. Jetzt umwehte sie ein Hauch von Parfüm, die Haare waren sorgfältig hochgesteckt, nur ein paar Strähnen lockten sich um ihr dezent geschminktes Gesicht. Ihr schwarzes Minikleid saß wie eine zweite Haut. Die Absätze ihrer Sandaletten erreichten keine schwindelerregenden Höhen, sorgten aber für ein langes Bein. Zufrieden kontrollierte sie noch einmal ihr Spiegelbild in der Scheibe des Diners, bevor sie Damon mit einem strahlenden Lächeln entgegenging, der auf sie zukam.

Seinem Gesichtsausdruck nach gefiel ihm, was er sah. Auch er musste sich keine Tüte über den Kopf ziehen. Sein Haar saß akkurat, er war frisch rasiert, und seine weißen Zähne blitzten, als er Myra breit anlächelte.

»Schön, dich zu sehen«, grüßte er und geleitete sie mit einer Geste zu seinem Fahrzeug. Ein Sportcoupé, das passte.

Myra hatte vermutet, dass Damon sie beim ersten Date beeindrucken wollen würde. Sie sah sich bestätigt, als er seinen Wagen auf dem Parkplatz am Stadtrand zum Stehen brachte. Hier hatten unweit eines neu errichteten Einkaufszentrums einige Restaurants eröffnet, und Myra hatte gehört, dass sehr gute darunter sein sollten. In einem davon war für sie ein Tisch reserviert.

»Ich wusste nicht, ob du Fleisch, Fisch oder vegetarisch bevorzugst«, sagte er. »Die Karte hat von allem etwas.«

Myra lächelte. »Ich bin pflegeleicht, was das angeht.« Dennoch bestellte sie nur einen Salat mit Putenstreifen. Angesichts ihrer

Pläne für den späteren Abend war sie zu aufgeregt, um Appetit zu haben. Damon orderte dazu einen Chablis Premier Cru.

Genüsslich nahm Myra die ersten Schlucke und merkte, wie der Alkohol sie entspannte. Sie zauberte ein Lächeln in ihr Gesicht und versuchte, möglichst gebannt an Damons Lippen zu hängen. Er konnte unterhaltsam erzählen. Wie bereits eine Woche zuvor, kramte er witzige Anekdoten aus seiner Vergangenheit hervor, berichtete von Urlauben, Partys und Après-Ski und gab peinlichen Gesprächspausen keine Chance. Dennoch fiel es Myra immer schwerer, Aufmerksamkeit zu heucheln, denn im Kern ging es immer nur um Damon und Dinge, die sie eigentlich nicht interessierten. Fast automatisch wanderten ihre Gedanken zu dem ersten Abend mit Cole. Wie einfach es gewesen war, mit ihm zu reden. Dieses Gefühl, ihm vertrauen, ihm alles erzählen zu können, mit ihm auf einer Wellenlänge zu sein. Mit Damon war es anders. Hatte Myra anfangs noch darauf geachtet, an den passenden Stellen zu kichern, zu lächeln oder zu lachen, so gab sie sich irgendwann in diesem Punkt keine Mühe mehr. Spätestens als der Kellner die leeren Espressotassen abräumte und Damon die Rechnung verlangte, war klar: Myra fühlte nicht das Geringste für ihn. Seine Geschichten langweilten sie, seinem Lächeln fehlten die Grübchen, und die Augen sahen nicht bis in die Tiefe ihrer Seele. So einfach war das. Auf Sex mit Damon hatte sie ebenso wenig Lust wie auf eine weitere Stunde seiner Gesellschaft. Vielleicht war sie ungerecht, aber Zuneigung konnte man nicht erzwingen.

Schweigsam folgte sie Damon zu seinem Fahrzeug.

»Wollen wir noch etwas unternehmen?«, fragte Damon auf dem Weg zurück ins Stadtzentrum.

»Ich bin ein bisschen müde«, log Myra. »Im Diner war heute viel zu tun.«

Damon warf ihr einen schnellen Seitenblick zu, ließ jedoch keine Regung erkennen. Auf dem Parkplatz hielt er vor ihrem Auto, öffnete ihr galant die Tür und begleitete sie zu ihrem Fahrzeug.

»Also dann …« Myra drehte sich um und wollte sich höflich bedanken und verabschieden.

In diesem Augenblick umfasste Damon ihr Gesicht mit beiden Händen und platzierte seine Lippen auf ihrem Mund.

»Myra, du bist so heiß«, murmelte er. »Du willst doch nicht wirklich schon gehen.« Er presste Myra mit dem Rücken an ihren Wagen und seinen Körper gegen ihren. Der Türgriff drückte schmerzhaft in ihren Po, schlimmer war jedoch die harte Erektion an ihrem Schritt.

Myra versuchte, den Kopf aus der Umklammerung zu drehen, aber Damons Hände hielten ihre Wangen wie in einer Schraubzwinge. »Damon, nicht!«, brachte sie heraus, bevor er ihren Mund wieder mit einem Kuss verschloss und diesmal auch mit seiner Zunge Einlass forderte.

Myra presste die Lippen zusammen. Als Damon mit Daumen und Zeigefinger eine Zange bildete, um ihren Kiefer mit schmerzhaftem Griff zu öffnen, wusste sie, dass sie mit Reden nicht mehr weiterkam. Da er ihre Arme nicht festhielt, holte sie aus und knallte ihre Handkanten rechts und links in seine Nieren.

Zischend stieß er Luft aus und gab sie frei. Ehe Myra jedoch irgendetwas unternehmen konnte, explodierte ein Schlag in ihrem Gesicht. Sie schmeckte Blut, taumelte benommen und wappnete sich für den nächsten Angriff.

Der blieb aus.

Stattdessen wurde es um sie herum laut. Geräusche mischten sich – wütendes Gebrüll, ein Klatschen, Keuchen, ein Wimmern. Sie hob schützend die Arme vor ihr Gesicht, ihr Kopf begriff nicht so schnell, dass die Kampfgeräusche nicht ihr galten. Sie spürte die Anwesenheit eines großen Körpers neben ihr mehr, als dass sie ihn sah, reflexartig schlug sie in die Richtung, sie wollte den Angreifer abwehren, aber kräftige Hände umfassten ihre Handgelenke.

»Ganz ruhig, Myra«, drang eine vertraute Stimme an ihr Ohr. »Es ist alles gut. Du bist in Sicherheit. Sieh mich an.«

Wie wenig sie den Anordnungen dieser Stimme entgegenzusetzen hatte, wusste sie. Blinzelnd öffnete sie erst ein Auge, dann das andere. Allmählich wurde ihre Sicht klar. Beim Anblick des tiefen Grüns machte ihr Herz einen Sprung – diesmal vor Glück.

»Cole.« Mehr als ein Flüstern brachte sie nicht zustande. Der dicke Kloß im Hals verhinderte das Weiterreden. Dabei hatte sie so viele Fragen – allen voran die, was er hier machte. An einem Freitagabend vermutete sie ihn nicht auf einem Parkplatz vor einem Diner neben einem altersschwachen Auto, sondern mit seiner hübschen Verlobten in spe in irgendeinem schicken Restaurant. Myra legte bei diesem Gedanken gequält die Stirn in Falten.

»Hey, vorsichtig.« Cole hörte sich besorgt an.

Ronans Gesicht erschien über Coles Schulter. »Wie geht es ihr? Ist sie schwer verletzt?« Er zückte sein Handy. »Ich rufe …«

»Nein!« Myra richtete sich auf und stützte ihren Oberkörper an der Karosserie ab. »Nein, es geht schon wieder.« Prüfend fuhr sie sich mit dem Zeigefinger über die Lippe und zuckte zusammen, als sie die Stelle berührte, die aufgeplatzt war. »Mist. Sieht es sehr schlimm aus?«

Cole zog die Mundwinkel nach oben. »Wenn du dir schon wieder über dein Aussehen Sorgen machen kannst, ist ja alles okay.« Er beugte sich zu ihr und gab ihr einen sanften Kuss auf die unverletzte Seite der Lippe. »Das geht zum Glück noch.« Sein Lächeln war voller Zärtlichkeit.

Myras Herz klopfte zum Zerspringen. Sie hob ihre Hand und streichelte über seine Wange. Ihr Blick wanderte über sein Gesicht, ungläubig, dass es sich direkt vor ihr befand. »Cole.« Ihre gesamten

Empfindungen drückte sie mit diesem einen Wort aus – und sie las in seiner Miene, dass er verstand.

Wortlos streichelte er ihre Wangen, ganz sanft, weil er wohl ahnte, wie sehr schon diese behutsame Berührung schmerzte, und dennoch war es für Myra in diesem Moment das schönste Gefühl überhaupt.

Neben ihnen räusperte sich Ronan. »Cole, wir sollten fahren. Es ist ein Wunder, dass die Pressemeute noch keine Witterung von dir aufgenommen hat. Diese Szene wäre ein gefundenes Fressen.«

Cole nickte. »Du hast recht.« Er hielt Myra eine Hand hin. »Kannst du gehen?«

»Ja, alles gut, danke.« Sie kratzte ihren gesamten Mut zusammen. »Werden wir uns wiedersehen?«

Coles Augenbrauen schossen in die Höhe, dann schien ihm etwas zu dämmern. »Myra Gregson, du denkst doch nicht ernsthaft, ich würde jetzt abhauen und dich hier zurücklassen?« Stirnrunzelnd sah er sie an. »Du kommst mit mir.«

»Was machen wir mit dem?« Ronan deutete auf Damon. Der saß zusammengesunken auf dem Parkplatz, die Hände hinter dem Rücken fixiert. Als sich Ronan vor ihm aufbaute, ruckte sein Kopf hoch, und er starrte die geballte Muskelmasse vor sich mit schreckensweiten Augen an. Trotz der Schmerzen musste Myra grinsen. Das getrocknete Blut unter Damons Nase sprach Bände. Cole zuckte mit den Schultern und sah Myra an. »Möchtest du Anzeige erstatten?«

Myra schüttelte den Kopf. Es wäre schwierig, bei der Wahrheit zu bleiben und gleichzeitig Coles Rolle zu verschweigen, um ihn vor der Presse zu schützen.

»Möchtest du, dass Ron ihm noch ein paar Manieren beibringt?«, erkundigte sich Cole in liebenswürdigem Tonfall, und nur Myra sah, dass er ihr zuzwinkerte. Ronan richtete sich aufs

Stichwort zur vollen Größe auf und verschränkte seine Arme vor
der Brust, sodass seine Muskeln eindrucksvoll hervortraten.

Damon klappte der Kiefer nach unten, er warf einen flehentlichen Blick auf Myra. »Es tut mir leid«, krächzte er. »Wirklich. Ich dachte, du wolltest es auch. Du hast dich in so ein heißes Outfit gezwängt und mich beim Essen so angesehen ...«

Coles gereiztes Grollen unterbrach ihn. »Ich hätte nicht übel Lust, dir einzubläuen, dass ein ›Nein‹ immer nein bedeutet. Aber heute ist dein Glückstag. Ich habe noch etwas Wichtigeres zu erledigen.« Er drückte Myra einen flüchtigen Kuss an die Schläfe. »Komm, gehen wir zum Wagen.«

Aus den Augenwinkeln sah Myra, wie sich Ronan mit einem Messer in der Hand über Damon beugte, der sich wegduckte. Coles Sicherheitschef durchtrennte jedoch nur die Kabelbinder an den Handgelenken. Damon sprang auf und stürzte in seinen Wagen, als fürchtete er, Ron und Cole könnten es sich noch einmal anders überlegen.

Cole grinste maliziös hinter ihm her. »Das war ihm hoffentlich eine Lehre.«

Er lotste Myra in den einige Meter entfernt stehenden Mercedes, dann umrundete er das Fahrzeugheck und rutschte auf der anderen Seite zu Myra auf die Rückbank.

Nachdem Damons Wagen vom Parkplatz gerauscht war, nahm Ronan auf dem Fahrersitz Platz. Über den Rückspiegel sah er Cole und Myra an.

»Wohin fahren wir?«

Cole warf einen Blick auf Myras geschwollene Wange. »Ins Krankenhaus? Oder zu einem Arzt?«

Myra schüttelte entschieden den Kopf. Es gab weit Wichtigeres als ihren pochenden Kopf. Cole war aus irgendeinem Grund hier bei ihr und nicht bei dieser Blondine; wenn das bedeutete, dass er noch etwas für sie empfand, würde sie diese Chance nicht vertun, indem sie sich in ein Krankenhausbett legte.

»Zu mir«, ordnete Cole an. »Und verständige bitte Julian Brick, nur um sicherzugehen.«

Ronan nickte und steuerte den Wagen durch die nächtlich ruhigen Straßen von Elliottville, hinaus auf den Highway, vorbei an einer unendlich langen Mauer, bis er abbremste, den Blinker setzte und vor einem riesigen Tor hielt.

Nachdem ein Wachmann einen Blick in das Fahrzeug geworfen hatte, öffneten sich die Torflügel, und mit jedem Zentimeter, den sie die Sicht freigaben, stieg Myras Aufregung. Sie hatte die Fahrt in Coles Umarmung verbracht. Mit halb geschlossenen Augen hatte sie an Cole gelehnt, aber seit sie das Anwesen erreicht hatten, saß sie aufrecht und starrte in die Dunkelheit. Außerhalb der Lichtkegel einiger Lampen entlang des Wegs breitete sich zu ihrer Enttäuschung Finsternis aus.

»Du kannst dir morgen alles in Ruhe ansehen«, hörte sie Coles belustigte Stimme an ihrem Ohr und wandte den Kopf. Ein leises Lächeln umspielte seine Mundwinkel.

»Ich kann nur nicht glauben, dass ich wirklich hier bin«, entgegnete Myra entschuldigend, und ihr Herz schlug bis zum Hals, als sie begriff, dass sie die Nacht bei Cole verbringen würde. Mit Cole.

Plötzlich schälten sich die indirekt beleuchteten Umrisse eines Hauses aus der Dunkelheit, das mit jedem Meter, den sie näher kamen, zu wachsen schien. Ein weißer Südstaatenbau, der die perfekte Kulisse für eine Neuverfilmung von »Vom Winde verweht« abgeben könnte. Gegen dieses Gebäude wirkte die Villa auf Hughford Island wie eine Gartenhütte. Ein säulengestütztes Portal, eine weiße Treppe, die zu einer zweiflügeligen Tür hinaufführte, rechts und links erstreckten sich unzählige hohe Fenster, umrahmt von ebenso hohen dunklen Fensterläden. Myra wusste nicht, wo sie zuerst hinsehen sollte.

Im Hinblick auf Coles amüsierte Miene bemühte sie sich darum, nicht allzu beeindruckt zu wirken. Der Auftritt von Coles Blondchen auf diesem Anwesen war sicherlich souveräner gewesen.

Die Geräusche hallten von den hohen Wänden wider, als sie das imponierende Entree durchschritten. Cole dirigierte Myra in einen Salon, dessen Einrichtung sie nur am Rande als prachtvoll wahrnahm, da der Kopfschmerz ihre gesamte Aufmerksamkeit beanspruchte. Nach diesen wenigen Schritten hämmerte er wie Basstrommeln unter der Schädeldecke. Myra war dankbar, auf ein Kanapee sinken zu dürfen, während Cole ihr die Sandaletten auszog, ihre Beine hochlegte und sie sanft in eine liegende Position drückte.

»Du ruhst dich jetzt aus«, bestimmte er und strich ihr eine Strähne aus der Stirn. »Ich bin gleich wieder da.«

Myra war trotz der Aufregung fast eingeschlafen, als Cole in Begleitung eines ungefähr vierzigjährigen Mannes wieder den Raum betrat.

»Myra, das ist Doktor Julian Brick. Jules, das ist Myra Gregson, deine Patientin.«

Myra richtete sich auf und verzog das Gesicht, da ihr Kopf heftig protestierte.

»Hallo, Dr. Brick.«

»Julian oder Jules, bitte«, erwiderte der Angesprochene mit einem Lächeln, während er eine imposante Tasche abstellte. »Cole und ich kennen uns schon ewig.«

Myra nickte und biss sich sofort auf die Unterlippe, als ihr eine Übelkeit erregende Schmerzwelle durch den Schädel schoss, und stöhnte gleich darauf wegen des Pulsierens in ihrer Lippe. Sie schloss für einen Moment die Augen. Als sie die Lider wieder hob, sah sie in zwei besorgte Gesichter.

»Du bist ganz blass«, kommentierte Cole ihren Zustand. »Vielleicht hätte ich dich doch besser in ein Krankenhaus bringen sollen.« Der letzte Satz schwankte zwischen Feststellung und Frage und galt zum Teil Julian.

Unter anderen Umständen hätte Myra ihm womöglich zugestimmt, doch das Bild der blonden Frau setzte Myra viel mehr zu, als jeder Kopfschmerz das vermochte. »Geht nicht«, presste sie deshalb hervor.

Julian zog irritiert die Augenbrauen hoch, bevor er mit professioneller Miene einen Stuhl heranzog und seine Tasche öffnete. »Okay, dann wollen wir mal sehen, was los ist«, sagte er im typischen Tonfall eines Arztes und begann, Myra zu untersuchen. Währenddessen ließ er sich erzählen, was auf dem Parkplatz geschehen war, stellte einige Zwischenfragen und diagnostizierte schließlich eine leichte Gehirnerschütterung.

»Ich lasse ein Schmerzmittel da, im Bedarfsfall auch Tropfen gegen Übelkeit, und verordne darüber hinaus Bettruhe. Und dabei liegt die Betonung auf *Ruhe*«, fügte er mit einem Augenzwinkern hinzu. »Sollten sich die Beschwerden verschlimmern oder weitere Symptome wie Bewusstlosigkeit hinzukommen, muss sie sofort in ein Krankenhaus«, sagte er an Cole gewandt. »Ist sichergestellt, dass sie für die nächsten vierundzwanzig Stunden nicht allein ist?«

»Worauf du wetten kannst.« Cole schmunzelte, als er zu Myra sah. »Die lasse ich so schnell nicht mehr aus den Augen.«

Eine warme Welle durchflutete Myra. Gut, dass Julian nicht auf die Idee kam, ihren Puls zu kontrollieren. Der zeigte momentan mit Sicherheit Symptome eines behandlungsbedürftigen Leidens. Julian tat zum Glück nichts dergleichen, sondern lachte nur laut auf, als er die Blicke sah, die Cole und Myra sich zuwarfen. »Hier knistert es ja gewaltig.« In gutwilliger Pose hob er die Hände. »Ich weiß, wann ich störe.« Er stand auf. »Denk daran, dass Myra Ruhe braucht«, sagte er mahnend und reichte Cole die Medikamente aus

seiner Tasche, bevor er sich mit einem letzten Augenzwinkern
verabschiedete.

Ronan hatte ein Kühlpad gebracht, und Cole setzte sich zu Myra
auf die Sofakante, um behutsam ihre Wange sowie die Beule am
Kopf zu verarzten. Beim Anblick seiner besorgten und liebevollen
Miene hatte Myra das Gefühl, ihr Herz werde gleich die Brust
sprengen. Sie legte ihre Hand auf Coles. »Wir müssen unbedingt
miteinander reden.«

»Ja, das müssen wir. Aber nicht jetzt. Du hast gehört, was Julian
verordnet hat. Bettruhe.« Er zwinkerte ihr zu. »Und auch wenn ich
den Teil mit der ›Ruhe‹ mitbekommen habe, werde ich dich jetzt
in mein Bett bringen. Reden können wir morgen noch, wenn es
dir besser geht.«

»Aber ich will dir so viel sagen …«, protestierte Myra, wurde
jedoch von einem Kuss auf ihren unverletzten Mundwinkel zum
Schweigen gebracht.

»Morgen.« Cole sah sie streng an. »Musst du noch jemanden
anrufen – damit dich niemand als vermisst meldet?«

»Ich sollte Annie eine Nachricht schicken.« Plötzlich riss sie ihre
Augen auf. »Mein Handy! Meine Tasche!«

»Ganz ruhig, Ron hat sie auf dem Parkplatz eingesammelt, ich
hole sie dir.«

Nachdem sie Annie informiert hatte, hob Cole sie vom Sofa.
Myra legte die Arme um seinen Nacken und atmete tief ein, während sie sich an ihn schmiegte. Wie sehr sie diesen Duft vermisst
hatte. Coles Muskeln spannten sich unter dem Hemd an, als er mit
ihr auf dem Arm die Treppe hochstieg, und Myra fühlte sich an
ihre Ankunft auf Hughford Island erinnert. Sie presste ihren Körper an ihn und konnte kaum ihre Hände von ihm lösen, als er sie
auf seinem Bett ablegte.

Cole drückte ihr mit einem innigen Lächeln einen Kuss auf die Stirn. »Ich bin gleich wieder bei dir.«

Er suchte ihr eine frische Zahnbürste heraus, gab ihr eines seiner T-Shirts, und wenig später schlief Myra an seine Brust gekuschelt ein, mit dem sicheren Gefühl einer zweiten Chance und dem festen Vorsatz, diesmal alles richtig zu machen.

12.

Myra blinzelte, als ein Sonnenstrahl ihre Nase kitzelte. Sie drehte sich auf den Rücken und begegnete Coles Lächeln.

»Du bist schon wach? Wie spät ist es?« Sie richtete sich auf. Zum Glück war der Kopfschmerz nur noch ein dumpfes Echo. Noch spürbar, aber nicht mehr so stechend.

Cole schmunzelte. »Schon nach neun. Ich wollte dich nicht wecken.« Er beugte sich vor und gab ihr einen sanften Kuss. »Tut deine Lippe noch weh? Und der Kopf?«

»Beides besser.« Myra lächelte. »Wie schleiche ich mich denn jetzt am besten aus dem Haus, ohne deinem Vater in die Arme zu laufen?«

»Der ist gar nicht hier, sondern auf der Insel. Er kommt im Laufe des Tages zurück. Ich muss dich leider am Vormittag eine Weile allein lassen. Ich habe etwas zu erledigen.« Er platzierte einen Kuss auf Myras Nasenspitze. »Ruh dich noch etwas aus, wenn du möchtest. Wo das Bad ist, weißt du ja, ich habe dir Handtücher bereitgelegt.«

Erst jetzt fiel Myra auf, dass Coles Haare vom Duschen feucht waren.

»Musst du heute arbeiten?«, erkundigte sich Cole.

»Nein, erst Montag wieder.«

»Perfekt.« Cole strahlte. »Dann haben wir das ganze Wochenende für uns.« Er stand auf. »Ich bin in zwei Stunden wieder da. Wenn du Hunger hast oder etwas benötigst, dann wende dich an Ron. Er ist unten.«

»Du verlässt ohne Ronan das Haus?« Myra sah Cole stirnrunzelnd an. »Aber die Pressemeute? Und dein Schutz?«

Cole lachte. »Ronan ist nicht der einzige Personenschützer. Genau genommen gehört das als Sicherheitschef ohnehin nicht mehr zu seinen Aufgaben.« Er zwinkerte ihr zu. »Und irgendjemand muss ja auf dich aufpassen.«

»Oder darauf, dass ich keine Arbeitszimmer unerlaubt betrete?« Myra blitzte Cole an. Sein Misstrauen tat weh. »Glaubst du wirklich, ich würde hier herumschnüffeln?« Sie sprang aus dem Bett, riss sich das T-Shirt über den Kopf und schlüpfte in ihr Kleid.

Cole beobachtete sie mit offensichtlicher Verwirrung. »Myra, was soll das?«

»Wenn du in Richtung Stadt fährst, komme ich mit. Ich will nicht hierbleiben. Das ist mir hier ohnehin alles zu protzig.«

Wortlos umrundete Cole das Bett, setzte sich auf die Matratze und zog Myra auf seinen Schoß.

»Myra Gregson, du redest Unsinn.« Er sah sie streng an. »Wenn ich noch immer der Meinung wäre, du wolltest mich ausspionieren, wäre ich wohl kaum gestern Abend hinter dir hergefahren und hätte mich mit dem Anblick gequält, wie du einen anderen Typen anmachst.«

»Du hast mich beobachtet?« Myras Augenbrauen schossen nach oben.

»Ja, das habe ich. Und es war nicht schön.« Cole strich ihr eine Locke hinter das Ohr. »Ich hatte gehofft, dich noch vor deinem Date zu erwischen. Als ich nicht rechtzeitig kam, wollte ich warten, bis du dich von diesem Kerl verabschiedest, um dann mit dir zu reden.«

»Aber …« Myra schluckte. Sie hatte plötzlich einen Kloß im Hals. »Aber warum? Ich meine, wieso auf einmal? Du hast wochenlang …«

Coles Kuss verschloss ihre Lippen. »Weil ich ein Idiot war«, murmelte er. »Ich war wütend und verletzt und zu stolz, um zuzugeben, dass ich etwas für dich empfinde.«

»Du meinst, ich war mehr als ein …«, »schneller Fick« brachte

sie nicht über die Lippen, »… als eine leicht verfügbare Bettge-
spielin für dich?« Myra wagte kaum zu atmen.

»Du warst viel mehr. Von dem Moment an, als du mir am Strand
so vorbehaltlos vertraut hast. Ich wollte dir gerne ebenso vertrauen.
Deshalb tat mir dein Verrat so weh.«

»Angeblich wusstest du doch, dass ich etwas im Schilde führe.
Wieso hast du dich dann überhaupt auf mich eingelassen? Wie
konntest du zulassen, dass es zwischen uns so weit kommt?«

»Ich wusste, dass ich mit dem Feuer spiele. Dein schlechtes Gewissen stand dir von der ersten Sekunde an ins Gesicht geschrieben.
Aber ich ging davon aus, du wolltest das, was bislang alle Frauen
wollten: dich anbiedern, um an mein Geld zu kommen. Damit
kann ich leben. Ich fand es nur fair, ein bisschen Spaß mit dir zu
haben. Ich empfinde keine Skrupel, Frauen, die mich ausnutzen
wollen, meinerseits für Sex zu benutzen.«

Er strich mit dem Daumen über Myras zusammengepresste
Lippen. »Guck nicht so verbissen. Du kannst nicht leugnen, dass
auch du mich anfangs ausnutzen wolltest. Außerdem hatte ich
durchaus den Eindruck, du bist auch auf deine Kosten gekommen.«

Er grinste breit, als Myra rot anlief.

»Dennoch sind deine Worte hart.« Myra runzelte die Stirn und
versteifte sich. »Und ziemlich unsympathisch. Ehrlich gesagt, tut
es sehr weh.« Sie schluckte. »Meine Motive, auf Hughford Island
zu gelangen, waren sicher falsch. Aber ich habe nicht mit irgend-
welchen Hintergedanken mit dir geschlafen.«

»Ich weiß.« Coles Blick verhakte sich in Myras Innerem. »Können wir uns darauf einigen, dass wir beide in den Tagen auf der
Insel Fehler gemacht haben? Du hast deine Fehler wiedergutge-
macht, indem du diese Story nicht geschrieben hast, und wenn ich
mein Verhalten nicht bereuen würde, wäre ich gestern nicht dort
gewesen.« Cole hauchte einen Kuss auf ihre Lippen. »Nachdem du

Hughford Island verlassen hattest, wartete ich auf deine große Enthüllungsstory. Aber nichts geschah. Stattdessen erfuhr ich, dass du deinen Job bei der Elliottville Gazette aufgegeben hast.«

»Aufgegeben ist gut. So kann man es auch nennen«, murmelte Myra.

»Ich weiß.« Cole strich ihr über den Kopf. »Dass du gefeuert wurdest, weil du die Story nicht gemacht hast, habe ich erst später gehört. Das tut mir leid.«

Myra zuckte mit den Achseln. »So schlimm ist das nicht. Das Geld fehlt mir zwar, ich muss jetzt so viel kellnern, dass ich kaum zum Schreiben komme, aber die Erfahrung mit der Hughford-Geschichte hat mir gezeigt, dass ich auf diese Art überhaupt nicht arbeiten will. Ich tauge nicht zur Sensationsreporterin. Allerdings möchte ich auch nicht mein Leben lang über Kaninchenzüchtertreffen berichten.«

»Mir fällt ein Stein vom Herzen.« Cole lachte. »Dann muss ich keine zweite Zeitung in Elliottville gründen und dich als Journalistin einstellen, um mein schlechtes Gewissen zu beruhigen?«

»Nein.« Myra stimmte in sein Lachen ein. »Du kannst ja am allerwenigsten etwas dazu.«

»Trotzdem tat es mir leid. Ich weiß ja, wie viel dir die Schreiberei bedeutet.«

Myra lächelte traurig. »Mein Job bei der Gazette hatte wenig mit dem zu tun, was ich unter Schreiben verstehe. Ausgebrochene Kühe waren thematisch nicht so erfüllend.«

»Darum kümmern wir uns später.« Cole sah sie liebevoll an. »Jetzt ist es erst mal wichtig, dass zwischen uns alles geklärt ist. Das ist es doch, oder?«

»Ja.« Myra strahlte. »Das ist es.« Sie ignorierte ihre schmerzende Lippe, presste ihren Mund auf seinen, und Sekunden später trafen sich ihre Zungen und spielten intensiv miteinander, bis Myra

Feuchtigkeit in ihrem Slip und Coles Härte an ihrem Oberschenkel
spürte.

Cole nahm einen tiefen Atemzug. »Myra.« Seine Stimme klang belegt. »Wenn ich jetzt nicht fahre, falle ich über dich her und komme nicht mehr hier weg.« Er grinste schief und schob sie von seinem Schoß. »Wir machen später genau an dieser Stelle weiter«, versprach er mit einem Augenzwinkern, drückte ihr einen Kuss auf den Scheitel und erhob sich. »Wie gesagt – wenn du etwas brauchst, wende dich an Ron.« Er legte seine Hand knapp unterhalb ihres Schritts an den Schenkel und streichelte sanft über ihre nackte Haut. Wissend grinste er, als Myra scharf Luft holte. »Und wenn du meinst, ohne Erlaubnis in mein Arbeitszimmer gehen zu wollen, dann mach das ruhig. Du weißt ja, welche Strafe dir blüht.« Er lachte leise, und Myra wurde bewusst, dass ihr Blick das Verlangen widerspiegelte, das ihr bei seinen Worten direkt zwischen die Beine schoss.

Noch immer schmunzelnd, gab Cole ihr einen Kuss und verließ das Schlafzimmer.

Myra war allein. Ihr Herz schlug Purzelbäume. Sie konnte es kaum glauben, dass sie Cole wiederhatte. »Und was nun?«, fragte eine biestige und leider sehr hartnäckige Stimme in ihrem Hinterkopf. Ihn zu haben, war eine Sache, ihn zu halten eine andere. Es würde sie zerreißen, ihn erneut zu verlieren, doch wie sollte das dauerhaft mit einem Mann wie Cole funktionieren? Tyler, Bradley und Damon kamen ihr in den Sinn. Ihre Schilderungen von ausschweifenden Partys, Champagner, Jachten und Skiurlauben in mondänen Urlaubsorten. Sie selbst hatte noch nie auf Skiern gestanden. Oder eine Jacht betreten oder wilde Partys gefeiert.

Ihre euphorische Stimmung verflog so schnell, wie sie von ihr Besitz ergriffen hatte. Die Trennung von Cole hatte unendlich geschmerzt, obwohl sie ihn nur drei Tage kannte. Kaum vorstellbar, wie es wäre, wenn er sie nach einer längeren Beziehung wegstoßen würde. Mit hängenden Schultern schlich Myra ins Bad. Sie hatte kaum Augen für die riesigen Dimensionen der Badewanne und der Dusche. Dankbar ließ sie das warme Wasser auf sich einprasseln und wünschte sich, es könnte ihre Zweifel mit sich reißen.

Am Abend war sie zu müde gewesen, um irgendetwas in sich aufzunehmen, doch nun sah sie sich im Schlafzimmer um. Dunkler Parkettboden und cremefarbene Vorhänge verliehen dem Raum schlichte Eleganz. Die Tür zum begehbaren Kleiderschrank stand offen. Eine Reihe teuer aussehender Anzüge hing an einer Wand. Hemden daneben. Keine Cargohosen, sondern die Garderobe des Geschäftsmannes. Des neuen Cole, den sie nicht kannte. Seufzend warf sie einen Blick in den Spiegel. Mit dem Kleid aus dem Sonderangebot kam sie sich in diesem Haus deplatziert vor. Im kleinen Schwarzen um diese Uhrzeit ohnehin. Dennoch knurrte ihr Magen, und ein Frühstück schien verlockend, also trat sie hinaus auf den Gang.

Weit kam Myra nicht, da löste sich ein Schatten aus einer Nische. Myra blinzelte gegen die Sonne, die durch das Fenster fiel, allerdings war kein Zweifel möglich: Die blonde Frau vor ihr war die zukünftige Verlobte aus dem Fernsehbericht. Sie war, aus der Nähe betrachtet, genauso makellos, wie sie auf den Fotos im Internet erschien.

»Hallo Myra«, grüßte sie. Ihre Stimme klang warm, etwas rauchig. Sexy.

»H… hallo«, stammelte Myra, während sich ihre Eingeweide unangenehm zusammenzogen. Was machte diese Person mit dem spöttischen Lächeln hier?

»Cole hat dich also gestern aufgelesen, als es dir schlecht ging. Er ist einfach zu gutmütig.« Sie lachte leise, gurrend. »Aber ich nehme an, inzwischen hat er dir von unserer bevorstehenden Verlobung berichtet?«

»Ähm … nein. Hat er nicht.« Ihre Gedanken überschlugen sich.
Die Blondine schnalzte missbilligend mit der Zunge. »Er ist manchmal wirklich zu rücksichtsvoll.« Sie seufzte theatralisch. »Schätzchen, es ist so: Cole fühlte sich immer noch schlecht, weil er am Ende so grob zu dir war. Ich habe ihm gesagt: Mein Lieber, geh zu ihr, entschuldige dich, dann kannst du damit abschließen, und unserer Zukunft steht nichts mehr im Wege.« Sie strahlte Myra an und zeigte eine Reihe blendend weißer Zähne. »Ich bin ja so glücklich, dass das endlich geklärt ist. Nun können wir unsere Verlobung offiziell bekannt geben.« Das Lachen der Frau echote schrill in Myras Kopf. »Durchgesickert ist ja ohnehin schon etwas.«

Der Boden wankte unter Myras Füßen, sie merkte, wie die Farbe aus ihrem Gesicht wich. Jetzt bloß nicht ohnmächtig werden. »Er hat aber gar nichts davon gesagt«, krächzte sie und hörte selbst, wie armselig sie klang.

»Natürlich hat er nichts gesagt, da es dir gestern doch so schon schlecht ging. Ich denke, er wollte es dir schonend beibringen, sobald er wieder hier ist, und mir dann den Ring anstecken. Ich habe selbst gehört, wie er Ronan sagte, dass er jetzt zum Juwelier fährt.« Sie lachte gekünstelt. »Ich hoffe, in diesem kleinen Nest findet er überhaupt etwas Angemessenes für mich.« Sie hielt die Hand hoch, als wolle sie einen imaginären Ring bewundern.

Myras Übelkeit stieg mit jedem Wort, das diese Frau von sich gab. Noch eine Sekunde länger in Gegenwart dieser Person, und sie würde sich direkt auf den teuren Läufer zu ihren Füßen übergeben. Dennoch wagte sie einen letzten Einwand: »Warum hat er mich dann nicht mit in die Stadt genommen und mir unterwegs reinen Wein eingeschenkt? Das macht doch alles keinen Sinn!«

»Schätzchen!« Jetzt klang die Blondine deutlich genervter. Sie bedachte Myra mit einem herablassenden Blick. »Mein Cole ist zu anständig. Er hat dir schon einmal die Wahrheit ins Gesicht gesagt und dann seine harten Worte und seine Direktheit bereut. Er möchte denselben Fehler nicht erneut machen und will dich behutsamer abservieren.«

Myra schüttelte fassungslos den Kopf.

»Natürlich warst du nur ein Abenteuer für ihn, hast du etwas anderes gedacht?« Ihr Gesichtsausdruck hätte kaum herablassender sein können. »Er hat mir erzählt, wie gut du dich vögeln lässt und dass er es wirklich bedauert hat, dich nach drei Tagen schon wegschicken zu müssen. Ich muss zugeben, dass ich sogar ein bisschen eifersüchtig war, obwohl ich natürlich weiß, dass er seine kleinen Spielchen braucht, aber nur *ich* seine wahre Liebe bin.« Sie brachte so etwas wie eine mitleidige Miene zustande. »Ich weiß, dass es dir wehtut, aber sein Herz gehört mir.« Sie legte ihre maniкürte Hand auf Myras Schulter, die dort wie eine zentnerschwere Pranke drückte.

Myra taumelte zurück. Sie schluckte trocken. »Ich gehe dann wohl besser«, würgte sie hervor.

»Ja, das erspart dir die Demütigung, ein zweites Mal hinausgeworfen zu werden. Du armes Ding siehst so traurig aus. Hast du wirklich gedacht, eine Kellnerin könnte die Frau an der Seite eines Cole Hughford sein?« Jetzt hatte die Miene nichts Mitfühlendes mehr. Hochnäsig schürzte sie die Lippen.

Myra stolperte den Flur hinunter. Sie drängte die Tränen zurück, denn sie spürte die Blicke der Blondine in ihrem Rücken. So viel Stolz würde sie bewahren.

Unten trat Ronan gerade durch eine Tür in die Eingangshalle. Er wirkte alarmiert, als er Myra sah. »Myra, alles in Ordnung? Du bist so blass. Soll ich Julian anrufen?«

Myra blieb vor ihm stehen und blickte ihm in die Augen. »Ronan, diese blonde Frau …«

»Patricia?«

»Keine Ahnung, die, die hier offensichtlich auch wohnt. Sind sie und Cole ein Paar?«

»Solche Dinge solltest du mit Cole besprechen«, erwiderte er
distanziert – ganz die professionelle Diskretion, die Cole von seinem Sicherheitschef erwarten durfte.

Myra seufzte. »Verrätst du mir wenigstens, ob Cole gerade wirklich zum Juwelier gefahren ist?«

Ronans Schweigen war Antwort genug. Myra drängelte sich an Ronan vorbei in den Salon. Zum Glück fand sie ihre Handtasche sofort auf dem Kanapee. Sie griff danach und wollte in die Halle zurückkehren, als sie draußen Patricias Stimme hörte. Durch den Türspalt sah sie, wie die Frau ihre Hand vertraulich auf Ronans Arm legte. »Komm, lass uns einen Kaffee trinken gehen, ich habe noch nicht gefrühstückt«, säuselte sie, warf ihm einen einnehmenden Blick zu und dirigierte ihn dann in den hinteren Bereich, wo es vermutlich zum Esszimmer ging.

Myra atmete tief durch. Eine gute Gelegenheit, unbemerkt zu verschwinden. Sie konnte Annie von der Landstraße aus anrufen, damit sie sie abholte. Sie schob sich vorsichtig durch die Haustür und lief in Richtung Tor. Die Ausmaße des Anwesens wurden ihr bewusst, als die Riemchen ihrer Sandaletten schon schmerzhaft scheuerten, doch die Grundstücksmauer noch immer in weiter Ferne lag. Außerdem durchzuckte sie plötzlich die Sorge, ob sie überhaupt vom Grundstück gelassen würde.

»Heute werde ich das auch nicht mehr erfahren«, stöhnte sie leise, als das Geräusch eines sich nähernden Fahrzeugs an ihr Ohr drang und gleich darauf der Umriss eines SUV in ihrem Blickfeld erschien. Sie wusste, ohne hinzusehen, dass es Ronan war.

Myra blieb stehen, und der Wagen stoppte. Coles Sicherheitschef stieg aus, hielt ihr wortlos die Beifahrertür auf und deutete mit einer Kopfbewegung hinein. Myra fühlte sich eigentümlich an ihren Abschied von Hughford Island erinnert.

»Ich will nach Hause.«

Ronan nickte. »Ich fahre dich.«

Die Fahrt verlief schweigsam, bis Ronan fragte: »Du hast mit Patricia gesprochen?«

»Eher sie mit mir.« Myra nickte knapp. Sie betrachtete die gefalteten Hände in ihrem Schoß. »Und auch wenn ich hoffe, dass sie einiges an Unsinn erzählt hat, so hat sie leider in einem Punkt recht: Was will Cole mit jemandem wie mir? Er wird mich erneut abservieren, und noch mal überstehe ich das nicht.« Nach diesen Worten drehte sie ihr Gesicht demonstrativ zum Fenster, und Ron bohrte nicht weiter. Erinnerungen an die unrühmliche Rückfahrt von Hughford Island wurden wach. Wieder bahnten sich verstohlene Tränen ihren Weg über die Wangen, und wieder stach es in ihrer Brust. Genau wie vor einigen Wochen – nur dass Ronans Miene nicht mehr feindselig war. Im Gegenteil – es schien, als kämpfe er mit sich, als wolle er ihr noch etwas sagen, doch während sie vor ihrem Haus aus dem Wagen stieg, bat er sie nur eindringlich: »Rede mit Cole.«

Myras unspezifisches Lächeln zum Abschied ließ eine Antwort offen. Sie hörte, wie der SUV gestartet wurde, dann fiel die Tür hinter ihr ins Schloss.

In ihrem Schlafzimmer zog sie ihre bequemste Jogginghose und ein ausgeleiertes, aber gemütliches Sweatshirt aus dem Schrank und schlüpfte hinein. Sofort konnte sie freier atmen. Das hier war sie. Dieses kleine, stets etwas chaotische Appartement. Sneaker statt High Heels und Liebesromane anstelle von eigenem heißen Sex. Und je eher sie wieder in ihre alte Haut passte, desto schneller würde sie sich besser fühlen. Zum Teufel mit Cole Hughford und seiner Vorzeige-Blondine. Sollte er seine Barbie doch mit Seidentüchern ans Bett binden und all die Dinge mit ihr tun, die … Nein! Stopp! Dieses selbstzerstörerische Kopfkino musste aufhören.

Myra fuhr sich mit den Händen durchs Gesicht, wie um die Bilder wegzuwischen, und holte aus der Küche eine große Schüssel Cornflakes und eine Tasse Kaffee. Damit lümmelte sie sich auf die

Couch und fischte die Fernbedienung aus der Sofaritze. Gelangweilt zappte sie durch die Programme. Nachrichten, die Wieder-
holung eines Footballspiels vom Vorabend, Patricia-Klone boten
Kosmetika auf einem Shoppingkanal an, eine Kochsendung, deren
Moderatorin ebenfalls zu sehr an Patricia erinnerte – und dann,
wie konnte es anders sein – strahlte ihr Patricia höchstpersönlich
Format füllend entgegen. Die Sprecherin der Klatsch-und-Tratsch-
Rubrik in den Lokalnachrichten überschlug sich fast vor Begeis-
terung, da sich »die Zeichen verdichteten, dass eine Verlobung im
Hause Hughford unmittelbar bevorsteht. Exklusivmaterial, das
soeben brandheiß hereingekommen ist, zeigt, wie der begehrte
Junggeselle Cole Hughford in seiner Heimatstadt Elliottville ein
Juweliergeschäft betritt.«

An dieser Stelle folgte die Überblendung von Patricias Antlitz
zu einem Schnappschuss, der Cole vor der Tür des Geschäfts ein-
gefangen hatte. Myra presste sich die Faust vor den Mund, um
nicht gequält aufzustöhnen, konnte jedoch die Augen nicht vom
Bildschirm lösen.

»Der Inhaber war nicht bereit, unserem Reporter zu verraten,
ob der Multimillionär einen Verlobungsring gekauft hat, ließ aber
durchblicken, es habe sich um ein Stück für eine Dame gehandelt«,
fuhr die Sprecherin fort. »Wir halten Sie selbstverständlich auf
dem Laufenden. Meine Kollegen vom *Magazine* bleiben dran,
schalten Sie ein!«

Myra starrte auf den Fernseher, ohne die weiteren Meldungen
wahrzunehmen. Patricia hatte die Wahrheit gesagt. Der Gedanke
dröhnte in ihrem Kopf. Aber warum? Warum hatte er ihr das an-
getan? Warum war er gestern am Diner gewesen und hatte sie mit
zu sich nach Hause genommen? Wollte er sie demütigen? Sich vor
ihren Augen mit Patricia verloben, um sich auf diese Art für ihren
Verrat zu rächen? Energisch schüttelte Myra den Kopf. Nein, so
gut konnte niemand schauspielern. Oder doch?

Myra warf sich in die Polster, vergrub ihr Gesicht im Sofakissen und wünschte sich, das Gedankenkarussell anhalten zu können.

Ihr Handy läutete in ihrer Handtasche im Flur. Sie ließ es klingeln.

Wenig später rief jemand auf dem Festnetzanschluss an. Myra rührte sich nicht. Wofür gab es schließlich Anrufbeantworter.

Myra hörte Annies Stimme: »Myra! Verdammt, geh ans Telefon, wenn deine beste Freundin mit dir sprechen will! Hast du schon gehört … ach, das sage ich dir lieber selbst. Ruf mich sofort zurück, wenn du das abhörst, oder ich bombardiere dich mit Anrufen!«

Trotz ihrer Niedergeschlagenheit musste Myra lächeln. Annies gute Laune und ihr Temperament heiterten sie immer auf. Dennoch wollte sie jetzt nicht über gestern sprechen. Oder über Coles Verlobung, denn sie ahnte, weshalb ihre Freundin mit ihr reden wollte. Annie liebte die Promi-Nachrichten. Falls nicht Tyler in jenem Moment über sie hergefallen war, hatte sie die Neuigkeiten von der bevorstehenden Verlobung mit Sicherheit gesehen.

Im Flur ertönte bereits wieder Annies Klingelton aus der Handtasche. Myra verdrehte die Augen. Ihre Freundin konnte penetrant sein, wenn man sie ignorierte. Aber Myra war mindestens genauso stur und jahrelang darin trainiert, sich von Annie nicht weichkochen zu lassen. Das Mobiltelefon verstummte, doch Sekunden später meldete sich das Festnetztelefon. Das reichte! Wütend sprang Myra auf, riss das Telefon von der Station und wetterte los: »Annie, hör auf mit dem Unsinn, ich will einfach nicht reden, kannst du das bitte akzeptieren?«

»Nein, kann ich nicht«, kam es nach einer verdutzten Pause zurück.

Verflixt, das war nicht Annie. Sie sollte sich angewöhnen, erst aufs Display zu sehen, bevor sie ihre Anrufer beschimpfte. »Cole.« Ihre Stimme war kaum mehr als ein Flüstern.

»Warum bist du abgehauen?«

»Das fragst du noch?« Myra schnaubte. »Ich habe keine Ahnung, welche Spielchen du spielst, aber ich finde, es reicht.« Ihre Stimme gewann an Festigkeit zurück, wurde mit jedem Wort lauter. »Falls du dich rächen wolltest, weil ich auf der Insel nicht ehrlich war: Glückwunsch, Ziel erreicht. Und nun lass mich in Ruhe und nerv deine Verlobte!« Sie legte auf. Ihr Atem zitterte vor Wut. Minutenlang stand sie einfach da, mit dem Telefon in der Hand. In Zeitlupe stellte sie es auf die Ladestation zurück und schlurfte mit den Schritten einer alten Frau zum Sofa. Die Kopfschmerzen krochen vom Nacken hoch bis zur Stirn. Unter Bettruhe hatte sich Julian Brick bestimmt etwas anderes vorgestellt. Sie schloss die Augen, legte den Kopf auf die Rückenlehne des Sofas und massierte ihre Schläfen. Vielleicht sollte sie eine Aspirin nehmen und ins Bett gehen. Schlafend musste sie wenigstens nicht nachdenken. Cole rief nicht mehr an. Er hatte schnell aufgegeben. So schnell, dass sie mit ihrer Annahme wohl richtiglag. Er hatte irgendein Spielchen gespielt.

Annies Klingelton dudelte noch ein paarmal aus dem Flur zu ihr herüber, aber stoisch ignoriert, blieb das Handy irgendwann stumm. Myra ließ sich zur Seite fallen, kroch unter ihre Kuscheldecke und wartete darauf, dass der Schlaf sich gnädig über ihre rotierenden Gedanken senkte.

Sie wusste nicht, wie lange sie so gelegen hatte, als sie die Wohnungstür hörte. Eigentlich hätte sie es sich denken können.

»Annie«, grummelte sie, »ich nehme dir den Schlüssel wieder weg, wenn du …«, die Worte blieben ihr im Hals stecken. Die Schritte im Flur waren viel zu schwer für ihre Freundin. Einen Wimpernschlag später stand Cole vor ihr und schaute zu Myra herunter, die sich langsam aufsetzte. Seine Augen blitzten unter zusammengezogenen Brauen hervor, und das dunkle Grün seiner Iris verriet, dass es kein vergnügtes Glitzern war.

»Myra Gregson«, sagte er scharf, »wenn du möchtest, dass ich dich doch noch übers Knie lege, dann mach nur so weiter!«

Er hatte die Hände in die Hüften gestützt und wirkte in dieser Pose so dominant, dass Myra unwillkürlich ein Ziehen zwischen ihren Beinen spürte.

»Sieh da!« Coles Mundwinkel zuckten amüsiert. »Das macht jemanden an.«

Das Blut schoss Myra in die Wangen, und Cole lachte leise.

»Wie bist du hier hereingekommen?«, fragte sie ausweichend.

»Annie«, erwiderte er. »Ich habe ihr erzählt, dass du vierundzwanzig Stunden lang überwacht werden musst, da hat sie mich reingelassen.« Er grinste.

»Der nehme ich den Schlüssel wieder ab«, grollte Myra, erntete allerdings nur ein Schmunzeln von Cole.

Er setzte sich zu Myra aufs Sofa, umfasste ihre Hüften und zog sie auf den Schoß.

Myras Stimme der Vernunft wies kurz darauf hin, dass sie sich unklug verhielt, verstummte jedoch abrupt, als Cole seine Hand unter ihr Shirt schob und sie sanft am Rücken streichelte. Myra lehnte ihren Kopf an Coles Schulter und atmete tief ein. Sie wusste, dass sie verloren hatte, sobald seine männlich herbe Note in ihre Nase stieg, aber sie konnte sich nicht dagegen wehren. Naturgewalten kann niemand aufhalten, und eine ähnliche Wirkung hatte Cole auf sie.

Mit seiner freien Hand zeichnete er die Konturen ihres Gesichts nach.

»Wir müssen wohl etwas an deinem Vertrauen arbeiten«, stellte er nach einer Weile mit ruhiger Stimme fest. »Wie konntest du den Unsinn glauben, den Patricia dir erzählt hat?«

»Sie hat gesagt …«

»Ich weiß, was sie gesagt hat. Ich weiß nur nicht, warum du

diesen Mist geglaubt hast.« Er drehte ihr Kinn so, dass sie ihn ansehen musste. »Liegt dir etwas an mir? An uns?«

Myra schluckte. Sein Blick hielt sie gefangen, und am liebsten hätte sie sich ihm an den Hals geworfen und »ich liebe dich« gerufen, aber dann dachte sie an den wahren Kern von Patricias Worten. Sie war nicht aus seiner Welt.

»Cole«, begann sie und lehnte sich ein Stück von ihm weg. Sie bemerkte, wie sich seine Iriden verdunkelten. »Auch wenn ich es verdient hatte, hat es mich sehr verletzt, als du mich rausgeworfen hast. Noch einmal übersteht mein Herz das nicht.«

»Das war keine Antwort auf meine Frage. Noch einmal, Myra: Liegt dir etwas an unserer Beziehung?«

»Was ist mit der Verlobung? Mit dem Ring, den du vorhin …« Coles Lippen verschlossen ihren Mund. Sein Griff verhinderte, dass sie den Kopf wegdrehte, und so musste sie seinen drängenden Kuss annehmen, während sich ihre Lippen wie von selbst öffneten, als er mit seiner Zungenspitze Einlass begehrte. Er küsste sie hart und fordernd, bis Myras letzter Widerstand schmolz und sie sich wieder an ihn schmiegte. Als ihr ein kehliges Stöhnen entschlüpfte, bogen sich Coles Mundwinkel nach oben.

»Auch eine Art, eine Antwort zu erhalten«, kommentierte er trocken. »Jetzt will ich es aber auch von dir hören. Myra Gregson, liegt dir etwas an mir?«

Myra biss sich auf die Unterlippe, die sich von seinem Kuss geschwollen anfühlte. Die Wunde im Mundwinkel pochte, allerdings war das nicht annähernd so schlimm wie das schmerzhafte Ziehen hinter ihrem Brustbein. Konnte sie das Risiko wirklich eingehen, von ihm noch einmal so verletzt zu werden? Andererseits: Wie konnte sie es nicht? Sie suchte seine Augen, und als ihre Blicke sich verwoben, war sie sicher. »Ja, Cole Hughford«, sagte sie mit fester Stimme. »Mir liegt eine ganze Menge an dir.«

Sie hatte mit vielem gerechnet, aber nicht damit, dass er ihr einen schnellen Kuss auf die Nasenspitze drückte, sie vom Schoß schob, aufsprang und mit sich in Richtung Schlafzimmer zog, das in der kleinen Wohnung nicht schwer zu finden war. Verwundert stellte sie fest, dass er dort jedoch keine Anstalten machte, sie zu verführen, sondern an den Schultern vor dem Kleiderschrank platzierte. »Zieh dich um, dann pack die Tasche. Mehr als Wechselwäsche und deinen Bikini wirst du allerdings nicht brauchen.«

Ihrem verständnislosen Blick entgegnete er mit einem Lachen: »Mach schon! Es geht alles von deiner Zeit mit mir am Strand ab.«

Myra setzte eine strenge Miene auf und verschränkte die Arme vor der Brust. »Cole Hughford. Hör auf, mich herumzukommandieren! Und sag mir gefälligst, was hier läuft!«

Cole trat auf sie zu, umfasste ihre Handgelenke und drückte ihre Hände mit sanfter Gewalt über ihren Kopf, während er Myras Körper gegen die Schranktür drängte. Sie fühlte sich zurückversetzt in die Bibliothek, und allein die Erinnerung an diesen ersten Abend auf Hughford Island reichte, um ihren Herzschlag zu beschleunigen. Cole beugte sich vor, seine Lippen streiften ihren Mund, wanderten über ihre Wange und zupften dann an ihrem Ohrläppchen. »So frech?«, hauchte er ihr ins Ohr. »Möchtest du, dass ich dich bestrafe?« Er küsste die sensible Stelle unterhalb ihres Halses.

Myra räusperte sich. Er spielte schon wieder mit ihr, aber das hier war zu ernst. Sie hatte noch immer mehr Fragen als Antworten und konnte sich noch nicht so auf ihn einlassen, wie er es offensichtlich wollte.

»Cole, bitte.« Irgendwie schaffte sie es, ihrer Stimme Festigkeit zu verleihen.

»Also gut.« Cole seufzte und ließ ihre Handgelenke los. »Spielverderberin.« Aber er lächelte bei seinen Worten. »Wir beide verbringen das Wochenende auf Hughford Island. Dort sind wir ungestört und können über alles reden.«

»Auf Hughford Island? Aber dein Vater ist doch ...«

»... längst wieder zu Hause.«

»Aber bis wir da sind, ist das Wochenende vorbei.«

»Wenn du hier weiter herumstehst und Gründe suchst, nicht zu fliegen, magst du recht haben.«

»Fliegen? Wir fliegen? Aber Hughford Island hat doch keine Landebahn!«

Cole seufzte ungeduldig. »Myra, wenn ich noch ein ›aber‹ höre, werfe ich dich über meine Schulter und verschleppe dich ohne Gepäck auf die Insel.«

»Ab...«

Coles hochgezogene Augenbrauen ließen Myra sofort verstummen. Er brachte es fertig, seine Drohung wahr zu machen. Schnell zog sie eine kleine Tasche aus dem Schrank, packte mit fliegenden Fingern ein paar Dinge ein, ohne wirklich einen Plan zu haben, was sie tat, und stand wenige Minuten später in Jeans und T-Shirt mit vollgestopfter Tasche abreisebereit vor ihm.

»Geht doch«, schmunzelte Cole. »Auf geht's.«

Vor dem Haus parkte der SUV. Ron lehnte auf der Beifahrerseite und unterhielt sich angeregt mit – Annie!

»Annabelle Cunningham!« Myra stoppte abrupt und sah ihre Freundin vorwurfsvoll an. »Dir sollte man echt den Schlüssel wieder abnehmen! Was, wenn der wildfremde Mann, den du in meine Wohnung gelassen hast, ein Axtmörder wäre!«

»Ich stehe ja hier und passe auf, dass er keine Axt zückt«, konterte Annie.

»Soso, und wen hättest du als Ersten niedergeschlagen? Ronan oder Cole?«

Ronan schnaubte belustigt, und Cole zog Myra lachend an sich und drückte ihr einen Kuss auf die Stirn.

»Sei nicht zu hart zu Annie. Ich habe ihr glaubhaft versichert, wir würden die Tür aufbrechen, wenn sie uns nicht reinlässt.«

Myra zog eine Grimasse. »Wieso konntest du Annie eigentlich einwickeln? Woher kennt ihr euch?« Myra warf Ronan einen anklagenden Blick zu, der jedoch abwehrend die Hände hob.

»Sieh mich nicht so an, ich bin unschuldig.« Er grinste entwaffnend.

Myra bohrte ihren Blick in Annies Augen.

Die sah Hilfe suchend zu Ronan und dann zu Cole, kaute auf ihrer Unterlippe herum und verzog das Gesicht zu einem schuldbewussten Lächeln. »Es kann sein, dass ich Ronan meine Daten gegeben habe, weil ich unbedingt mit Cole reden wollte«, druckste sie herum. »Er wollte mich ohne Überprüfung nicht zu ihm lassen.«

»Du wolltest mit Cole reden? Warum? Wann?« Myra schwirrte der Kopf.

Annie wirkte offenbar so ratlos auf Ronan, dass der sich mit einem Auflachen erbarmte, Myra aufzuklären: »Annie stand an einem Abend vor dem Hughford-Anwesen und verlangte, mit Cole oder zumindest mit mir zu sprechen. Sie ließ sich nicht abwimmeln, und irgendwann haben die vom Tor mich tatsächlich informiert.« Er warf Annie einen anerkennenden Blick zu. »Annie kann sehr hartnäckig und sehr überzeugend sein. Um es kurz zu machen: Wenig später stand sie vor Cole.«

Myra starrte Annie ungläubig an. »Du hast es geschafft, diesen Mann da weichzukochen? Ronan?«

Annie warf den Kopf in den Nacken und ließ ihr helles Lachen erklingen. »Ja, und es war einfacher, als ich erwartet hatte.«

Als Myra den Glanz in Ronans Augen sah, während er in Annies Richtung schaute, wusste sie auf einmal, warum Annie es geschafft hatte, bis zu Cole vorgelassen zu werden. »Aber was wolltest du bei Cole?« Myra verstand die Zusammenhänge noch immer nicht.

»Sie hat mir ordentlich den Kopf gewaschen«, schaltete Cole sich ein. »Ungeachtet dessen, dass mein finster blickender Sicher-

heitschef, der schon gestandenen Muskelprotzen das Fürchten ge-
lehrt hat, neben mir stand, hat sie mir Dinge an den Kopf geworfen,
von denen ›fieser, gemeiner und unsensibler Kerl‹ noch die freund-
lichsten waren. Nachdem sie ihre erste Wut an mir ausgelassen
hatte, bekam ich dann aber immerhin die Gründe zu hören, warum sie mich so beschimpft hatte.« Er legte seine Stirn gegen Myras. »Und obwohl Annie sich so ins Zeug gelegt hat, habe ich bis
gestern gebraucht, um zu begreifen, dass du wichtiger bist als mein
Stolz. Ich wollte nicht länger darauf warten, ob du vielleicht doch
den ersten Schritt machst, und dabei riskieren, dich zu verlieren.«

»Ich wollte ja kommen«, gestand Myra leise. »Aber dann waren
da diese Berichte über dich und Patricia.«

»Patricia ist die Tochter einer Freundin meiner Mutter«, sagte
Cole. »Als ich in Europa war, sind wir ein paarmal miteinander
ausgegangen, daraus wollte sie mehr machen.« Cole legte seine
Hand unter Myras Kinn und hob es an, bis sich ihre Blicke trafen.
»Aber da läuft nichts zwischen uns. Ich fürchte, wegen ihrer Beziehung zu meiner Mutter habe ich ihr das nicht deutlich genug
gesagt. Jetzt weiß sie es aber.« Ein grimmiger Zug umspielte seine
Lippen. »Als ich sie zur Rede gestellt habe, hat sie mir nicht nur
erzählt, wie sie dich manipuliert hat, sondern auch zugegeben, dass
sie Ron und mich mehrfach belauscht hat, wenn es um dich ging.
So hatte sie alles, was sie brauchte, um dir diese Geschichte aufzutischen. Sie ist übrigens gerade auf dem Weg nach Atlanta zum
Flughafen.«

Ronan räusperte sich. »Apropos Flughafen. Ich würde vorschlagen, wir fahren los, der Flieger wartet. Alternativ rate ich, wieder
ins Haus zu gehen. Wenn jemand von der Presse Myra in deinen
Armen sieht, wird die Meute ihr Appartement belagern und Myra
es nicht mehr nutzen können.«

»Auch eine Art, Myra auf unser Anwesen zu locken«, grinste
Cole, schob Myra aber folgsam in Richtung des SUV.

Bevor sie einstieg, umarmte Myra ihre Freundin. »Wir reden noch!«, drohte sie halb im Scherz, halb im Ernst. »Ganz okay war es nicht, was du gemacht hast.«

Annie wirkte aufrichtig zerknirscht. »Ich weiß. Tut mir leid. Aber ich wusste nicht, was ich machen sollte. Als du dann noch mit Damon etwas angefangen hast, wollte ich dich vor einem riesigen Fehler bewahren. Ronan und ich hatten beide den Eindruck, dass ihr eigentlich wieder zusammenkommen wollt. Spätestens, nachdem er dich vor dem Diner mit der Zeitschrift im Rucksack abgefangen hat …«

»Moment – wie war das?«, schaltete sich Cole ein und warf seinem Sicherheitschef einen finsteren Blick zu. »Du hast ohne mein Wissen mit Myra …«

»Wir sollten jetzt wirklich fahren«, unterbrach Ronan, nickte Annie zu und eilte zur Fahrerseite des SUV.

Myra drückte Annie einen Kuss auf die Wange. »Danke.« Sie lächelte über die erleichterte Miene ihrer Freundin.

13.

Myra presste Nase und Stirn gegen das kleine Fenster des Fliegers. Sie konnte sich nicht sattsehen an den grünen Weiden und Plantagen unter ihr, die nur vereinzelt von Ansiedlungen unterbrochen wurden. Bald darauf erreichten sie die Küste und flogen über das offene Meer.

»Was denn?«, beschwerte sie sich, als sie Coles Blick auffing. »Für dich mag das alltäglich sein, aber ich bin noch nie geflogen!«

Der immer wiederkehrende Gedanke, dass er tatsächlich in einer anderen Welt als sie lebte, zerstörte jäh das Glücksgefühl, das sie empfand, seit sie Hand in Hand den Privatjet betreten hatten, der auf dem kleinen Regionalflughafen neben Elliottville auf sie gewartet hatte.

Ronan hatte sich diskret in einer Ecke im vorderen Teil des Flugzeugs niedergelassen, und Myra hatte sich sofort auf einen Platz gestürzt, von dem aus sie alles beobachten konnte, ohne durch die Tragflächen behindert zu werden. Während des Starts hatte sie über das ganze Gesicht gestrahlt; als das leichte Gefühl des Abhebens in ihrem Magen kribbelte, hatte sie aufgelacht und sich voller Begeisterung den unbekannten Eindrücken des Fliegens hingegeben. Es war ihr egal, dass jeder in Coles Umgebung den Aufenthalt in einem Jet als etwas völlig Normales empfand, sie verdrängte, dass Frauen wie Patricia vermutlich nicht mit der Wimper zuckten, wenn unter ihnen Schiffe weiße Linien in türkisfarbenes Wasser zeichneten. Bis zu jenem Moment, als sie Coles staunende Miene sah. Ernüchtert sank sie in den Sitz zurück und biss sich auf die Innenseite ihrer Wange. Jetzt bloß nicht zeigen, wie klein sie sich plötzlich fühlte.

»Myra?« Coles tiefe Stimme klang ernst.

Sie suchte nach Spott, in seinem Blick lag jedoch nur Wärme, vermischt mit etwas Ratlosigkeit. Mit gesenktem Kopf knetete

Myra ihre Hände. Sie hatte den Spaß daran verloren, die Welt von oben zu betrachten. Wie sollte sie ihm begreiflich machen, dass es Momente wie diese waren, die ihr vor Augen führten, in welch unterschiedlichen Umlaufbahnen sich ihre Leben bewegten.

»Komm bitte mal.« Cole stand neben ihr und hielt ihr auffordernd seine Hand hin. Myra ergriff sie und folgte ihm zu einem Sofa.

»Was ist plötzlich los mit dir?« Cole sah sie forschend an. »Du hast bis gerade so glücklich gestrahlt, und nun liegt ein Schatten in deinem Blick.«

Myra schüttelte den Kopf. »Es ist nichts.« Er würde es doch nicht verstehen.

»Ist es wegen Annie? Bist du noch sauer wegen ihrer Einmischung? Hör zu, sie hat es wirklich nur gut gemeint. Und ohne sie säßen wir jetzt vielleicht nicht hier. Sie hat mir klargemacht, wie falsch ich dich eingeschätzt habe. Und hätte sie Ronan nicht Bescheid gesagt, dass du Damon gestern treffen wolltest, wären wir wahrscheinlich gar nicht am Parkplatz aufgetaucht.« Er fuhr sich mit den Händen durchs Gesicht. »Ich will gar nicht darüber nachdenken.«

»Ich weiß, dass Annie es nur gut gemeint hat.« Myra lächelte. »Es ist ihre Art, einfach draufloszustürmen. Dinge zu tun, ohne an mögliche Konsequenzen zu denken. Ihr Temperament wird sie eines Tages in echte Schwierigkeiten bringen. Wenn ich mir nur vorstelle, dass sie sich meinetwegen mit Ronan angelegt hat!«

»Ja, und wie!«, bestätigte Cole lachend. »Sie war sehr überzeugend. Ich habe ihn noch nie so zahm erlebt.«

Myra grinste. »Du hast das Funkeln in seinen Augen bemerkt?«

»Oh ja.« Er nickte. »Und ich würde es ihm von Herzen gönnen, dass er sich endlich einmal verliebt. Wer weiß.« Cole legte den Kopf schief und lächelte. »Und er hat dich wirklich nach der Arbeit abgepasst?«

»Ja, hat er.« Myra seufzte. »Als ich es gerade geschafft hatte, dich
aus meinem Kopf zu verbannen, stand er plötzlich vor mir und
wollte mich überzeugen, mit dir zu reden.«

»Soso.« Cole legte den Arm um Myras Schultern und zog sie an
sich. »Du hast es geschafft, mich aus deinem Kopf zu verbannen?«,
fragte er mit gespielter Strenge und blickte ihr tief in die Augen.
Sein Blick war intensiv und verheißungsvoll. Myra schoss ein warmes Gefühl direkt in den Unterleib, als er sich zu ihr beugte, um
mit seinem Mund an ihren Lippen zu zupfen. »Dann muss ich
mich wohl wieder in Erinnerung bringen«, sagte er lächelnd, »und
dafür sorgen, dass ich einen bleibenden Eindruck hinterlasse.«

Er lehnte sich zurück und zog Myra mit sich, sodass sie auf ihm
lag. Mit einer Hand drückte er ihren Kopf sanft hinunter. Myra
hatte die Lippen begehrlich für ihn geöffnet, noch bevor sich ihre
Münder trafen.

Jede einzelne von Myras Nervenzellen reagierte sofort. Sie hatte
nicht gedacht, dass ein einfacher Kuss sie so in Flammen setzen
könnte. Ungeachtet aller Einwände wollte ihr Körper ihn. Ihr Herz
schlug schneller, die Haut kribbelte, wo er sie berührte, und ein
Ziehen zwischen ihren Schenkeln forderte mehr als nur diesen
Kuss. Cole schien es nicht anders zu gehen. Seine Härte drückte
gegen ihren Bauch. Er presste sie mit seinem Arm so fest an sich,
dass sie Sorge hatte, ihn zu erdrücken. Sie versank in dem Kuss
und überlegte gerade, ob der Flieger wohl über ein Bett verfügte,
als hinter ihnen ein Räuspern erklang.

Mit einem enttäuschten Laut löste Cole seine Lippen von ihr
und spähte über ihre Schulter.

»Ron«, knurrte er. »Was gibt's?«

Auch Myra richtete ihren Blick auf Ronan. Der stand breit grinsend am Ende des Sofas.

»Wir landen gleich. Ihr müsst euch anschnallen.«

Cole nickte, dann zog er Myra mit sich hoch. »Vergiss bloß nicht, wo wir waren«, flüsterte er ihr dabei ins Ohr. »Wir machen nachher an dieser Stelle weiter.«

Cole hatte den Arm um ihre Schultern gelegt, seine Hand streichelte sie sanft. Myra trug ihren weißen Bikini und hatte ein Wickeltuch zu einem Kleid geknotet. Wenn sie Coles Blick richtig deutete, würde sie das jedoch nicht lange tragen. Umgekehrt galt für seine Shorts und sein Shirt selbiges. Er sah umwerfend aus, und Myra konnte es kaum erwarten, dort weiterzumachen, wo sie im Flugzeug aufgehört hatten. Ihre Hand hatte sich bereits unter den Stoff geschoben und lag auf seiner Hüfte. Eng umschlungen schlenderten sie am Meeressaum entlang. Ohne den ewig grauen Himmel der drohenden Unwetter präsentierte sich Hughford Island als wahres Paradies. Ein salziger Seegeruch lag in der Luft. Die Wellen rollten friedlich am Strand aus, der schmale Streifen weißen Sandes wurde von glitzerndem türkisfarbenen Wasser abgelöst. Myra seufzte sehnsüchtig. Sie konnte sich kaum sattsehen und löste ihren Blick nur widerwillig, als Cole ihren Kopf anhob, um sie zu küssen. Seine Mundwinkel kräuselten sich amüsiert.

»Was ist?« Myra runzelte die Stirn.

»Ich kenne keinen Menschen außer dir, der so fasziniert auf das Meer starren kann.«

Natürlich, für ihn war der Anblick nicht ungewöhnlich, er war ja quasi hier zu Hause. Sofort war es wieder da – dieses Gefühl, dass es einfach nicht passte. Sie gehörte nicht in sein Leben. Nicht zu seinen Freunden, nicht zu ihm. Myra versteifte sich unwillkürlich.

»Myra Gregson! Sieh mich an.« Dunkles Tannengrün durchbohrte sie. »Du sagst mir auf der Stelle, was mit dir los ist! Vorhin diese Reaktion im Flieger, jetzt hier am Strand.« Sein Blick war streng. »Hast du vergessen, dass ich dir ansehe, wenn etwas nicht stimmt?«

Myra kaute auf ihrer Unterlippe herum. Erstaunlich, wie schwer
es sein konnte, Gefühle in Worte zu fassen. Jemandem, der vom
Schreiben leben wollte, sollte das leichter fallen.

»Was – ist – los?« Cole verengte die Augen zu Schlitzen.

Myra schnaubte frustriert auf. »Verdammt, Cole! Kapierst du
nicht, wie wenig wir zusammenpassen?« Das kam heftiger heraus
als beabsichtigt. »Genau wie du dich darüber amüsierst, weil ich
das erste Mal fliege, würden mich auch deine Freunde auslachen!
Und ich will mir auch nicht überlegen müssen, ob ich mich über
eine Aussicht oder einen schönen Strand freuen darf, oder ob ich
mich damit in deinen Kreisen lächerlich mache. Siehst du denn
nicht, wie wundervoll es hier ist? Das satte Grün der Pflanzen bil-
det einen perfekten Kontrast zum blassen Himmel, der Übergang
des hellen Sandes in die Blautöne des Wassers sieht aus wie ge-
malt.« Sie trat von ihm weg. »Ich kann mich nicht verstellen. Ich
will auch gar nicht so tun, als sei mir das alles völlig gleichgültig
und berühre mich nicht. Falls ich eines Tages in die Berge reise
und das erste Mal meterhohen Schnee sehe, der vor tiefblauem
Himmel in der Sonne glitzert, werde ich mit Sicherheit wieder so
dastehen.«

»Und genau das liebe ich an dir!« Cole war mit einem schnellen
Schritt neben ihr und umfasste ihr Gesicht. »Wie kommst du nur
darauf, ich könnte mich über dich lustig machen? Du musst dich
nicht verstellen, weder für mich noch für irgendjemanden sonst.«
Er küsste sie auf die Nasenspitze. »Ich glaube, es ist höchste Zeit,
einiges klarzustellen. Komm mit!«

Ehe Myra protestieren konnte, zog er sie an der Hand um die
nächste Kehre. Sie erreichten den Strandabschnitt, den sie gut
kannte. Der, an dem Cole sie verwöhnt hatte. Bei der Erinnerung
schoss Wärme zwischen Myras Beine. Coles wissendes Lächeln
verriet, woran auch er gerade dachte.

Diesmal hatte er Vorbereitungen getroffen – eine ausladende

Decke lag auf dem Sand, aus einem Picknickkorb ragte der Hals einer Weinflasche.

»Setz dich.« Cole hörte sich unerwartet ernst an. Er ließ sich Myra gegenüber im Schneidersitz nieder und ergriff ihre Hände. »Das Wichtigste zuerst: Myra, ich habe dich nicht ausgelacht. Im Gegenteil – ich finde es wunderbar, dass du dich so freuen kannst und das auch zeigst. Versprich mir, dass du das nie verlierst.« Er sah ihr tief in die Augen. »Das ist mein Ernst.«

»Das ändert nichts daran, dass ich dich vor deinen Freunden blamieren werde. Ich kann nicht einmal Skifahren.«

»Du machst dir Sorgen, weil du nicht Skilaufen kannst?« Coles Ausdruck verriet Ungläubigkeit, dann lächelte er. »Somit ist klar, was wir im Winter machen werden.« Er grinste sie an. »Wir zwei, ganz allein, eine einsame Berghütte, ein knisterndes Kaminfeuer, Rotwein … wie klingt das?«

»So, als kämen wir nicht zum Skifahren!«

»Hört sich für mich nach einem Plan an.« Cole lachte und zog Myra an den Händen zu sich. »Noch weitere Einwände, oder können wir zum gemütlichen Teil übergehen?« Er deutete Myras Miene richtig und seufzte leise. »Was bedrückt dich noch?«

Myra sah ihn fest an. »Es geht doch nicht ums Skifahren, oder ob ich schon mal Champagner auf einer Jacht geschlürft habe. Es ist das Ganze! Ich bin Kellnerin! Patricia mag gelogen haben, was eure Beziehung angeht, aber sie hat in einer Sache recht: Ein Mann wie Cole Hughford kann nicht mit einem Mädchen wie Myra Gregson zusammen sein.«

»Kommt mir aber gerade ganz anders vor.« Cole fuhr mit seinem Daumen die Konturen ihrer Lippen entlang.

»Es ist für diesen einen Moment perfekt«, stimmte Myra ihm zu. »Aber danach? Du leitest ein Unternehmenskonglomerat, und ich serviere Kaffee und räume Tische ab!«

»Daran sollten wir in der Tat etwas ändern.«

Myra runzelte die Stirn. »Wie meinst du das?«

Ein freudiger Glanz, den Myra nicht einordnen konnte, trat in Coles Augen. »Bist du nicht eigentlich Autorin?«

Myra seufzte. »Ich fürchte, das zu behaupten, wäre stark übertrieben. Ich *wäre* gerne Autorin, trifft es wohl eher. Derzeit bin ich Bedienung in einem Diner.«

»Nein, du bist Autorin«, widersprach Cole. »Deshalb finde ich, dass du dich darauf konzentrieren und das Kellnern lassen solltest.«

»Du hast leicht reden.« Myra schob seine Hand zur Seite, die immer noch ihre Wange streichelte. »Hast du eine Vorstellung davon, wie teuer das Leben ist?« Sie schüttelte den Kopf. »Nein, hast du natürlich nicht, das kann man dir vermutlich nicht einmal zum Vorwurf machen. Ich brauche die langen Schichten im Diner, um über die Runden zu kommen, und abends bin ich dann zu müde, um zu schreiben.«

»Lass mich dir helfen.«

»Mit Geld? Kommt überhaupt nicht infrage! Oder willst du 20.000 Exemplare meiner Romane kaufen, damit ich die Bestenlisten stürme?«

»Ich will keine Bücher kaufen, ich möchte sie *verkaufen*.«

»Du willst was?« Myra warf Cole einen skeptischen Blick zu.

»Falls du eine Sekunde damit aufhören könntest, mein Geld zu einem größeren Problem zu machen, als es ist, hätte ich vielleicht Gelegenheit, dir zu erklären, worauf ich hinauswill.« Er klang verstimmt, und Myra bekam ein schlechtes Gewissen. Es war unfair, ihm seinen Reichtum vorzuwerfen. Abgesehen davon, dass sie hier mit ihm auf dieser unfassbar schönen Trauminsel saß, hatte er seinen Wohlstand noch nie besonders herausgekehrt.

»Es tut mir leid«, murmelte sie. »Du kannst ja nichts dafür.«

Cole lachte laut auf. »Das ist wahrlich das erste Mal, dass mir jemand meine Millionen großzügig verzeiht.« Er grinste und strich

Myra eine Strähne hinter das Ohr. »Kaum zu glauben, dass ich dir unterstellt hatte, du seist auf mein Geld aus.«

»Stimmt, ich wollte schließlich nur deinen Körper«, konterte Myra.

»Den kannst du haben«, erwiderte Cole und zog sie in seine Arme. »Aber erst hörst du dir an, was ich dir schon die ganze Zeit über sagen möchte.«

Myra hob fragend die Augenbrauen.

»Ich habe deine Bücher gelesen«, eröffnete ihr Cole.

»Du hast was?« Myra schoss Hitze ins Gesicht. »Du fandest sie bestimmt furchtbar«, murmelte sie beschämt. Eigentlich war sie stolz auf ihre Romane, aber sie waren für Frauen geschrieben und etwas kitschig, und plötzlich genierte sie sich damit vor Cole.

»Dass ich nicht ganz zur Zielgruppe gehöre, wussten wir ja schon.« Cole lächelte. »Aber ich habe sie trotzdem gelesen und dabei zweierlei herausgefunden. Erstens: Du bist eine hoffnungslose Romantikerin.« Er drückte Myra einen schnellen Kuss auf die Lippen. »Und zweitens: Du kannst schreiben.« Cole machte ein feierliches Gesicht, als habe er etwas Großes anzukündigen. »Ich habe eine Lektorin aus unserem Haus angesprochen, und sie teilte meine Ansicht, also habe ich mit unserem Verlagschef geredet. Die Verträge liegen im Arbeitszimmer, du musst nur noch unterschreiben.« Er strahlte sie an. »Wie findest du das?«

Myra wurde abwechselnd heiß und kalt. Da war sie – die Chance, auf die sie so lange hingearbeitet hatte. Wie viele Jahre hatte sie davon geträumt, ein solches Angebot von einem Verlag zu erhalten. Sie hätte sich freuen sollen, aber es fühlte sich falsch an. Nach Almosen. Nicht *sie* hatte es geschafft. Cole hatte es für sie arrangiert. Die Papiere lagen auf *seinem* Schreibtisch für sie bereit, weil er die Strippen gezogen hatte – nicht, weil dem Verlag ihre Manuskripte gefielen. Er schnippte mit den Fingern, und alle tanzten nach seiner Pfeife.

»Das geht so nicht!« Sie stand auf. Rückwärts entfernte sie sich
von ihm und ließ ihn nicht aus den Augen, als wäre er gefährlich.
Auf eine Art war er das auch. Nie hatte jemand das Zeug dazu
gehabt, ihr Leben so auf den Kopf zu stellen wie Cole in den vergangenen Wochen. Sie stemmte die Hände in die Hüften. »Du
kannst nicht immer den Ton angeben! Nicht alles ist ein Spiel!«

Cole hatte sichtlich eine andere Reaktion erwartet. Er wirkte wie
geohrfeigt. Langsam erhob er sich, die Arme in einer friedfertigen
Geste zur Seite gestreckt. »Was habe ich getan? Ich dachte, ich mache dir eine Freude.« Er klang aufrichtig ratlos.

»Eine Lektorin aus *unserem* Haus? *Unser* Verlagschef?«, wiederholte Myra seine Worte.

»Ja, zu unserer Mediensparte gehört auch ein belletristisch aus-
gerichteter Verlag.« Cole nickte, seine Augen strahlten. »Mein Ba-
by. Die Sparte habe ich ganz allein großgezogen. Sozusagen mein
Lehrstück, um mir die Sporen zu verdienen, bis mein Vater mir
die Verantwortung für den Rest übertrug.«

Sein Stolz auf das Projekt rührte Myra. Er liebte Bücher und
hatte sich verwirklichen dürfen. Dass er sich darüber freute, machte ihn irgendwie greifbarer.

»Myra, komm bitte wieder her.« Er streckte seine Hand in ihre
Richtung. »Erkläre mir, wo das Problem ist, damit wir es lösen
können.«

»Das musst du ernsthaft fragen?« Myra schüttelte den Kopf. »Du
machst mich damit zu einer dieser Frauen, die du nicht um dich
haben möchtest. Ich will keine Marionette sein oder auch nur deine Stellung genauso ausnutzen wie die dummen Puten, die nur auf
deine Kreditkarte scharf sind.« Statt seine Hand zu nehmen, wandte sie sich in Richtung Haus um. Nach Wein und Sonnenuntergang
stand ihr nicht mehr der Sinn.

Mit schnellen Schritten war Cole bei ihr, ergriff ihr Handgelenk
und drehte sie zu sich herum.

»Liebes, geh nicht.«

Hatte er sie gerade »Liebes« genannt? Myras Knie wurden seltsam weich, und ein warmes Gefühl breitete sich hinter ihrer Brust aus. Sie ließ es zu, dass er sie an sich zog.

»Ich habe dir nur eine Tür aufgestoßen«, hörte sie Cole an ihrem Ohr. »Ich schwöre dir, dass die Lektorin dein Buch unvoreingenommen bewertet hat. Sie wusste nicht, wie ich zu dir stehe.«

Da sind wir schon zu zweit, dachte Myra. Warum tat Cole das alles für sie? Er konnte jede haben, und um sie ins Bett zu kriegen, musste er sich nicht so ins Zeug legen. Dafür brauchte er sie nur anzusehen.

»Ich wollte nur, dass du glücklich bist«, fuhr Cole fort. »Ich verspreche dir, wenn deine Romane floppen, wird dich der Verlag feuern, wie jede andere auch. Keine Bevorzugung.« Er zwinkerte ihr zu. »Klingt das besser?«

Myra grinste schief. »Die Aussicht, gefeuert zu werden, klingt super. Du weißt, wie man eine Frau glücklich macht.«

»Ich werd's mir merken.« Cole lachte auf. »Können wir uns nun gemütlich hinsetzen? Der Wein wird sonst warm, und seit mir deine Romane verraten haben, wie romantisch veranlagt du bist, habe ich vor, dich im Sonnenuntergang zu verführen.«

Sein begehrlicher Gesichtsausdruck ging Myra durch und durch. Sie atmete tief ein, um ihre Nerven zu beruhigen, die sofort nervös flatterten, als sie daran dachte, was er das letzte Mal an diesem Strand mit ihr angestellt hatte.

»Es wird noch besser«, raunte ihr Cole ins Ohr, der schon wieder ihre Gedanken gelesen hatte.

»Und die Kameras? Oder sind die immer noch defekt?«

Sein Grinsen vertiefte sich. »Diese eine wurde abmontiert.«

»Aber die Security?«

»Ich bin sicher, die hängen an ihrem Job. Ron hat ihnen mitgeteilt, dass dieser Strand heute tabu ist.«

»Sieht aus, als hättest du an alles gedacht«, lachte Myra. »Wie könnte ich einem solchen Mann widerstehen?« Sie beugte sich vor und küsste Cole.

»Genau die Worte, die ich hören wollte.« Seine Zunge strich zart über ihre Lippen. »Einen Moment musst du dich noch gedulden.« Cole erhob sich und kam mit dem Picknickkorb zurück. Geschickt öffnete er die Flasche Wein und schenkte beiden ein Glas ein. Dann stieß er mit Myra an. »Auf noch viele solcher Sonnenuntergänge.«

Myra lächelte. »Ich würde mich freuen.«

Cole runzelte die Stirn. Er hatte die Zurückhaltung in ihrer Stimme bemerkt. »Du glaubst noch immer nicht an ein *uns*?«

Ihre Antwort bestand aus einem zögerlichen Lächeln.

»Für eine Romantikerin bist du ganz schön skeptisch«, seufzte Cole, nahm ihr das Weinglas wieder aus der Hand und stellte es ebenso wie seins zur Seite. »Kann ich irgendetwas tun, um dich von mir zu überzeugen?«

Myra wollte ihm antworten, dass sie von ihm schon längst überzeugt war, nur von dem Fundament ihrer Beziehung noch lange nicht. Wie ernst konnte er es schon mit ihr meinen? Als sie jedoch den Mund öffnete, um ihm zu antworten, verschloss er ihre Lippen sofort mit einem Kuss und nutzte die Chance, um sogleich seine Zunge ins Spiel zu bringen. Sein Kuss war ausdauernd und sorgte für ein wohliges Gefühl in ihrem Bauch. Wenn er sie so hielt, konnte sie daran glauben, dass es eine gemeinsame Zukunft für sie gab. In diesem Moment wünschte sie sich nichts sehnlicher. Sie merkte, wie Cole an ihren Lippen lächelte, als sie ihren Körper begierig an ihn schmiegte.

»Ich glaube, ich bin auf dem richtigen Weg«, murmelte er zwischen den Küssen.

Er drückte sie auf die Decke und zog an der Schleife, die den Pareo zusammenhielt. Einen Wimpernschlag später lag Myra in ihrem knappen Bikini vor ihm. Er zog mit den Fingerspitzen federleichte Linien über Myras Körper. Gänsehaut breitete sich auf Myra aus, und obwohl Cole den vom Stoff bedeckten Stellen nicht zu nahe kam, entschlüpfte ihr ein begehrliches Seufzen.

»Ja, definitiv auf dem richtigen Weg«, neckte er sie.

Myra schob ihre Hände unter Coles T-Shirt. Sein Blick verklärte sich, während sie ihn ebenfalls streichelte. »Zieh dein Shirt aus«, verlangte sie und war erstaunt, dass er ihrem Wunsch sofort entsprach. Er legte sich dicht neben sie, und Myra genoss das Gefühl seiner festen Muskeln an ihrer nackten Haut. Ein Bein schob er zwischen ihre Schenkel und öffnete sie, bevor seine Finger ihre leichten Erkundungen fortsetzten. Den Kopf auf eine Hand gestützt, strich er mit der anderen unablässig über ihren Körper.

Myra suchte seine Augen, und ihre Blicke verwoben sich. Cole beobachtete sie genau, war voll auf sie konzentriert, und Myra las das Versprechen in seiner Miene, dass er sie genüsslich zappeln lassen würde. Neue Hitze schoss zwischen ihre Beine. Cole grinste und schob seine Hand unter ihr Bikinioberteil. Mit Daumen und Zeigefinger umkreiste er ihre Brustwarzen, erst die eine, dann die andere, obwohl sich beide schon hart in seine Richtung streckten.

»Dreh dich zur Seite«, ordnete er an. »Das Teil stört.«

Er öffnete den Verschluss, entblößte ihre Brüste und zog auch ihre Bikinihose hinunter.

Myra versteifte sich. »Bist du sicher, dass niemand …«

»Absolut sicher.« Cole beugte sich zu ihr herunter und verteilte Küsse auf ihrer Halsbeuge, ihrem Dekolleté und ihren Brüsten. »Fühlst du dich unwohl?« Er hob kurz den Kopf. »Soll ich etwa hiermit aufhören?« Er senkte seinen Mund auf ihre Brustwarze, zupfte mit seinen Lippen und saugte leicht, bis Myra unwillkürlich einen tiefen Atemzug nahm. Sein Mund wanderte nach unten, küssend näherte er sich dem Bereich, in dem die Wärme längst in ein loderndes Feuer übergegangen war und ein forderndes Pochen nach Berührungen verlangte.

Myra hielt den Atem an, als er endlich ihre Schamlippen erreichte. Sie erschauerte, als er sie mit den Fingern teilte und über
ihre Feuchtigkeit blies. »Ganz schön feucht« grinste er zufrieden.
Myras Erwiderung ging in einem erstickten Aufkeuchen unter, als
er in derselben Sekunde seine Zungenspitze mehrmals über ihre
Klitoris schnellen ließ. Bereits nach wenigen Zungenschlägen
zuckten ihre Oberschenkel. Das Verlangen pulsierte in ihrem
Schritt, doch wie sie erwartet hatte, hielt Cole alsbald inne. Er
rutschte wieder hoch, bis er neben ihr lag und sie frech angrinste.
Lässig stützte er sich auf einem Arm ab, während die andere Hand
auf ihrem Venushügel lag, dort sanften Druck ausübte, aber nichts
tat, um ihr Befriedigung zu verschaffen. Myra presste ihre Hüfte
seiner Hand entgegen, er erwiderte den Druck und spreizte seine
Finger, sodass der Mittelfinger in ihre Spalte drückte, während
Myra sich weiter daran rieb.

Cole starrte fasziniert auf Myra, die mit kreisenden Bewegungen
ihres Unterleibs seinen Finger benutzte. Seine Augen blitzten. »Es
macht so viel Spaß mit dir«, sagte er liebevoll, bevor er seinen Finger krümmte und in Myra eindrang.

Die lag einen Moment ganz still und gab sich dem erlösenden
Gefühl hin, ihn endlich in sich zu spüren. Langsam begann Cole,
den Finger in ihr zu bewegen, seine Fingerkuppe glitt über den
Punkt in ihrem Inneren, der sie aufstöhnen ließ. Cole nahm noch
einen zweiten Finger hinzu und bewegte sie gleichmäßig in Myra,
die sich seiner Hand entgegenschob.

»Bitte, Cole«, flehte sie, als sie merkte, wie er seine Berührungen
wieder auf sie abstimmte. Sobald sie hektischer atmete, verlang-
samte er seine Hand, sobald das Beben, das ihren Körper erfasst
hatte, nachließ, verstärkte er den Druck, krümmte seinen Finger
stärker oder setzte den Daumen ein, um ihre Perle zu massieren.
Erst als sie leise wimmerte, hatte er ein Einsehen und beugte sich
zu ihr, um sie zu küssen. Im gleichen Rhythmus, wie seine Zunge

mit ihrer spielte, bewegte er seine Finger und rieb über ihre Klitoris, und nach wenigen Augenblicken krampften sich Myras innere Muskeln um seine Finger, und die Welle der Lust schüttelte Myra. Cole reizte ihre empfindliche Stelle ununterbrochen weiter, bis das letzte Nachbeben abgeklungen war und Myra schweißbedeckt und schwer atmend neben ihm lag.

Sie lächelte ihn an, wohl wissend, dass sie vermutlich so weggetreten aussah, wie sie sich fühlte.

Cole griff über sie hinweg und reichte ihr ein Weinglas. »Wenn du wüsstest, wie sehr ich mir das in den vergangenen Wochen gewünscht habe«, sagte er und sprach ihr damit aus der Seele.

»Und ich erst«, murmelte sie und wurde dafür mit einem weiteren hingebungsvollen Kuss belohnt. Er zog sie in seine Arme, sie kuschelte sich an seine nackte Brust und genoss es, wie er sie zärtlich streichelte. Zu ihrer eigenen Überraschung spürte sie, wie sich neues Verlangen in ihr aufbaute.

Doch diesmal würde sie ihn verwöhnen.

Myras Hand wanderte von Coles Brust langsam über seinen Bauch bis zum Hosenbund. Sie nestelte am Knopf seiner Shorts und war nicht überrascht, als Coles Penis erigiert auf sie wartete.

In der Enge der Hose fuhr sie mit den Fingern mehrmals über seinen Schaft, strich über die Eichel, auf der sich die ersten Tropfen der Lust gesammelt hatten, und kommandierte dann »Hüfte hoch«, um ihn von Shorts und Unterhose zu befreien. Zufrieden beobachtete Myra, wie Coles Oberschenkel zuckten, während sie ihn streichelte, die Hand weiter nach unten gleiten ließ und seine Hoden gefühlvoll massierte. Ihr Kopf folgte der Hand, und Myra glitt mit der Zunge den Schaft entlang, wobei ihre Finger noch immer sanft mit den Hoden spielten. Die Eichel hinterließ eine salzige Spur auf der Zunge, während sie den Penis mit ihrem Mund umschloss, die sensible Spitze neckte und zu saugen begann.

Aus den Augenwinkeln nahm sie wahr, wie Cole mit verhange-

nem Blick den Kopf in den Nacken warf. Er gab ein kehliges Stöhnen von sich, das aus den Tiefen seiner Brust zu kommen schien.

Zufrieden lächelte Myra und widmete sich weiter hingebungsvoll seiner Härte, bis sie plötzlich Coles Hände spürte, die ihre
Schultern umfassten, von ihm wegschoben und sie auf den Rücken
drückten. Wo nahm er bloß diese Selbstbeherrschung her?

»Na, bereit für Runde zwei?«, fragte er mit einer Stimme, die rau
und eine Oktave tiefer als gewöhnlich war.

Myra grinste. »Ich glaube, du bist an der Reihe, verwöhnt zu
werden.«

»Ich will in dir kommen«, erwiderte Cole. »Zusammen mit dir.«

Myra lachte leise. »Ich glaube nicht, dass ich so schnell einen
weiteren Orgasmus haben kann. Der gerade war … außergewöhn-
lich intensiv.«

Coles Lächeln vertiefte sich. »Dir wird nichts anderes übrig
bleiben, weil ich nämlich nicht eher von dir ablassen werde.«

Bei diesen Worten lief ein Schauer der Erregung durch Myras
Körper. »Wenn du meinst«, hauchte sie, obwohl sie ihn eigentlich
mit fester Stimme hatte necken wollen. Necken und herausfordern.

»Und ob ich das meine«, erwiderte Cole bestimmt und schob
ihre Beine mit seinem Fuß auseinander, während seine Hand die
Schamlippen streichelte und vorsichtig öffnete. Sein Mittelfinger
glitt ihre Spalte auf und ab und umkreiste dann ihren Eingang.
»Nass«, stellte er zufrieden fest und ließ sich zwischen ihren ge-
spreizten Beinen nieder. Er legte sich auf sie, stützte sich auf den
Ellbogen ab, positionierte sich und drang langsam in sie ein. Zentimeter für Zentimeter gab er ihr Gelegenheit, sich an seine Größe
zu gewöhnen. Nachdem er in ihr versenkt war, hielt er inne und
suchte ihren Blick. Als er merkte, dass alles in Ordnung war, bewegte er die Hüfte zurück und stieß wieder zu. Myra schloss die
Augen und kostete das Gefühl aus. Cole stieß rhythmisch zu, sein
Atem ging schneller und wurde von Stöhnen unterbrochen. Doch

bevor einer von ihnen den Höhepunkt erreicht hatte, zog sich Cole aus ihr zurück. Überrascht blinzelte Myra. Trotz ihrer Erregung glaubte sie noch immer nicht an einen zweiten Orgasmus, aber Cole sollte auf seine Kosten kommen.

Als er ihren Gesichtsausdruck sah, lachte Cole sie mit schief gelegtem Kopf an, ergriff ihre Oberschenkel und spreizte ihre Beine weiter.

Verwundert beobachtete Myra, wie er sich vor sie kniete, ihren Po anhob und sein T-Shirt sowie die Hose darunter knüllte. Als er dann ihre Beine nahm und auf seine Schultern legte, riss sie die Augen auf.

»Ich will noch tiefer in dich eindringen«, informierte er sie grinsend, platzierte seine Eichel erneut vor ihrem Eingang, schob sich hinein und begann, sich zu bewegen. Myras Stöhnen quittierte er mit einem leisen Lachen.

Er umfasste ihre Hüftknochen fester und glitt tief in sie hinein und heraus, immer wieder, bis sie sich unter ihm wand.

Feixend sah er zu ihr herunter. »Na, bist du immer noch der Meinung, kein zweites Mal zu kommen?«

Myra keuchte auf, als er innehielt und quälend langsam sein Becken kreisen ließ. Er genoss seine Macht. Zu sehr nach Myras Geschmack, die ihre Hüften hochschnellen ließ, um ihn noch tiefer in sich aufzunehmen.

Sein Kopf kippte in den Nacken, während ihm ein überraschter Laut entfuhr, der in ein lang gezogenes Stöhnen überging. Jetzt war es an Myra zu grinsen, allerdings nur kurz, denn Cole verengte seine Augen und funkelte sie an.

»Na warte!«, drohte er und bewegte sich wieder schneller. Er ließ Myra nicht aus den Augen und kontrollierte ihrer beider Erregung mit seinen Bewegungen.

Eine Zeit lang gab sich Myra diesem Spiel hin. Ihr gesamter Körper zitterte inzwischen. Als Cole das nächste Mal tief in ihr

versenkt innehielt, zog sie ihre innere Muskulatur zusammen und
massierte ihn regelrecht. Cole keuchte auf, sie sah an seiner Miene,
wie er sich in diesen Empfindungen verlor, bevor er mit kraftvollen
Stößen reagierte und sein Körper kurz darauf erbebte. Mit geschlossenen Augen, den Kopf in den Nacken gelegt, kam er tief in
Myra.

Nachdem sein Orgasmus verklungen war, zog er sich aus ihr
heraus und legte sich auf sie. Schwer atmend stützte er sich rechts
und links von Myras Kopf ab und sah sie unter halb geschlossenen
Lidern hervor an. Schweißtropfen perlten auf seiner Brust. Er sah
unfassbar gut aus, und als ein zärtliches Lächeln auf seinem Gesicht erschien, hätte Myra vor Glück weinen können.

»Bist du …?«, fragte er und hob die Augenbrauen, als Myra den
Kopf schüttelte.

»Ich habe doch gesagt, das gerade war so intensiv, dass ich …«

Weiter kam sie nicht, da hatte Cole sich schon vor sie gekniet
und betrachtete ihren Schritt, der ihm noch immer leicht erhöht
vom Stapel seiner zusammengeknüllten Sachen entgegenragte. Er
spreizte ihre Schenkel, bis sie weit geöffnet dalag.

Einen winzigen Augenblick lang war es ihr unangenehm, sich
ihm auf diese Art preiszugeben, doch dann fand Myra diese Inti-
mität erregend. Sie hatte sich ihm ungeschützt anvertraut, lag offen
vor ihm. Mehr Vertrauen konnte sie einem Menschen kaum ent-
gegenbringen, und sie las in Coles Miene, wie sehr ihm das gefiel.
Er beugte sich langsam vor, fast im Zeitlupentempo näherte er sich
ihrem Geschlecht, das erwartungsvoll pochte. Seine Zungenspitze
glitt tief durch ihre Spalte, und Myra zuckte unter dieser intensiven
Empfindung zurück.

»Gefällt es dir nicht?«, knurrte Cole und hielt ihre Hüften fest,
die sich wie von selbst bewegten, als er seine Zunge mehrfach hin-
tereinander zwischen ihren Schamlippen hindurchschnellen ließ.

Myra antwortete mit einem Keuchen. Zu mehr war sie nicht in

der Lage. Wenn Cole wieder mit ihr spielen wollte, würde sie durchdrehen.

»Tu es nicht«, bettelte sie, als seine Zungenspitze um ihre Klitoris fuhr und dann innehielt.

»Möchtest du kommen, Myra?«, fragte er liebenswürdig, und seine Augen blitzten.

»Ja!« Ihre Antwort war ein Flehen.

»Dein Wunsch ist mir Befehl.« Mit diesen Worten ließ er sie kommen – und wie! Er zog mit den Fingern ihre Schamlippen auseinander, beugte seinen Kopf zu ihrer Mitte und begann, an der empfindlichsten Stelle zu saugen. Myra hätte sich diesem Gefühl gerne länger ausgesetzt. Noch nie hatte sie einen Orgasmus so herbeigesehnt und im selben Moment verflucht. Sie hatte sich nie etwas darunter vorstellen können, wenn sie in Romanen vom ekstatischen Schütteln des Körpers las, doch jetzt lernte sie eine Seite an sich kennen, die neu war. Die bislang kein Mann in ihr geweckt hatte. Der gesamte Körper wurde von einem unkontrollierten Zucken erfasst, jede einzelne Nervenzelle schien elektrisiert. Sie wand sich vor Cole, der das Zentrum ihrer Lust weiter reizte, und wünschte sich, er würde das lassen, und doch gleichzeitig, das Gefühl würde nie vergehen. Die Töne, die sie ausstieß, erschreckten sie selbst. Eine Mischung aus Stöhnen und Keuchen, die sie nie zuvor von sich gehört hatte. Nur langsam entspannten sich Myras Muskeln wieder, sie blieb nach Luft ringend liegen und starrte den vor ihr knienden Mann sprachlos an. Jedes Mal dachte sie, der Sex mit Cole könne nicht besser werden, und jedes Mal überraschte sie die Intensität und Heftigkeit erneut, mit der ihr Körper auf ihn reagierte.

Eine Träne löste sich aus ihrem Augenwinkel.

Cole wischte sie mit dem Daumen von der Wange, Besorgnis lag in seinem Blick. »Was ist los?« Er legte sich neben sie und zog

Myra auf seine Brust. Der Geruch nach Cole nahm sie sofort gefangen, als sie ihren Kopf auf seine Brust legte.

»Halt mich einfach fest«, antwortete sie und genoss seine Umarmung, die ihr für einen Moment die Sicherheit verhieß, die sie
gerne gehabt hätte.

Später saßen sie eng umschlungen in der Dämmerung. Sie waren
schwimmen gewesen, hatten Wein getrunken, doch nur wenig gesprochen. Cole schien zu spüren, dass Myra vor allem seine Nähe
und etwas Ruhe brauchte. Jetzt war das Tageslicht gerade noch als
silberner Streifen am Horizont zu erahnen. Vereinzelte auf dem
Grundstück verteilte Lampen funkelten durch die Bäume. Ein
leichter Wind kam auf, und Myra zog ihr Wickeltuch wie eine Decke um sich.

»Sollen wir ins Haus gehen?«, fragte Cole.

»Nein.« Myra schüttelte den Kopf. Sie hatte Angst, etwas könnte
diesen Zauber zerstören, wenn sie den Strand verließ. Als ob die
Bindung zwischen ihnen nur an diesem Fleckchen Erde existierte.

»Aber dir ist kalt«, wandte Cole ein und rieb über Myras Arme,
die in der Tat bereits von einer Gänsehaut überzogen wurden.

»Egal.« Myra schmiegte sich noch fester an ihn. »Ich will nie
wieder weg. Können wir nicht für immer hier sitzen bleiben?«

Sie spürte die Vibration seines Brustkorbs, als er leise lachte.
»Meinst du nicht, das würde auf Dauer etwas langweilig?« Er küsste ihre Schultern. »Außerdem möchtest du viele Bücher schreiben,
und ich muss auch arbeiten.«

»Natürlich, du hast recht.« Myra setzte sich auf die Fersen, um
aufzustehen, doch Cole hielt sie am Handgelenk fest.

»Was soll die traurige Stimme? Wenn du noch etwas hier sitzen
bleiben möchtest, bleiben wir noch.« Er wollte Myra zu sich ziehen,
aber sie schüttelte den Kopf.

»Nein, lass uns gehen. Warum das Unvermeidbare hinauszögern?« Myra entzog sich seinem Griff und stand auf. Sie band sich den Pareo zu einem Kleid, als Cole sie an den Schultern packte und zu sich umdrehte. Er legte die Hand unter ihr Kinn, damit sie ihn ansah.

»Erklärst du mir diese unterschwellige Traurigkeit? Was bedrückt dich?«

»Als wir das letzte Mal zusammen auf dieser Insel waren, hatte ich die ganze Zeit über das Gefühl, mir wird die Geschichte um die Ohren fliegen. Ich wusste, dass es nur eine geborgte Zeit war, aufgebaut auf einer Illusion.« Myra schluckte, um ihren Hals von dem Druck zu befreien, der ihre Kehle verschloss. »Meine Furcht hatte einen Grund – ich wusste ja, dass alles auf einer Unwahrheit basierte. Doch jetzt müsste das Gefühl weg sein. Aber das ist es nicht!« Sie sah Cole bedrückt an. »Wenn wir morgen in diesen Flieger steigen, sind wir nicht mehr bloß Cole und Myra. Du wirst wieder der strahlende Millionär sein, der die Titelseiten schmückt, und ich serviere Kaffee.«

»Hast du eigentlich irgendetwas von dem mitbekommen, was ich dir vorhin gesagt habe?« In der Dämmerung wirkten seine Augen beinahe schwarz, während er sie durchdringend ansah und schließlich seufzte. »Das haben wir gleich.« Er lenkte Myra an der Taille in Richtung Meer. »Schön so stehen bleiben«, ordnete er an und drehte ihren Kopf zum Wasser, als Myras Blick automatisch zu ihm wanderte.

Sie hörte ihn im Picknickkorb herumwühlen, ein Rascheln, und einen Augenblick später fühlte sie etwas Kühles auf ihrem Dekolleté.

»Jetzt darfst du gucken«, erlaubte ihr Cole, und Myras Hand ertastete einen Anhänger, der an einer Kette baumelte. Sie hob ihn an, damit sie ihn ansehen konnte. Ein winziges Herz mit einem kleinen Stein in der Ecke.

»Deshalb war ich heute Morgen beim Juwelier«, erklärte Cole.

Er lächelte ihr zärtlich entgegen, als sie sein Gesicht umfasste, zu sich herunterzog und ihn ausdauernd küsste.

»Ich wollte dir etwas schenken, das dir zeigt, was ich für dich empfinde«, fuhr er fort, nachdem sie ihre Münder atemlos voneinander gelöst hatten. »Ich fand es noch zu früh für einen Ring, aber du solltest etwas haben, das dich meiner Gefühle versichert. Wann immer du Zweifel hast, wirst du das Herz ansehen und wissen, dass es mit uns klappen wird.« Jetzt nahm er ihr Gesicht zwischen die Hände. »Vertrau mir und hab keine Angst vor dem, was vor dir liegt. Vor *uns* liegt.« Er fuhr mit seinem Daumen über die Kontur ihrer Unterlippe. »Ich habe mich an diesem Strand in dich verliebt, Myra.«

»Du liebst mich?« Myra merkte, wie ungläubig ihre Stimme klang.

Er lachte leise auf. »Natürlich. Vermutlich habe ich mich schon in dich verliebt, als du in diesem Schuppen vor mir knietest und dir das schlechte Gewissen ins Gesicht geschrieben stand. Ich konnte es nur vor mir nicht zugeben.«

Myra erwiderte sein Lächeln zaghaft, noch immer nicht überzeugt. Sie suchte den Augenkontakt, um sich zu versichern, dass sie seine Worte wirklich richtig verstanden hatte. Was sie in seinen Augen las, gab ihr den Mut, ihm zu gestehen: »Ich habe so dagegen angekämpft, zu viel für dich zu empfinden, aber jeder Blick von dir traf mitten in mein Herz. Selbst so blöde Coverfotos hatten verheerende Wirkung auf mich.« Sie biss sich auf die Unterlippe. »Tu mir das nie wieder an. Ich ertrage es nicht noch einmal, von dir weggeschickt zu werden, dich mit anderen Frauen zu sehen, dein Lächeln, das mir von einem Cover entgegenstrahlt, ohne dass es mir gilt …«

Cole legte lächelnd seinen Zeigefinger auf ihre Lippen und verschloss dann ihren Mund mit einem Kuss, in dem das Versprechen einer gemeinsamen Zukunft lag. Die Mischung aus Glück und

210 Wärme, die sich dabei in Myras Brust ausbreitete, fühlte sich zum ersten Mal zuverlässig und vertrauenerweckend an.

ENDE

Nachwort

»Herzen undercover« ist Band eins der Elliottville-Reihe. Jeder Band kann unabhängig von den anderen gelesen werden.

In »Ein Sommer in Savannah«, Band zwei der Elliottville-Reihe, kann sich Myras Freundin Livia dank eines Stipendiums ihren Traum von einem Kurs in kreativem Schreiben an der Universität in Savannah erfüllen. Doch statt des braven Studentinnen-Daseins, das sich Liv vorgestellt hat, macht sie Bekanntschaft mit dem berüchtigtsten Drogendealer der Stadt. Natürlich ist da auch die Staatsanwaltschaft nicht weit – in Person des äußerst attraktiven Gregory, der ihr in mancher Hinsicht gefährlich zu werden droht.

Die Geschehnisse sowie die handelnden Personen sind frei erfunden. Jede Übereinstimmung mit realen Personen oder Schauplätzen ist zufällig und nicht beabsichtigt.